U0109532

中國語言文字研究輯刊

二七編

第1冊

《二七編》總目

編輯部編

《說文解字注》引雅學文獻研究

江遠勝著

花木蘭文化事業有限公司

國家圖書館出版品預行編目資料

《說文解字注》引雅學文獻研究／江遠勝 著 -- 初版 -- 新北市：花木蘭文化事業有限公司，2024〔民 113〕
目 4+220 面；21×29.7 公分
（中國語言文字研究輯刊 二七編；第 1 冊）
ISBN 978-626-344-827-8（精裝）
1.CST：說文解字 2.CST：雅學 3.CST：研究考訂
802.08 113009379

中國語言文字研究輯刊
二七編 第一冊 ISBN：978-626-344-827-8

《說文解字注》引雅學文獻研究

作　　者　江遠勝
總 編 輯　杜潔祥
副總編輯　楊嘉樂
編輯主任　許郁翎
編　　輯　潘玟靜、蔡正宣　美術編輯　陳逸婷
出　　版　花木蘭文化事業有限公司
發 行 人　高小娟
聯絡地址　235 新北市中和區中安街七二號十三樓
　　　　　電話：02-2923-1455 ／傳真：02-2923-1452
網　　址　http://www.huamulan.tw 信箱 service@huamulans.com
印　　刷　普羅文化出版廣告事業
初　　版　2024 年 9 月
定　　價　二七編 13 冊（精裝）新台幣 42,000 元　

《二七編》總目

編輯部編

《中國語言文字研究輯刊》
二七編　書目

說文研究專輯

第 一 冊　江遠勝　《說文解字注》引雅學文獻研究

訓詁學研究專輯

第 二 冊　田　峰　域外漢籍古典詮釋學文本《輕世金書》《輕世金書便覽》訓詁學研究

古文字研究專輯

第 三 冊　劉嘉文　〈曹沫之陳〉異文研究（上）

第 四 冊　劉嘉文　〈曹沫之陳〉異文研究（下）

第 五 冊　陳皓渝　馬王堆簡帛文字形體研究（上）

第 六 冊　陳皓渝　馬王堆簡帛文字形體研究（下）

古代音韻研究專輯

第 七 冊　姜復寧　《張氏音括》音系研究

詞語研究專輯

第 八 冊　彭偉明　出土戰國文獻疑問詞及疑問句式研究

第 九 冊　閆　瀟　明代量詞及其語法化研究（上）

第 十 冊　閆　瀟　明代量詞及其語法化研究（下）

方言研究專輯

第十一冊　張健雅　漢語方言接觸研究——以廉江、電白為例

論文集

第十二冊　黃仁瑄主編　漢語音義學研究論集（三集）——第三屆漢語音義學研究國際學術研討會論文集（上）

第十三冊　黃仁瑄主編　漢語音義學研究論集（三集）——第三屆漢語音義學研究國際學術研討會論文集（下）

《中國語言文字研究輯刊》二七編
各書作者簡介・提要・目次

第一冊　《說文解字注》引雅學文獻研究

作者簡介

江遠勝，1978 年生，湖北紅安人。2013 年畢業於蘇州大學漢語言文字學專業，獲博士學位。現為武漢生物工程學院文學院專任教師，主要從事古代漢語教學與研究。已在國內外期刊發表論文 30 餘篇，出版學術專著兩部，即《〈爾雅〉與〈說文解字〉釋義比較研究》《〈說文解字注〉引雅學文獻研究》，參編《大禹文化學導論》，參與教育部重大課題攻關項目「《爾雅》異文整理與研究」，主持市廳級、省級等科研項目 6 項。

提　要

清代段玉裁撰寫的《說文解字注》是中國訓詁學史上的名著，體大思精，具有很高的學術價值。段玉裁在注解《說文》的過程中，大量引用雅學文獻，具體包括《爾雅》及其注本、《小爾雅》、《廣雅》及其注本、《埤雅》、《爾雅翼》。引用數量較多，引用方式多種多樣。本書主要從不同角度來闡述段注中引用的雅學文獻。第一章介紹段玉裁的生平與著述，概述雅學研究現狀，交待本書研究的對象、目的、意義、方法。第二章對段注所引雅學文獻作窮盡性統計並製作成表格，舉例說明段注徵引雅學文獻的內容、方式、目的、作用等，並指出其失誤與不足。第三章通過梳理段玉裁對《爾雅》及其注本、《廣雅》及其注本的校訂、注釋、評論，揭示段玉裁治雅學之成就與不足。第四章將段注所引《爾雅》及郭璞注與敦煌寫本進行比較，闡釋二者在用字上的差異。第五章從用字、釋義、訓詁體例三方面將段注所引《爾雅》與《說文》進行比較，論述《爾雅》對《說文》的影響，揭示《爾雅》與《說文》之間的源流關係。第六章從用字、釋義、訓詁體例三方面將段注所引《廣雅》與《說文》進行比較，論述《說文》對《廣雅》的影響。本書所作的研究以期能為中國雅學史、中國訓詁學史、中國語言學史等的研究提供參考。

目 次

第二冊　域外漢籍古典詮釋學文本《輕世金書》《輕世金書便覽》訓詁學研究

作者簡介

田峰，上海交通大學博士生。主要研究方向：訓詁學、文字學。

截至目前，發表 CSSCI 論文一篇：《〈景教碑頌並序〉〈唐景教碑頌正詮〉訓詁考》，第二作者，《古漢語研究》2023 年第 2 期；北大核心論文一篇：《張朋朋兩種字本位教材的編寫原則和思想比較》，獨立作者，《語文建設》2013 年 12 期；普通論文三篇：1.《域外漢籍視角下天主教中國化進程研究報告》，第二作者，上海市委統戰部課題《域外漢籍視域下天主教中國化研究》結項報告，2023 年 9 月；2.《19 世紀末傳教士吳語版〈方言教要序論〉「同文異言」考論》，第二作者，《語言與文化論叢》第七輯，2023 年 4 月；3.《漢語國際教育信息化的發展歷程與展望》，獨立作者，《中外企業家》2019 年第 11 期。

提　要

本書的主體以明末來華傳教的耶穌會士葡萄牙人陽瑪諾（Emmanuel Diaz）翻譯的《輕世金書》（以下簡稱《金書》）和清人呂若翰為之作的注解《輕世金書便覽》（以下簡稱《便覽》）為研究對象，以「比較訓詁學」理論為指導，將《金書》《便覽》這類域外漢籍古典詮釋學作品與中國傳統訓詁學作品作比較，探討其詮釋內容與方式的異同。

本書共分為五章：

第一章對相關問題的研究現況進行綜論。

第二章從訓詁與詮釋的融異視角分析《金書》的譯詞譯經特色。

第三章從詮釋和文化交流的角度分析《便覽》的釋詞釋經特色。

第四章從文字學和校勘學角度分析《金書》五版本異文。

第五章從句讀法理據和訓詁體式角度分析《金書》的文體、書名、「句讀法」、句讀符號和《便覽》的「章句體」。

本書在對《金書》《便覽》窮盡式研究的基礎上，指出《金書》《便覽》是使用系統的中國訓詁學體系、融合西方詮釋學方法的，具有代表性的訓詁詮釋融合材料，書稿努力實踐「比較訓詁學」理論框架下，以中國傳統訓詁方法解讀域外古典詮釋學漢籍著述，可算作中西文化交流方面的嘗試和研究。我於撰寫此書的過程中深深感到，對此類體現訓詁與詮釋深度融合的「比較訓詁學」語料的深入探索，將為漢語史、訓詁學史、中西方交流史的研究拓寬一方天地，增加一種豐富性。

目　次

第三、四冊 〈曹沫之陳〉異文研究

作者簡介

劉嘉文，國立成功大學中國文學系碩士。以古文字為研究方向，主要以戰國文字為主。發表著作有〈楊伯峻《春秋左傳注》「土田陪敦」注解商榷〉、〈讀《安大簡（二）・曹沫之陳》札記八則〉、〈談《安大簡（二）・曹沫》之形近訛字二則〉、〈《安大簡（二）・仲尼曰》簡5「堇」字釋讀〉等數篇。

提 要

本文從異文現象之角度來討論《上海博物館藏戰國楚竹書（四）》、《安徽大學藏戰國竹簡（二）》中的〈曹沫之陳〉之用字表現形式。這兩個版本的〈曹沫之陳〉在內容上基本相同，可是在文字構形、遣詞用字等問題上卻出現頗多差異，這些差異有助我們解決《上海博物館藏戰國楚竹書（四）・曹沫之陳》所遺留下來的問題，且釐清學者以往所提出的考釋意見或提出新說以準確理解〈曹沫之陳〉之文本內容。

目 次

上 冊

第五、六冊　馬王堆簡帛文字形體研究

作者簡介

陳皓渝，國立高雄師範大學文學碩士。

提　要

本論文以馬王堆簡帛文字為材料，研究其形體變化，旨在了解早期隸書對秦系字或古文字的改變。因馬王堆簡帛為出土自西漢初年之馬王堆漢墓，各篇文獻書寫年代約在戰國晚期至西漢初期，正處於古文字轉變為今文字的隸變階

段，為研究早期隸書的重要材料。至於研究方法則以比較法、分析法為主，比較對象除馬王堆簡帛本身的文字外，亦援甲金文、秦簡等古文字，以此分析文字歷史演變過程，及同時期的字形差異，並分別以「簡省與增繁」、「結構改易」、「訛誤與混同」、「合文書寫」、「書寫筆畫」五個面向分章討論。

藉此五大面向分析，本論文歸結馬王堆簡帛文字的形體變化方式外，另知其研究價值有五，即「了解早期隸書的形體」、「了解後世文字的淵源」、「了解筆畫形貌與寫法」、「重探『隸變』的意涵」、「反映古人的語言認知」。另亦從書寫過程的角度討論，發現早期隸書對古文字的影響，與書寫過程有密切關聯，此直接反映在筆畫的分合、長短、曲直，或字形寫法、筆畫形貌、筆順的改變等。

目　次

上　冊

下　冊

第七冊　《張氏音括》音系研究

作者簡介

姜復寧，男，漢族，1994年生，山東肥城人。文學博士，師從張樹錚教授、劉心明教授。現為山東大學儒學高等研究院特別資助類博士後，主要從事漢語音韻學、中國古代語言學文獻研究。

教育背景與工作經歷：

2013.09～2017.06　山東大學文學院　漢語言文學專業　本科生

2017.09～2020.06　山東大學文學院　漢語言文字學專業　碩士研究生

2020.09～2023.06　山東大學文學院　漢語言文字學專業　博士研究生

近年來發表文章簡目：

1.《上古漢語新構擬》獻疑一則，《中國語文》2023 年第 2 期；

2.《清詩紀事》刊誤一則，《江海學刊》2021 年第 4 期；

3.《玉燭寶典》所見杜臺卿音系研究，《人文中國學報》第 31 期；

4. 東皋心越琴譜日漢對音的語音特點與音系性質，《勵耘語言學刊》第 36 輯；

5.《玉燭寶典》文獻語言學價值考述，《文獻語言學》第 12 輯；

6.《元史・徐世隆傳》訂補一則，《元史及民族與邊疆研究集刊》第 42 輯；

7. 曹寅《太平樂事・日本燈詞》「倭語」再考，《紅樓夢學刊》2023 年第 3 期。

提　要

成書於民國十年（1921）的《張氏音括》是山東濟陽人張文煒編製的等韻學著作。本文對此書的語音資料進行整理，結合其他韻書和現代濟陽方言資料，採用歷史語言學的方法對《張氏音括》進行系統研究。

全文共分為九章。

第一章，緒論。介紹《張氏音括》的基本情況，包括作者、版本與成書、編纂體例等。介紹研究現狀及研究材料，介紹研究方法，提出研究意義與價值。

第二章，《張氏音括》聲母系統。分析《張氏音括》韻圖並參照現代方言和其他明清官話韻書，構擬其聲母系統，並對若干問題進行專題討論。

第三章，《張氏音括》韻母系統。分析《張氏音括》韻圖並參照現代方言和其他明清官話韻書，構擬其韻母系統，並對若干問題進行專題討論。

第四章，《張氏音括》聲調系統。考察《張氏音括》北音系統的四聲歸派，發現其聲調系統與當時的官話語音十分一致。但列入「南音」的入聲仍存在部分特殊現象，可以看出入聲韻字的文白異讀。

第五章，將《張氏音括》與《中原音韻》《韻略匯通》《五方元音》《韻學入門》《七音譜》進行對比，討論從《中原音韻》到《張氏音括》的聲母、韻母、聲調變化的規律與方向。

第六章，探討《張氏音括》對前代韻書的繼承與發展。探討《張氏音括》編纂過程中對前代韻書的繼承與參照，同時討論《張氏音括》中出現的與前代韻書不一致的現象具有何種語言學意義。

第七章，《張氏音括》與老國音的比較。探討《張氏音括》與其他代表音系的異同，探討張文煒的「正音」觀念及其在「京國之爭」中的傾向。

第八章，《張氏音括》與現代濟陽方言、歷史上的濟南附近方言的比較。

第九章，《張氏音括》的音系性質。指出《張氏音括》在反映官話方言音系的基礎之上又具有一定的方言特點，是以清末民初北方官話為主體，但又部分帶有濟陽方言色彩的音系。

最後的附錄中列出《張氏音括》同音字表。

目　次

第八冊　出土戰國文獻疑問詞及疑問句式研究

作者簡介

彭偉明，廣東技術師範大學文學與傳媒學院講師，華南師範大學文學博士。近5年以第一作者在《中國社會科學報》（語言學版）《勵耘語言學》等核心期刊發表論文多篇，涉及甲骨文、金文、竹簡、帛書等多種古文字和出土文獻的研究。主要從事出土文獻語言學、漢語史、古文字學研究，參與編纂《出土戰國文獻詞典》（張玉金主編）。

提　要

《出土戰國文獻疑問詞及疑問句式研究》是一部對戰國時期漢語疑問句的語法和語用特徵進行全面考察的專著，作者彭偉明博士在著名語言學學者張玉金教授的指導下完成了該書的撰寫。該書以出土戰國文獻為主要研究語料，兼顧傳世戰國文獻，涵蓋了疑問代詞、疑問副詞、疑問語氣詞、詢問句、反問句、測問句、問字句等疑問句式的形式和功能。該書採用語法分析和統計方法，從語義語法和語用等視角，對疑問句的詞彙量分布規律、語義指向、語用層級、交際功能等方面進行了深入的探討，發現了一些重要的現象和規律，對上古漢語疑問句研究有一定的創新和貢獻。該書不僅展現了作者紮實的古漢語語法研究功底，也為疑問句研究提供了新的研究視角，是一部意義重大的語法研究專著。該書的學術價值和創新主要體現在以下幾個方面：一、選材廣泛系統，兼顧出土和傳世文獻，資料全面，反映了戰國時期漢語的多樣性和複雜性。二、方法科學嚴謹，運用語法分析和統計方法，對題目進行多角度、多層次的考察，分析結果具有說服力，避免了主觀臆斷和片面論斷。三、視角新穎，不僅考察疑問詞和疑問句的語法形式，還從語用學角度研究其語用功能，拓寬了研究視野，增加了研究的深度和廣度。四、內容豐富系統，全面考察了疑問代詞、疑問副詞、疑問語氣詞、不同類型疑問句式，梳理清晰，有較高學術價值。五、有重要發現，如發現疑問詞早有非疑問功能、提出反問句的四個語用層級等，對疑問句研究有一定貢獻，揭示了上古漢語疑問句的內在規律和特點。

目 次

第九、十冊　明代量詞及其語法化研究

作者簡介

閆瀟，女，1995 年生，鄭州大學漢字文明研究中心博士研究生，主要從事漢語語法史、漢字理論與漢字史方向的研究。曾參與國家社科基金重大項目「清代《說文》學新材料的普查、整理與研究」(21&ZD299)、國家社科基金項目《漢語量詞發展史研究》(13CYY058)、教育部人文社科項目《先秦兩漢量詞發展史研究》(12YJC740045)、山東省社科重點項目「現代漢語量詞系統的生成、演化及其當代發展新趨勢研究」(20BYYJ03) 等。在《古漢語研究》《寧夏大學學報》等刊物發表學術論文數篇。

提　要

量詞豐富、用法複雜是漢語的重要特點之一，也是漢語史研究的重點問題之一；小說在明代空前繁榮，白話小說能很好地保留當時口語的原貌，具有較高的語料價值和研究價值。本書以明代白話小說量詞為研究對象，選取 55 部明代白話小說，窮盡性統計並分類描寫量詞 323 個（不包括借用名量詞和借用動量詞），又選取其中 20 部作品統計出 41645 例物量表示法和 7893 例動量表示法中不同數量結構的使用頻率，對明代漢語量詞系統的整體特徵和數量表示法進行共時描寫和歷時比較研究，深入分析量詞的語法化程度。每一歷史時期的新興量詞與量詞溯源工作密切相關，具有重要學術價值和研究意義，本書考察出明代新興量詞 36 個，其中 25 個新興量詞和 9 個量詞的新興用法可以修正辭書釋義。此外，量詞連用是漢語量詞使用的特殊現象，在明代量詞系統中較為常見，目前學界關注甚少，本書考察發現這一現象萌芽於漢代，初唐至五代迅速發展，到明代逐漸成熟；量詞連用具有簡潔、靈活的優勢，但缺乏明晰性、穩定性，明清以後逐漸衰弱。本書在共時描寫的同時，關注明代量詞系統在整個近代漢語鏈條上的歷史地位，在歷時比較中得出明代量詞系統漸趨成熟完善的結論。

目　次

上　冊

下　冊

第十一冊　漢語方言接觸研究——以廉江、電白為例

作者簡介

張健雅，女，1988 年 7 月生於廣東梅縣。2018 年 12 月獲華南師範大學文學博士學位，現為嘉應學院講師，主要研究方向為漢語方言學。在公開出版刊

物發表論文近二十篇，主持廣東省教育廳科研項目和嘉應學院校級科研項目各一項。

提　要

《漢語方言接觸研究——以廉江、電白為例》是一部從語言接觸的視角對方言詞彙接觸情況進行全面考察的專著，研究以廣東地區多方言混合使用的廉江、電白兩市為案例，當地調查方言點一共 12 處，著重選取粵閩客三大代表方言點廣州、廈門、梅縣 3 處作為比較研究時的參考對象，聚焦於廣東廉江、電白兩市的粵閩客三種主流方言，旨在從語言接觸角度深入研究方言共存與雙語交流現象。本書通過詳實的調查，揭示了當地方言分布、使用人口排序等基本情況。研究發現廉江方言以客＞粵＞閩排序，電白為閩＞客＞粵，為後續研究提供了基礎數據。接著，採用定量研究方法處理大量數據，計算方言組合相似度，通過繫聯圖揭示了方言之間的親疏關係，為深層次分析提供支持。在對方言接觸下的詞彙借用概念的研究中，本書界定了廉江、電白三大方言的借詞類型，包括整體借詞、融合借詞、疊置借詞等。通過對語音干擾的分析，揭示了音位替代、相似匹配和對應匹配等多方面的影響。在方言接觸等級的劃分上，通過綜合分析特徵詞相似度、一般詞、功能詞、借詞類型以及音系結構的變異，提出了「偶然接觸—初階接觸—中階接觸—高階接觸」的等級，並探討了影響語言接觸的因素。總體而言，本研究以全面深入的方式探討了方言接觸的多個方面，為方言學和語言接觸研究領域提供了新的理論視角和實證基礎。

目　次

第十二、十三冊　漢語音義學研究論集（三集）——第三屆漢語音義學研究國際學術研討會論文集

作者簡介

黃仁瑄，男（苗），貴州思南人，博士，華中科技大學二級教授，博士生導師，博士後合作導師，兼任《語言研究》副主編、湖北省語言學會副會長、韓國高麗大藏經研究所海外研究理事等，主要研究方向是歷史語言學、漢語音義學。發表論文 80 餘篇，出版專著 4 部（其中三部分別獲評教育部高等學校科學研究優秀成果獎二等獎、三等獎，全國古籍出版社年度百佳圖書二等獎，湖北省社會科學優秀成果獎一等獎、二等獎），主編論文集（系列）1 種、教材 1 種，完成國家社科基金一般項目 2 項、全國高等院校古籍整理研究工作委員會項目 2 項，在研國家社科基金重大項目 1 項（獲滾動資助）、中國高等教育學會高等教育科學研究規劃課題重大項目 1 項。目前致力於漢語音義學研究，運營學術公眾號「音義學」，策劃、組編「數字時代普通高等教育新文科建設語言學專業

系列教材」(總主編),開發、建設「古代漢語在線學習暨考試系統」(http://ts.chaay.cn)。

提　要

《漢語音義學研究論集(三集)》是「第三屆漢語音義學國際學術研討會」(中國・遵義,2023 年 7 月)會議論文的集結。論文集最終收錄論文二十二篇,其中所收文字既有音義學學科理論的探討(如《略論漢語音義學的學科交叉性》《古漢語同族詞的聲母交替原則應與諧聲原則一致論——附高本漢〈漢語諧聲系列中的同源詞〉》),又有音義文獻價值的討論(如《論「無窮會本系」〈大般若經音義〉在日本古辭書音義研究上的價值》);既有專書的個案考察(如《〈大唐西域記〉在佛典音義書中的地位與影響》《揚雄〈方言〉「屑,潔也」再考》《論幾部辭書「拌」「拚」「拚」「判」的注音》),又有基於音義關係視角的語言問題考察(如《中古漢語中「地」的兩種特殊用法》《論「詞義」、「用字」與「詮釋」對出土文字釋讀的參照與糾結——以「凥」讀為{居}、{處}皆可為例》);等等。論文內容既涉及傳統小學的方方面面,又展現出應有的當代價值,特別是同辭書學、文獻學、方言學的結合(如《〈漢語大詞典〉讀後劄記數則》《〈廣東省土話字彙〉的語音系統:聲韻調歸納》《西南官話「莾」字考》)。這些討論表明漢語音義學研究日益受到學界關注,漢語音義學學科建設工作正穩步向前發展。

目　次

上　冊

下　冊

《說文解字注》引雅學文獻研究

江遠勝 著

作者簡介

江遠勝，1978年生，湖北紅安人。2013年畢業於蘇州大學漢語言文字學專業，獲博士學位。現為武漢生物工程學院文學院專任教師，主要從事古代漢語教學與研究。已在國內外期刊發表論文30餘篇，出版學術專著兩部，即《〈爾雅〉與〈說文解字〉釋義比較研究》《〈說文解字注〉引雅學文獻研究》，參編《大禹文化學導論》，參與教育部重大課題攻關項目「《爾雅》異文整理與研究」，主持市廳級、省級等科研項目6項。

提　要

清代段玉裁撰寫的《說文解字注》是中國訓詁學史上的名著，體大思精，具有很高的學術價值。段玉裁在注解《說文》的過程中，大量引用雅學文獻，具體包括《爾雅》及其注本、《小爾雅》、《廣雅》及其注本、《埤雅》、《爾雅翼》。引用數量較多，引用方式多種多樣。本書主要從不同角度來闡述段注中引用的雅學文獻。第一章介紹段玉裁的生平與著述，概述雅學研究現狀，交待本書研究的對象、目的、意義、方法。第二章對段注所引雅學文獻作窮盡性統計並製作成表格，舉例說明段注徵引雅學文獻的內容、方式、目的、作用等，並指出其失誤與不足。第三章通過梳理段玉裁對《爾雅》及其注本、《廣雅》及其注本的校訂、注釋、評論，揭示段玉裁治雅學之成就與不足。第四章將段注所引《爾雅》及郭璞注與敦煌寫本進行比較，闡釋二者在用字上的差異。第五章從用字、釋義、訓詁體例三方面將段注所引《爾雅》與《說文》進行比較，論述《爾雅》對《說文》的影響，揭示《爾雅》與《說文》之間的源流關係。第六章從用字、釋義、訓詁體例三方面將段注所引《廣雅》與《說文》進行比較，論述《說文》對《廣雅》的影響。本書所作的研究以期能為中國雅學史、中國訓詁學史、中國語言學史等的研究提供參考。

教育部哲學社會科學研究重大課題攻關項目
「《爾雅》異文整理與研究」（編號 20JZD048）

2023 年湖北本科高校省級教學改革研究項目
「文化自信背景下『漢字文化』課程體系與
教材建設研究」（編號 2023527）

湖北省高校人文社會科學重點研究基地湖北方
言文化研究中心一般項目「紅安方言詞彙研究」
（編號 2020FYY002）

目次

第一章　緒　論

第一節　段玉裁與《說文解字注》簡介

一、段玉裁的生平與著述

段玉裁（1735～1815），字若膺，號懋堂，江蘇金壇人。「生而穎異，讀書有兼人之資。」〔註1〕13歲補諸生。乾隆二十五年（1760）舉人。在京師時結識戴震，好其學，於是拜戴震為師。曾以教習任貴州玉屏知縣，不久又調往四川，署理富順、南溪縣事，後又任巫山知縣。「四十六，以父年已七十一，遂引疾歸養。五十五，避橫逆，奉父遷居蘇州閶門外下津橋。」〔註2〕辭官後，段氏閉戶不問世事，潛心研究學問30餘年。嘉慶二十年（1815）卒，享年81歲。

段玉裁精研經學、小學，是清代乾嘉學派的重要代表人物。一生著述宏富，除代表作《說文解字注》（簡稱「段注」），還撰有《汲古閣說文訂》《六書音均表》《詩經小學》《毛詩故訓傳定本》《古文尚書撰異》《周禮漢讀考》《儀禮漢讀考》《春秋左氏古經》《經韻樓集》等。「儀徵阮元謂玉裁書有功於天下後世者三：言古音一也，言《說文》二也，《漢讀考》三也。」〔註3〕清代阮元準確

〔註1〕趙爾巽等：《清史稿》（第四十三冊），中華書局，1977年版，第13201頁。
〔註2〕（清）段玉裁：《說文解字注》，上海古籍出版社，1988年版，第784頁。
〔註3〕趙爾巽等：《清史稿》（第四十三冊），中華書局，1977年版，第13202頁。

地概括了段氏的學術成就。

二、《說文解字注》簡介

（一）《說文解字注》的內容與成就

《說文解字注》是段玉裁的代表作，也是中國訓詁學史上的巔峰之作。關於作注的動機，段氏在注解《說文解字·後敘》時云：「復以向來治《說文解字》者多不能通其條毌，攷其文理，因悉心校其譌字，為之注，凡三十卷。」〔註4〕段氏還簡述了寫作經歷，注云：「始為《說文解字讀》五百四十卷，既乃隱㮿之成此注，發軔於乾隆丙申，落成於嘉慶丁卯。」〔註5〕乾隆丙申為公元1776年，嘉慶丁卯為公元1807年，其間相隔31年。可以說，《說文解字注》是段氏半生心血的結晶。《說文解字注》是在《說文解字讀》《汲古閣說文訂》二書的基礎上著成的。《說文解字讀》成書於乾隆五十九年（1794），《汲古閣說文訂》成書於嘉慶二年（1797）。

《說文解字注》嘉慶十七年（1812）始付梓，嘉慶二十年（1815）刊行問世，其版本主要有：嘉慶二十年（1815）經韻樓刊本、道光九年（1829）學海堂《皇清經解》本、同治十一年（1872）湖北崇文書局刊本、1920年上海掃葉山房影印本、1981年成都古籍書店影印本、1981年上海古籍出版社影印經韻樓本。2007年南京鳳凰出版社出版了許惟賢的標點整理本。如今在網上還能搜尋到《說文解字注》標點整理的PDF和WORD版本，這為人們研讀該書提供了很大的便利。

《說文解字注》體大思精，是一部不朽的語言學名著。王念孫評價說：「蓋千七百年來無此作矣。」〔註6〕該書的學術成就主要表現在如下幾個方面：

第一，校訂文字。《說文》自東漢問世以來，屢經傳抄翻刻，流傳到清代，已有 1000 多年的歷史，其間難免出現文字上的魯魚亥豕。校勘是疏證的前提。段玉裁要為《說文》作注，首先就要對《說文》進行校勘。在撰寫《說文解字注》之前，段氏已作《汲古閣說文訂》，為校訂《說文》打下了良好基礎。

〔註4〕（清）段玉裁：《說文解字注》，上海古籍出版社，1988年版，第784頁。

〔註5〕（清）段玉裁：《說文解字注》，上海古籍出版社，1988年版，第784頁。

〔註6〕（清）王念孫：《說文解字注·序》，見段玉裁《說文解字注》，上海古籍出版社，1988年版，第1頁。

段氏校訂文字的方法主要有他校法和理校法，即以他書校許書和以許書條例校許書。

第二，揭示條例。顏之推在《顏氏家訓》中稱讚《說文》「隱括有條例」〔註7〕。段氏在作注過程中，注重揭示《說文》條例。清代江沅在《說文解字注・後敘》中說：「許氏箸書之例以及所以作書之恉，該詳於先生所為注中。先生亦自信以為於許氏之志，什得其八矣。」〔註8〕段氏揭示《說文》條例，主要表現為說明許書的編纂體例和解釋許書中的術語。

第三，疏證許說。對許慎的說解進行疏通、證明，是段氏作注的中心任務。

（1）廣搜古籍，旁徵博引，為《說文》釋義提供大量例證，並標明《說文》引書的出處。

（2）用方言、俗語來注解《說文》。段玉裁晚年遷居蘇州，因此對蘇州的方言、俗語有一定的瞭解。段注中有幾處引用了蘇州的方俗語，如「晵」字下段注：「今蘇州俗語云：『晵晝不是好晴。』正作此音。」又如「汏」字下段注：「今蘇州人謂搖曳洒之曰汏，音如俗語之大，在禡韻。」段注所引除了蘇州方言，還有四川方言等。

（3）闡明詞義的演變，區分本義、引申義、假借義，解釋多義詞詞義的系統性，辨析同義詞，揭示同源詞。有學者評價說：「以《段注》為代表的優秀的語言文字學著作，奠定了我國近、現代漢語詞彙研究的基礎。」〔註9〕

（4）以自己創立的「十七部」標明各字的古韻。清代是上古韻部研究的鼎盛時期。顧炎武將上古韻部分為十部，江永分為十三部，段玉裁見二人分部不同，便對《詩經》、群經中的入韻字進行系聯，分古韻為十七部。錢大昕評價段氏的分部說：「若網在綱，有條不紊，窮文字之源流，辨聲音之正變，洵有功於古學者已。」〔註10〕戴震評價段氏的分部「能發自唐以來講韻者所未發」〔註11〕。

（5）以音韻為骨幹，進行形、音、義互求。段玉裁在為《廣雅疏證》所

〔註7〕莊輝明，章義和：《顏氏家訓譯注》，上海古籍出版社，2006年版，第314頁。

〔註8〕（清）江沅：《說文解字注・後敘》，見段玉裁《說文解字注》，上海古籍出版社，1988年版，第788頁。

〔註9〕蘇寶榮：《詞彙學與辭書學研究》，商務印書館，2008年版，第203頁。

〔註10〕（清）錢大昕：《六書音均表・原序》，見段玉裁《說文解字注》，上海古籍出版社，1988年版，第804頁。

〔註11〕（清）戴震：《六書音均表・戴東原先生來書》，見段玉裁《說文解字注》，上海古籍出版社，1988年版，第804頁。

作的序中說：「小學有形、有音、有義，三者互相求，舉一可得其二；有古形、有今形、有古音、有今音、有古義、有今義，六者互相求，舉一可得其五。」〔註12〕段氏將這一思想運用到注解《說文》的實踐中，取得了很大的成就。胡奇光評價說：「從許慎到段玉裁，研究文字的角度已從文字學觀點向語言學觀點過渡，相應地，研究文字的主要方法也由就形以說音義轉向就音以說形義。」〔註13〕周祖謨評價說：「以音以綱，就音以說明文字的孳乳通假和詞義的相近相通，這是段注的特點之一。」〔註14〕

第四，闡述己見，寓作於述。在作注的過程中，段氏除了校訂、疏通、證明許書，還闡述了自己的語言文字觀點，提出了一系列有關文字、詞彙、語法等方面的理論。

當然，段注的不足之處也是存在的，主要有：第一，校勘時太過自信，在證據不足的情況下隨意改字，流於武斷。第二，盲目尊許，曲為之解。《說文》是存在不少缺點和錯誤的，而段氏極少批評許書，在絕大部分情況下都是維護許說，許書有誤也強為之曲解。第三，有的詞義分析不當，存在濫用引申的情況。

綜觀段注，王力評價說：「段書精當的地方甚多，令人驚歎；雖有缺點，終是瑕不掩瑜。在《說文》研究中，段氏應坐第一把交椅，那是毫無疑義的。」〔註15〕王力的評價是公允的。

（二）《說文解字注》研究概況

《說文解字注》自刊印問世後，歷來受到人們的重視。在清代，就出現了一批對段注進行匡謬、訂補的論著，其中專著主要有：鈕樹玉《段氏說文注訂》、王紹蘭《說文段注訂補》、徐灝《說文解字注箋》、徐承慶《說文解字注匡謬》、馮桂芬《說文解字段注考正》、馬壽齡《說文段注撰要》等，其中成就最大的是徐灝《說文解字注箋》。還有一些對段注進行訂補的札記，如王念孫《說文段注簽記》、朱駿聲《說文段注拈誤》等。所有這些論著大致可以分為

〔註12〕（清）段玉裁：《廣雅疏證・序》，見王念孫《廣雅疏證》，中華書局，2004年版，第1頁。
〔註13〕胡奇光：《中國小學史》，上海人民出版社，2005年版，第235頁。
〔註14〕周祖謨：《文字音韻訓詁論集》，北京大學出版社，2000年版，第219頁。
〔註15〕王力：《中國語言學史》，復旦大學出版社，2006年版，第98頁。

兩大類，一類以徐承慶《說文解字注匡謬》為代表，專攻段注之短，意欲推倒段氏；另一類以徐灝《說文解字注箋》為代表，實事求是地訂補段注，是則是之，非則非之，持論平正。從這些論著可以看出，「段學」在清代已初現端倪。

20 世紀以後，出現了一大批研究段注的專著和論文。衛瑜章《段注說文解字斠誤》（1935 年）是 20 世紀上半葉第一部研究段注的專著。徐復《〈說文〉引經段說述例》（《制言》1937 年第 37、38 期）是一篇較早的研究段注的重要論文。呂景先《說文段注指例》（臺灣正中書局，中華民國三十五年）揭示了段注中的條例。20 世紀下半葉，研究段注的論著更多，其中專著有 4 部。蔣冀騁《說文段注改篆評議》（1993 年）對段注改篆作了全面、系統的研究。李傳書《說文解字注研究》（1997 年）是 20 世紀下半葉第一部全面闡述段注的專著，該書運用新的理論，從不同角度對段注作了較好的闡釋，具有重要學術價值。馬景侖《段注訓詁研究》（1997 年）是第一部從訓詁學角度全面、細緻論述段注的專著。余行達《說文段注研究》（1998 年）屬於訂補、考辨類型的專著，該書不是對段注作全面研究，而是選取若干斷面作重點研究。余氏對段注所引「爾雅之屬」作了統計，共 1000 餘條，較之於本書附錄「《說文解字注》引雅學文獻統計表」，漏略甚多。這一時期，研究段注的論文較多。周祖謨《問學集》中載有《論段氏說文解字注》，該文從宏觀上對段注作了較全面的概括，是一篇重要論文。殷孟倫《段玉裁和他的〈說文解字注〉》也是一篇重要論文。郭在貽《訓詁叢稿》中載有《〈說文段注〉與漢語詞彙研究》等 5 篇論文，從不同角度對段注作了全面、深入的闡釋。其他學者撰寫的論文還有很多。研究段注的，除了專著和論文，還有一些散見於語言學著作中的評論。

進入 21 世紀，段注研究繼續向縱深方向發展。新的世紀裏，研究段注的專著較少。2007 年鳳凰出版社出版了許惟賢標點整理的《說文解字注》，為段注研究提供了參考和便利。許先生對段注所引用的各種文獻，包括雅學文獻，進行了全面的校訂和補釋。至於研究段注的論文則較多，涉及段注古音研究、文字研究、訓詁研究、詞彙研究、假借研究、校勘研究等各個方面。目前已有數十篇研究段注的碩士論文和博士論文。

自清至今，段注研究已有了一大批論著，可謂成果豐碩，但這並不意味著段注已沒有多少研究空間。實際上，段注如同一個寶藏，尚需深入挖掘。今後應該用新的理論、新的材料，從不同學科的角度來研究段注；還要充分利用WORD版段注便於檢索的特點，對段注中某些問題作窮盡性統計，用精確的數字來說明問題。隨著網絡技術的發達和文化事業的繁榮，今後研究段注的論著會更多，「段學」也會越來越顯著，從而與「許學」交相輝映。

第二節　雅學研究綜述

一、「雅學」考釋

《說文》:「雅，楚烏也。一名鸒，一名卑居，秦謂之雅。从隹，牙聲。」徐鉉等曰:「今俗別作鴉，非是。」段玉裁注:「楚烏，烏屬，其名楚烏，非荊楚之楚也。」「雅」的本義為一種鳥，即烏鴉。由於「雅」字後來借用作表示雅正、高雅的意思，於是另造一個「鴉」字來表示「雅」的本義。在典籍中，有時「雅」與「鴉」通用。《集韻・麻韻》:「雅，或作鴉、鵶。」

「雅學」一詞，最早見於《孔叢子・連叢子・與子琳書》:「侍中子國，明達淵博，雅學絕倫。言不及利，行不欺名，動遵禮法，少小長操故。」〔註16〕《孔叢子》是一部記載孔子及後世子孫言行的書，《隋書・經籍志》始有著錄，題為「陳勝博士孔鮒撰」。需要說明的是，《孔叢子》中的「雅學」一作「雅好」。《四部叢刊》本《孔叢子》云:「侍中子國，明達淵博，雅好絕倫。言不及利，行不欺名，動遵禮法，少小及長，操行如故。」《孔叢子》中的「雅學」指儒家經典之學。「雅學」一詞還可指詩學。唐代齊己《吟興自述》:「前習都緣未盡空，生知雅學妙難窮。」此處「雅學」即指詩學。由於《詩經》是儒家經典的代表作，其中包含《小雅》《大雅》，所以「雅學」的命名當與《詩經》有關，而與《爾雅》無關。

「雅學」最初不是指「《爾雅》學」，但「《爾雅》學」作為一門學問，源遠流長，綿延不絕。早在秦漢時就有所謂的「倉雅之學」。「倉」指《倉頡篇》，「雅」指《爾雅》。東漢趙岐《孟子題辭》載:「孝文皇帝欲廣遊學之路，《論語》、《孝經》、《孟子》、《爾雅》皆置博士，後罷傳記博士，獨立五經而已。」〔註17〕漢代衛宏《漢官舊儀・補遺》載:「武帝初置博士，取學通行修，博識多藝，曉古文

〔註16〕（漢）孔鮒:《孔叢子》，《四庫全書》本，第六九五冊，第361頁。
〔註17〕李學勤主編:《十三經注疏・孟子注疏》，北京大學出版社，1999年版，第9頁。

《爾雅》，能屬文章為高第。」可見，《爾雅》在漢代就受到官方的重視。《爾雅注疏》郭璞序：「《爾雅》者，蓋興於中古，隆於漢氏，豹鼠既辨，其業亦顯。」邢昺疏：「云『豹鼠既辨，其業亦顯』者，謂漢武帝時，孝廉郎終軍既辨豹文之鼠，人服其博物，故爭相傳授，《爾雅》之業，於是遂顯。」明代張溥《漢魏六朝百三家集》卷五十七載有郭璞《鼮鼠贊》：「有鼠豹彩，厥號為鼮。漢朝莫知，郎中能名。賞以束帛，雅業遂盛。」「雅業」即「《爾雅》之業」，亦即「《爾雅》學」。

漢代以降，對《爾雅》進行增補、廣續、注釋、研究之作層出不窮。至清代，《爾雅》研究達到高峰。最早以「雅學」作為書名的是明代常熟韋澳撰寫的《雅學考》二十卷，見《江南通志・藝文志》。不過，世人罕知韋氏之書。清代胡元玉也撰有《雅學考》，流傳甚廣。今人周祖謨撰有《續雅學考擬目》，對胡氏《雅學考》進行了增補。明清時的《雅學考》及周祖謨《續雅學考擬目》都是對《爾雅》及其注本的考證，屬於「《爾雅》學」。

「雅學」一詞的含義古今有別，指儒家經典之學和詩學這兩個意義已淡出歷史舞臺。今天的「雅學」指一種與《爾雅》有關的專門學問，並已發展成為訓詁學的一個重要分支，在中國語言學史上佔有重要地位。不過，關於「雅學」的研究對象，人們在認識上並不一致，歸納起來主要有三種意見：

第一種意見認為「雅學」的研究對象是《爾雅》及其注本，「雅學」即是「《爾雅》學」。這是狹義的「雅學」。胡奇光、方環海《爾雅譯注・前言》說：「從漢代以來，研究《爾雅》的學問，稱為『雅學』。」〔註18〕

第二種意見認為「雅學」的研究對象除了《爾雅》及其注本，還包括「群雅」及其注本。「群雅」是指模仿、增廣《爾雅》的著作，包括《小爾雅》《廣雅》《埤雅》《爾雅翼》《通雅》等。這種「雅學」是廣義的「雅學」。《實用古漢語知識寶典》「雅學」條解釋說：「研究《爾雅》的專門學問。……廣義的『雅學』，不但包括研究《爾雅》的學問，而且包括研究其他雅書的學問。」〔註19〕「雅書」條解釋說：「指古代仿照《爾雅》的體例而編成的辭典，因這些辭典都以『雅』字為名，故稱。主要有《小爾雅》、《廣雅》、《埤雅》、《駢雅》、《匯雅》、

〔註18〕胡奇光，方環海：《爾雅譯注》，上海古籍出版社，2004年版，第19頁。
〔註19〕楊劍橋：《實用古漢語知識寶典》，復旦大學出版社，2003年版，第253頁。

《通雅》、《別雅》、《比雅》、《疊雅》等。」〔註20〕《古漢語知識辭典》「雅學」條解釋說：「研究《爾雅》類的學術或著作。廣義的，還包括歷代增廣《爾雅》的著述及有關注釋，胡樸安《中國訓詁學史》稱為『爾雅派之訓詁』。」〔註21〕胡氏《中國訓詁學史》中「爾雅派之訓詁」與「釋名派之訓詁」「方言派之訓詁」並列。

第三種意見認為「雅學」的研究對象除了《爾雅》及其注本、「群雅」及其注本，還包括《方言》及其增補、模仿、注釋之作，《釋名》及其增補、模仿、注釋之作。這種「雅學」的研究範圍更廣，可稱為泛義的「雅學」。趙世舉《歷代雅書述略》一文將《方言》《釋名》之類的著作均視為雅書。竇秀豔《中國雅學史》說：「《爾雅》出現後，對之增補、模仿、注解及研究者頗眾，並逐漸形成了把以《爾雅》為主體的雅書作為研究對象的一門學問，世稱『雅學』。」〔註22〕竇秀豔所說的「雅學」，其研究對象包括《方言》《釋名》以及各自的增廣、模仿之作。不過，竇秀豔後來撰寫的《雅學文獻學研究》（2015年）不再包含《方言》《釋名》以及各自的增廣、模仿之作。張其昀在《〈廣雅疏證〉導讀・緒言》中說：「《方言》實質也是語義詞典，其編撰體例完全仿照《爾雅》，視之為『雅書』類當無不可。……雖《釋名》全書釋義大致都是用的聲訓，不同於《爾雅》，然而人們還是把它歸入《爾雅》一類。」〔註23〕

以上三種意見，比較合理的是第二種。由於「群雅」與《爾雅》關係密切，在訓詁學史上也佔有重要地位，越來越受到人們的重視，理應作為「雅學」的研究對象，因此狹義的「雅學」不能適應當今「雅學」發展趨勢。第三種意見並不可取，「雅學」的含義過於寬泛。《方言》和《釋名》雖然是對《爾雅》的模仿與繼承，從形式到內容都與《爾雅》有很多相同、相似之處，但二書在《爾雅》基礎上又有發展與創新，分別開創了方言學和語源學研究的先河，其性質與《爾雅》迥異。如果著眼於《方言》《釋名》與《爾雅》之「同」，當然可以把《方言》《釋名》之類著作視為「雅學」研究對象，所以明代郎奎金刊刻《五雅全書》，將《釋名》改為《逸雅》而收入其中。如果著眼於《方言》《釋名》

〔註20〕楊劍橋：《實用古漢語知識寶典》，復旦大學出版社，2003年版，第249頁。
〔註21〕馬文熙，張歸璧：《古漢語知識辭典》，中華書局，2004年版，第331頁。
〔註22〕竇秀豔：《中國雅學史》，齊魯書社，2004年版，第48頁。
〔註23〕張其昀：《〈廣雅疏證〉導讀》，社會科學文獻出版社，2009年版，第12頁。

與《爾雅》之「異」，則不應把《方言》《釋名》之類著作視為「雅學」研究對象。綜合考慮《方言》《釋名》與《爾雅》之異同，應該說，「異」的一面占主導地位。所以，《方言》一類著作應為方言學研究對象，《釋名》一類著作應為語源學研究對象。作為訓詁學的三部奠基之作，《爾雅》《方言》《釋名》早已形成三足鼎立之勢。

綜上可以得出，「雅書」是指《爾雅》及其增廣、模仿之作，「雅學」是指研究《爾雅》及其注本，包括增廣、模仿《爾雅》之作及其注本的學問。簡單地說，「雅學」是指研究雅書及其注本的學問。當然，也可以指明狹義的「雅學」是指研究《爾雅》及其注本的學問。

如今，「雅學」已成為國學的有機組成部分。隨著科技的發展、社會的進步以及學術文化事業的繁榮，「雅學」在 21 世紀必將煥發出新的光彩。對「雅學」資料進行整理並使之數字化，挖掘「雅學」文獻中豐富的文化蘊含，用新的理論和方法來闡釋「雅學」的內容，將是今後「雅學」研究的主要任務與方向。

二、《爾雅》概說

(一)《爾雅》的書名、作者、成書時代

關於《爾雅》，《釋名·釋典藝》云：「《爾雅》，爾，昵也；昵，近也。雅，義也；義，正也。五方之言不同，皆以近正為主也。」《釋名》的解釋是正確的，「爾雅」即是「近正」。《論語·述而》：「子所雅言，《詩》《書》、執禮，皆雅言也。」孔安國注：「雅言，正言也。」「近正」指近於「正言」「雅言」，也就是近於先秦時期中原地區的共同語。所以，《爾雅》書名的含義就是用共同語來解釋古語、方言。

關於《爾雅》的作者，歷來說法不一，主要有：(1) 周公所作說；(2) 孔子門人所作說；(3) 戰國末年齊魯儒生所作說；(4) 秦漢時儒生所作說。其中，以戰國末年齊魯儒生所作說為長，持此說的代表人物有何九盈、趙振鐸等。

關於《爾雅》的成書時代，周祖謨《爾雅校箋·序》說：「從這部書的內容看，有解釋經傳文字的，也有解釋先秦子書的，其中還有戰國秦漢之間的地理

名稱。這樣看來，《爾雅》這部書大約是戰國至西漢之間的學者累積編寫而成的。」〔註24〕胡奇光、方環海在《爾雅譯注・前言》中也說「《爾雅》初稿本成於戰國末、秦代初」，「到西漢初期，《爾雅》便進入修改定稿的階段」〔註25〕。可見《爾雅》成書於先秦，定型於西漢。

（二）《爾雅》的內容、體例、訓釋方式

《漢書・藝文志》載：「《爾雅》三卷二十篇。」〔註26〕今《爾雅》為19篇，相差1篇，很可能是《爾雅》原本有序篇，後來亡佚了。《爾雅》19篇收釋語詞4300多個，共13000餘字，其內容可分為如下幾類：《釋詁》《釋言》《釋訓》為一大類，是解釋普通語詞的。《釋親》是關於家族關係的，《釋宮》《釋器》《釋樂》是關於日常生活的，這兩類可以看作是關於社會生活的。《釋天》是關於天文的，《釋地》《釋丘》《釋山》《釋水》是關於地理的，《釋草》《釋木》是關於植物的，《釋蟲》《釋魚》《釋鳥》《釋獸》《釋畜》是關於動物的，這4類可以看作是關於自然萬物的。由此可見，《爾雅》在分篇上層次分明。不僅如此，《爾雅》各篇之內釋條的安排也是井然有序的。例如，《釋詁》首條為「始也」，末條為「死也」。《釋言》首條為「中也」，末條為「終也」。《釋親》分「宗族」「母黨」「妻黨」「婚姻」4類。竇秀豔在《中國雅學史》中評價說：「《爾雅》分類清晰，編排體例細緻嚴密，其分篇及篇次都有著一定的秩序，反映了古人對當時人類社會和自然界的認識水平。」〔註27〕

作為解釋普通語詞和百科名詞的專書，《爾雅》使用了多種訓釋方式。《釋詁》《釋言》《釋訓》3篇主要採用「某，某也」的訓釋方式。例如，《釋詁》：「初、哉、首、基、肇、祖、元、胎、俶、落、權輿，始也。」《釋言》：「殷、齊，中也。」《釋訓》：「明明、斤斤，察也。」這種訓釋方式包含著同訓、互訓、遞訓、反訓等，還包含著聲訓，如《釋詁》：「敘，緒也。」「誥，告也。」《釋言》：「幕，暮也。」後16篇的訓釋方式較為靈活多樣，主要有「某謂之某」「某為某」「某曰某」「某，某」以及描寫比況、集比為訓等。《爾雅》的訓釋方式為後來的訓詁書樹立了典範。

〔註24〕周祖謨：《爾雅校箋》，江蘇教育出版社，1984年版，第1頁。
〔註25〕胡奇光，方環海：《爾雅譯注》，上海古籍出版社，2004年版，第9頁。
〔註26〕（漢）班固：《漢書》，中華書局，2007年版，第329頁。
〔註27〕竇秀豔：《中國雅學史》，齊魯書社，2004年版，第34頁。

（三）《爾雅》的版本與價值

《爾雅》的版本較多，「可以分為石經、寫本、單經本、單注本（或稱為經注本）、音義本、單疏本、注疏合刻本、注疏和音義合刻本等多種類型」〔註28〕。《爾雅》的各種版本，今存最早的是唐石經《爾雅》和敦煌寫本《爾雅》《爾雅注》，其中最具文獻價值的是未經後人改動的敦煌本《爾雅》《爾雅注》。

《爾雅》是一部不朽的著作。三國魏張揖《上〈廣雅〉表》評價《爾雅》「真七經之檢度，學問之階路，儒林之楷素也」〔註29〕。晉代郭璞《爾雅注・序》云：「夫《爾雅》者，所以通詁訓之指歸，敘詩人之興詠，揔絕代之離詞，辯同實而殊號者也。誠九流之津涉，六藝之鈐鍵，學覽者之潭奧，摛翰者之華苑也。」〔註30〕宋代邢昺《爾雅疏・敘》云：「夫《爾雅》者，先儒授教之術，後進索隱之方，誠傳注之濫觴，為經籍之樞要者也。」〔註31〕

《爾雅》的價值主要表現為：（1）《爾雅》是我國第一部訓詁專書，奠定了訓詁學的基石。《爾雅》保存了大量的先秦故訓，是後人閱讀和研究古代典籍的重要工具書。正因為《爾雅》具有解經的作用，所以被後人列入《十三經》。（2）《爾雅》開創了雅書著作體例，奠定了「雅學」的基石。後來出現的《小爾雅》《廣雅》《埤雅》《爾雅翼》《通雅》等一系列雅書，都是模仿、增廣《爾雅》的。在《爾雅》的基礎上逐漸形成了一種專門的學問——「雅學」。（3）《爾雅》保存了大量有關古代社會人文與自然各方面的資料，是我們探究古代社會的重要材料。《爾雅》亦被視為百科全書，我們可以從中窺見古代社會的各個方面。

（四）《爾雅》的注本

《爾雅》在漢代就受到人們的重視，漢文帝置《爾雅》博士便是明證。自漢以降，為《爾雅》作注者頗多，主要有：

1. 犍為文學《爾雅注》

犍為文學又稱犍為舍人、舍人，具體指何人，難以考定。《經典釋文・序

〔註28〕王世偉：《〈爾雅〉史話》，國家圖書館出版社，2016年版，第123頁。

〔註29〕（三國）張揖：《上〈廣雅〉表》，見王念孫《廣雅疏證》，中華書局，2004年版，第3頁。

〔註30〕（晉）郭璞：《爾雅注・序》，見王世偉整理《爾雅注疏》，上海古籍出版社，2010年版，第4～5頁。

〔註31〕（宋）邢昺：《爾雅疏・敘》，見王世偉整理《爾雅注疏》，上海古籍出版社，2010年版，第1頁。

錄》:「犍為文學注三卷,一云犍為郡文學卒史臣舍人,漢武帝時待詔。闕中卷。」〔註 32〕犍為文學是漢武帝時人,其《爾雅注》是最早的《爾雅》注本。該注本在唐時已亡佚,清人有輯佚本。

2. 劉歆《爾雅注》

劉歆是劉向之子,字子駿,西漢經學大師、目錄學家。《經典釋文·序錄》:「劉歆注三卷,與李巡注正同,疑非歆注。」〔註 33〕「陸德明認為劉歆的注解同李巡的注解相同,因而懷疑劉歆沒有注過《爾雅》,這種看法並不可信」,「實際上,李巡的注解同劉歆的注解也不完全相同」〔註 34〕。

3. 樊光《爾雅注》

《經典釋文·序錄》:「樊光注六卷。京兆人,後漢中散大夫。沈旋疑非光注。」〔註 35〕由於沈旋懷疑樊光沒有注過《爾雅》,所以後人在引用樊光注時,為慎重起見,有的稱「某氏」。實際上,「樊光不僅注釋過《爾雅》,而且在漢代注本中有一定的價值」〔註 36〕。

4. 李巡《爾雅注》

《經典釋文·序錄》:「李巡注三卷。汝南人,後漢中黃門。」〔註 37〕在漢代《爾雅》四家注中,陸德明《爾雅音義》引李巡注最多,清人所輯佚文條數也以李巡注居首。

5. 孫炎《爾雅注》

孫炎,字叔然,三國魏樂安(今山東博興縣)人。鄭玄弟子。《經典釋文·序錄》:「孫炎注三卷,《音》一卷。」〔註 38〕除了《爾雅注》,孫炎還撰有《爾雅

〔註 32〕(唐)陸德明撰,黃焯彙校,黃延祖重輯:《經典釋文彙校》,中華書局,2006 年版,第 29 頁。

〔註 33〕(唐)陸德明撰,黃焯彙校,黃延祖重輯:《經典釋文彙校》,中華書局,2006 年版,第 29 頁。

〔註 34〕顧廷龍,王世偉:《爾雅導讀》,中國國際廣播出版社,2008 年版,第 62 頁。

〔註 35〕(唐)陸德明撰,黃焯彙校,黃延祖重輯:《經典釋文彙校》,中華書局,2006 年版,第 29 頁。

〔註 36〕竇秀豔:《中國雅學史》,齊魯書社,2004 年版,第 92 頁。

〔註 37〕(唐)陸德明撰,黃焯彙校,黃延祖重輯:《經典釋文彙校》,中華書局,2006 年版,第 29 頁。

〔註 38〕(唐)陸德明撰,黃焯彙校,黃延祖重輯:《經典釋文彙校》,中華書局,2006 年版,第 29 頁。

音》，是第一個大量運用反切給《爾雅》注音的人。《顏氏家訓·音辭篇》云：「孫叔言創《爾雅音義》，是漢末人獨知反語。至於魏世，此事大行。」〔註39〕孫叔言即孫炎，《爾雅音義》即《爾雅音》。黃侃《爾雅略說》：「然叔然師承有自，訓義優洽；《爾雅》諸家中，斷居第一，正不因郭氏訾謷而貶損云。」〔註40〕

6. 郭璞《爾雅注》

郭璞（276～324），字景純，東晉河東聞喜（今山西聞喜縣）人，官至尚書郎。郭璞不僅進行詞賦創作，還為《爾雅》《方言》《山海經》《穆天子傳》《三倉》《楚辭》等古書作注。其中，《爾雅注》在訓詁學史上佔有重要地位。由於《爾雅》「雖注者十餘，然猶未詳備，並多紛謬，有所漏略」，於是郭璞「綴集異聞，會稡舊說，考方國之語，采謠俗之志，錯綜樊、孫，博關羣言」〔註41〕，撰成《爾雅注》，集前人《爾雅》注解之大成。在《爾雅注》中，郭璞不僅校訂文字，疏證原文，而且還揭示《爾雅》的條例。邢昺《爾雅疏·敘》認為郭璞注「甚得六經之旨，頗詳百物之形」〔註42〕。《四庫全書總目》評價說：「璞時去漢未遠，……所見尚多古本，故所注多可據。後人雖迭為補正，然宏綱大旨，終不出其範圍。」〔註43〕郭璞《爾雅注》是現存最早的完整的《爾雅》注本，彌足珍貴。郭注所使用的語言，也反映了晉代語言的特點。除了《爾雅注》，郭璞還撰有《爾雅音義》和《爾雅圖贊》，均已亡佚。

7. 陸德明《爾雅音義》

陸德明（約550～630），名元朗，字德明，蘇州吳（今為蘇州市轄區）人，一生歷仕陳、隋、唐三朝。《爾雅音義》又叫《爾雅釋文》，是《經典釋文》中的一種。顧廷龍、王世偉《爾雅導讀》將《爾雅音義》的內容歸納為10個方面：辨字體、注字音、存舊注、援書證、舉異文、載史實、附考證、下案（按）語、釋篇名、本今作某。〔註44〕可見，陸氏對《爾雅》的研究比前人的研究更

〔註39〕莊輝明，章義和：《顏氏家訓譯注》，上海古籍出版社，2006年版，第323頁。

〔註40〕黃侃著，黃延祖重輯：《黃侃國學文集》，中華書局，2006年版，第267頁。

〔註41〕（晉）郭璞：《爾雅注·序》，見王世偉整理《爾雅注疏》，上海古籍出版社，2010年版，第7～8頁。

〔註42〕（宋）邢昺：《爾雅疏·敘》，見王世偉整理《爾雅注疏》，上海古籍出版社，2010年版，第1頁。

〔註43〕（清）永瑢：《四庫全書總目》，中華書局，1965年版，第339頁。

〔註44〕顧廷龍，王世偉：《爾雅導讀》，中國國際廣播出版社，2008年版，第82～85頁。

加全面、深入。黃侃評價說：「詳陸書體例，可謂閎美；雖尚有漏闕，待後來之補苴；要之治《爾雅》者，必以此為先導矣。」〔註45〕由於唐以前的《爾雅》注本，完整保存下來的只有郭璞《爾雅注》，因此，後出轉精的《爾雅音義》便同樣顯得彌足珍貴。《爾雅音義》中保存的大量異字、異音、異義，為後人研究古代漢語提供了寶貴資料。另外，《經典釋文·序錄》也論及《爾雅》的作用、次第、撰人、注解傳述人等問題，具有重要的參考價值。

8. 邢昺《爾雅疏》

邢昺（932～1010），字叔明，曹州濟陰（今山東曹縣）人，官至禮部尚書。邢昺是奉詔校定《爾雅》的，書成之後，被列於學官。《爾雅疏》對《爾雅》經文和郭璞注文進行了全面的梳理，為後人閱讀和研究《爾雅》提供了極大的便利。《十三經注疏》中的《爾雅注疏》即採用郭璞《爾雅注》和邢昺《爾雅疏》。

9. 邵晉涵《爾雅正義》

邵晉涵（1743～1796），字與桐，又字二雲，號南江，浙江餘姚人。乾隆三十六年（1771）進士。《爾雅正義》是一部全面研究《爾雅》的著作，不僅對《爾雅》經文與注文進行疏通，還對《爾雅》的名義、撰人、性質、篇名、分篇原則、與《毛傳》的關係等一系列理論問題進行考證和論述。黃侃評價說：「清世說《爾雅》者如林，而規模法度，大抵不能出邵氏之外。」〔註46〕

10. 郝懿行《爾雅義疏》

郝懿行（1757～1825），字恂九，號蘭皋，山東棲霞人。郝氏所處時代，是清代乾嘉漢學鼎盛之時，古音學取得了巨大成就，因聲求義的訓詁方法被廣泛運用，因此郝氏能全面運用因聲求義來疏通《爾雅》，闡明文字假借現象。在疏證過程中，郝氏還注重目驗，因此名物訓釋較為可信。在歷代《爾雅》注本中，郝氏《爾雅義疏》最為詳盡，成就最高。關于邵氏《爾雅正義》與郝氏《爾雅義疏》二書，有學者評價說：「第一，《邵疏》先成，《郝疏》後出，開創者難，繼之者易。第二，只要將邵、郝兩書略作比較，便可發現《郝疏》大段大段地抄襲《邵疏》，且不標明出處。第三，《邵疏》的大部分成果為《郝

〔註45〕黃侃著，黃延祖重輯：《黃侃國學文集》，中華書局，2006年版，第273頁。
〔註46〕黃侃著，黃延祖重輯：《黃侃國學文集》，中華書局，2006年版，第288頁。

疏》所吸收，但也有取之未盡者。」〔註 47〕由此看來，我們不應抑邵揚郝。

自漢至清，研究《爾雅》者眾多，遠不止上述十家。例如，在郭璞之後，陸德明之前，還有沈旋《集注爾雅》、顧野王《爾雅音》、施乾《爾雅音》、謝嶠《爾雅音》等。宋代還有陸佃《爾雅新義》、鄭樵《爾雅注》等。清代注本更多，僅撰有《爾雅古義》的就有錢坫、黃奭、胡承珙三人。上述十家是其犖犖大端者，我們可以從中窺見古代《爾雅》研究之概況。

（五）近現代《爾雅》研究概況

民國時期，在《爾雅》研究方面，成就最突出的是黃侃和王國維。黃侃（1886～1935），原名喬馨，字季剛，號量守居士，湖北蘄春人。黃侃研究《爾雅》的代表作是《爾雅略說》，這是一部全面研究《爾雅》的概論性著作，全文包括 8 個部分：「論爾雅名義」「論爾雅撰人」「論爾雅與經傳百家多相同」「論經儒備習爾雅」「論爾雅注家」「論宋人爾雅之學」「論清儒爾雅之學」「論治爾雅之資糧」。《爾雅略說》是近現代《爾雅》研究的奠基之作，「它的問世，表明雅學研究的深入，標誌著科學的『《爾雅》學』初步建立」〔註 48〕。除了《爾雅略說》，黃侃還著有《爾雅音訓》《黃侃手批爾雅正名》《爾雅釋例箋識》等。徐朝華評價說：「在古往今來的《爾雅》研究中，黃侃先生的研究是具有總結性和開創性的。」〔註 49〕

王國維（1877～1927），字靜安，號觀堂，浙江海寧人。一生治學廣泛，成果豐碩，成就突出。王氏在《爾雅》研究方面，代表作是《爾雅草木蟲魚鳥獸名釋例》。該書主要是揭示《爾雅》在訓釋草、木、蟲、魚、鳥、獸方面的條例，凡 10 餘條。王書勝於清人陳玉澍的《爾雅釋例》，可謂後來居上。

除了黃侃和王國維，尹桐陽《爾雅義證》、宋育仁《爾雅今釋》、陳晉《爾雅學》等也取得了很高的成就。這一時期還出現了關於《爾雅》的索引，即葉聖陶《十三經索引》中的《爾雅索引》、哈佛燕京學社編的《爾雅引得》和《爾雅注疏引書引得》，這些索引為人們檢索《爾雅》提供了方便。

新中國成立後，特別是改革開放以來，社會文化事業走向繁榮，《爾雅》研究也朝著更深廣的領域發展。周祖謨的《爾雅》研究橫跨民國與新中國，其《問

〔註 47〕顧廷龍，王世偉：《爾雅導讀》，中國國際廣播出版社，2008 年版，第 91 頁。

〔註 48〕竇秀豔：《中國雅學史》，齊魯書社，2004 年版，第 319 頁。

〔註 49〕徐朝華：《黃侃先生的〈爾雅〉研究》，見鄭遠漢主編《黃侃學術研究》，武漢大學出版社，1997 年版，第 176 頁。

學集》（1966 年）收錄了數篇研究《爾雅》的論文。周氏的《爾雅校箋》（1984 年）是一部重要的著作，該書對《爾雅》作了全面校勘，書中還提及敦煌本《爾雅》和《爾雅注》。這一時期研究《爾雅》的專著還有駱鴻凱《〈爾雅〉論略》（1985 年）、徐朝華《爾雅今注》（1987 年）、丁忱《爾雅毛傳異同考》（1988 年）、顧廷龍、王世偉《爾雅導讀》（1990 年）、管錫華《爾雅研究》（1996 年）、徐莉莉、詹鄞鑫《爾雅：文詞的淵海》（1997 年）、胡奇光、方環海《爾雅譯注》（1999 年）等。值得一提的是，1996 年出版了朱祖延主編的《爾雅詁林》，為人們查找《爾雅》資料提供了極大的方便。這一時期研究《爾雅》的論文，數量較多，涉及的範圍更廣。

進入 21 世紀，《爾雅》研究繼續向前推進。目前出版的研究《爾雅》的專著並不少，主要有姜仁濤《〈爾雅〉同義詞研究》（2006 年）、林寒生《爾雅新探》（2006 年）、李鳳蘭《〈爾雅〉同訓詞語釋讀及語義研究》（2010 年）、賴雁蓉《〈爾雅〉與〈說文〉名物詞比較研究——以器用類、植物類、動物類為例》（2011 年）、郭鵬飛《爾雅義訓研究》（2012 年）、王建莉《〈爾雅〉同義詞考論》（2012 年）、李冬英《〈爾雅〉普通語詞注釋》（2015 年）、謝美英《〈爾雅〉名物新解》（2015 年）、王世偉《〈爾雅〉史話》（2016 年）、李志強《〈爾雅〉和〈讀寫術〉對比研究》（2016 年）等。本人在博士論文基礎上撰寫了《〈爾雅〉與〈說文解字〉釋義比較研究》（2019 年）。竇秀豔《中國雅學史》（2004 年）、竇秀豔《雅學文獻學研究》（2015 年）、王其和《清代雅學史》（2016 年）等書中也有大量關於《爾雅》及其注本的論述。一些研究中國語言學史和中國訓詁學史的專著，也都會或多或少地論及《爾雅》。目前研究《爾雅》的論文數量也很多，人們注重運用出土材料和現代語義學理論，從不同學科的角度對《爾雅》進行研究。

今後，《爾雅》研究應朝著數字化方向發展，建立《爾雅》數據庫，對《爾雅》作更全面、精確的研究。還要運用新的理論、新的材料，從不同學科的角度來研究《爾雅》，加強《爾雅》與「群雅」及他書的比較研究。還要加強《爾雅》在語文教學、文化普及中的應用研究，讓後人更好地傳承《爾雅》。

三、《方言》《釋名》與《爾雅》的關係

（一）《方言》與《爾雅》的關係

《方言》全稱《輶軒使者絕代語釋別國方言》，作者為揚雄。揚雄（前 53～

18)，字子雲，蜀郡成都（今四川成都）人，西漢文學家、哲學家、語言學家。揚雄在創作上善於模仿。他模仿司馬相如的《子虛賦》《上林賦》，創作了《長楊賦》《甘泉賦》等，還仿《易經》作《太玄》，仿《論語》作《法言》，仿《倉頡》作《訓纂》。就連「縣諸日月不刊之書」〔註50〕的《方言》，在一定程度上也是模仿《爾雅》的。《方言》作為訓詁專書，在中國訓詁學史上也具有重要地位。

《爾雅》先成，《方言》後出，《爾雅》對《方言》有一定的影響，二書的關係主要表現為：

（1）《方言》是對《爾雅》的模仿與繼承。晉常璩《華陽國志》卷十上云：「典莫正於《爾雅》，故作《方言》。」〔註51〕即是說揚雄《方言》一書是模仿《爾雅》而作的。的確，《方言》從體例到內容都受《爾雅》的影響。

從分卷來看，今本《方言》十三卷，卷一、卷二、卷三、卷六、卷七、卷十、卷十二、卷十三都是解釋語詞的，相當於《爾雅》的《釋詁》《釋言》《釋訓》三篇。卷四釋服制，卷五釋器物，卷八釋鳥獸，卷九釋兵器，卷十一釋蟲，其分卷與《爾雅》的分篇存在相似之處。

《方言》的釋條一般由三部分構成，即「被訓釋詞+訓釋詞+方言分布」，如《卷一》:「黨、曉、哲，知也。楚謂之黨，或曰曉。齊宋之間謂之哲。」「被訓釋詞+訓釋詞」這一部分，有學者稱之為「雅詁」。「雅詁」與《爾雅》存在相同、相似之處。從訓釋體例來看，「雅詁」所採用的訓釋方式主要有「某，某也」「某謂之某」，被訓釋詞既有單音詞，又有重言詞。這些訓釋體例在《爾雅》中都能找到。從內容上看，有些釋條的「雅詁」與《爾雅》完全相同或部分相同。例如，《卷一》:「烈、枿，餘也。」與《爾雅・釋詁》完全相同。《卷一》:「假、洛、懷、摧、詹、戾、艐，至也。」《爾雅・釋詁》:「迄、臻、極、到、赴、來、弔、艐、格、戾、懷、摧、詹，至也。」《卷一》:「嫁、逝、徂、適，往也。」《爾雅・釋詁》:「如、適、之、嫁、徂、逝，往也。」二書被訓釋詞部分相同。從訓釋詞來看，《方言》與《爾雅》都存在訓釋詞重見的情況，即同一個訓釋詞用來訓釋不同釋條的不同被訓釋詞。如「好」作為訓釋詞，在《方言》中共出現了6次。有些訓釋詞，《方言》與《爾雅》是相同的。濮

〔註50〕（漢）揚雄：《揚雄答劉歆書》，見戴震《方言疏證》，《續修四庫全書》本，第193冊，第502頁。

〔註51〕（晉）常璩：《華陽國志》，《四庫全書》本，第四六三冊，第231頁。

之珍撰有《方言與爾雅的關係》一文，其《中國語言學史》也論及《方言》與《爾雅》的關係。據濮氏統計，「《爾雅》卷一《釋詁》一百五十條，《釋訓》一百十四條，《釋言》二百七十二條，一共是五百三十六條。《方言》十三卷，取卷一、卷二、卷三、卷六、卷七、卷十、卷十二、卷十三等八卷，總共是五百二十八條。現將《方言》的五百二十八條母題與《爾雅》五百三十六條母題進行對比研究，結果是母題相同的有六十八次，共計二百二十八條。」〔註52〕濮氏所說的「母題」即指訓釋詞。

由此可見，《方言》一書從分卷、訓釋體例到內容都受《爾雅》的影響，二書存在許多相同、相似之處。

（2）《方言》在《爾雅》的基礎上又有發展與創新。《方言》雖然是對《爾雅》的模仿與繼承，但並不隸屬於《爾雅》，不是為《爾雅》作注的。《方言》的成書基礎主要有三個：

一是《爾雅》。《方言》作為後出的訓詁書，不可避免地要受到《爾雅》的影響。不只是《方言》，其他字書、義書，如《說文》《釋名》等，也都受到了《爾雅》的影響。但是，我們不能誇大《爾雅》對《方言》的影響。濮之珍說：「我認為《方言》的雅詁是從《爾雅》中來的。也就是說，《方言》是根據《爾雅》先立下雅詁，然後再去求方言的。」〔註53〕華學誠也說：「《方言》一書的雅詁部分主要來自《爾雅》，經濮先生分析論證已確不可移。」〔註54〕這些話都言過其實了。《方言》中有些釋條的「雅詁」部分，在《爾雅》中是找不到的，如《卷三》：「葰、芡，雞頭也。」「苙，圂也。」閻玉山說：「我們曾做過抽樣比較，在《方言》卷一計 142 個所釋詞中，見於《爾雅》並且釋義相同的只有 54 個，連同二書互見，釋義相近的總共也只有 69 個，不足總數的二分之一。」〔註55〕上述濮之珍所統計的《方言》528 條中，母題與《爾雅》相同的有 228 條，據此也可以推斷，母題與《爾雅》不同的有 300 條，佔了大部分。可見，我們不能說《方言》的「雅詁」主要來自《爾雅》。至於與《爾雅》相同的「雅詁」，也不能認為就一定是來自《爾雅》的。「作為社會交際工具的

〔註52〕濮之珍：《中國語言學史》，上海古籍出版社，2002 年版，第 101 頁。

〔註53〕濮之珍：《中國語言學史》，上海古籍出版社，2002 年版，第 100 頁。

〔註54〕華學誠：《周秦漢晉方言研究史》（修訂本），復旦大學出版社，2007 年版，第 153 頁。

〔註55〕閻玉山：《〈方言〉宗〈爾雅〉說辨疑》，《古籍整理研究學刊》，1990 年，第 3 期。

語言是社會公有的，以社會公有語言為對象的詞書，在內容上有許多相同是必然的。」〔註56〕從現代語義學的角度來看，諸如「大」「小」「美」「病」之類常見的語義場，自古至今都是存在的，其包含的義位自古至今也有很多是相同的。這樣看來，《方言》中的「雅詁」與《爾雅》存在相同之處也就不足為怪了。

二是嚴君平、林閭翁孺遺留下來的方言資料。《揚雄答劉歆書》云：「獨蜀人有嚴君平、臨邛林閭翁孺者深好訓詁，猶見輶軒之使所奏言。……少而與雄也，君平財有千言耳。翁孺梗概之法畧有。」〔註57〕秦漢原本就有「輶軒使者」搜集「別國方言」的傳統，因此嚴君平、林閭翁孺手頭有一些方言資料。這些資料雖不多，但為揚雄撰寫《方言》奠定了基礎，因而具有重要價值。

三是方言調查。《方言》最重要的成書基礎就是揚雄親自對方言材料的調查整理。《揚雄答劉歆書》云：「雄常把三寸弱翰，齎油素四尺，以問其異語，歸即以鉛摘次之於槧，二十七歲於今矣。」〔註58〕可見，《方言》是揚雄在長期調查的基礎上著成的，這也是《方言》與《爾雅》最大的不同。齊佩瑢評價說：「《方言》雖是有意模仿《爾雅》，但是它的態度已由客觀而進入主觀，它的取材已由紙面而進入口頭，它的目的不僅為了實用而且重在研究，示人以訓詁之途徑；《爾雅》如果是訓詁的材料，《方言》則是訓詁的學術了。這在訓詁學史上不能不說是一個新紀元。」〔註59〕

除了以上三點，揚雄本人所具有的學術素養、創新意識也是不能忽略的。總之，《方言》的成書是個人因素和社會因素、主觀因素和客觀因素共同作用的結果。我們應該承認《爾雅》對《方言》的影響，但不能誇大這種影響。

（二）《釋名》與《爾雅》的關係

《釋名》是漢代繼《方言》之後又一部重要的訓詁專書，作者為劉熙。劉熙，字成國，東漢青州北海（今山東濰坊西南）人，生卒年不詳。據清人考證，劉熙大約是東漢末或魏時人。

關於《釋名》的寫作緣由，劉熙在《釋名·序》中交待說：「夫名之於實，

〔註56〕閻玉山：《〈方言〉宗〈爾雅〉說辨疑》，《古籍整理研究學刊》，1990年，第3期。

〔註57〕（漢）揚雄：《揚雄答劉歆書》，見戴震《方言疏證》，《續修四庫全書》本，第193冊，第500頁。

〔註58〕（漢）揚雄：《揚雄答劉歆書》，見戴震《方言疏證》，《續修四庫全書》本，第193冊，第500～501頁。

〔註59〕齊佩瑢：《訓詁學概論》，中華書局，2004年版，第259～260頁。

各有義類，百姓日稱而不知其所以之意，故撰天地、陰陽、四時、邦國、都鄙、車服、喪紀，下及民庶應用之器，論敘指歸，謂之《釋名》。」可見，劉熙撰寫《釋名》，主要目的是探求事物命名之由。因此，《釋名》是一部語源學著作。

同為訓詁專書，《爾雅》先成，《釋名》後出，《爾雅》對《釋名》也有一定的影響，二書的關係主要表現為：

（1）《釋名》是對《爾雅》的模仿與繼承。從分卷與分篇來看，《釋名》共8卷27篇，各卷所包含的篇目如下：

卷一：《釋天》《釋地》《釋山》《釋水》《釋丘》《釋道》

卷二：《釋州國》《釋形體》

卷三：《釋姿容》《釋長幼》《釋親屬》

卷四：《釋言語》《釋飲食》《釋彩帛》《釋首飾》

卷五：《釋衣服》《釋宮室》

卷六：《釋床帳》《釋書契》《釋典藝》

卷七：《釋用器》《釋樂器》《釋兵》《釋車》《釋船》

卷八：《釋疾病》《釋喪制》

可見，《釋名》的篇名均採用「釋X」的形式，與《爾雅》相同，且篇目的名稱有的與《爾雅》完全相同。

《釋名》中的釋條大致上可以分為兩種類型，一種是先列舉被訓釋詞，然後用一個音同或音近的詞進行解釋，最後進一步用小句指出命名之由。這種類型可以表達為「被訓釋詞＋聲訓詞＋小句」。例如，《釋天》：「景，境也，明所照處有境限也。」《釋地》：「土，吐也，吐生萬物也。」《釋水》：「川，穿也，穿地而流也。」另一種是先用「某曰某」的形式對被訓釋詞進行解釋，然後用聲訓進行解釋，最後進一步用小句指出命名之由。這種類型可以表達為「釋義＋被訓釋詞＋聲訓詞＋小句」。例如，《釋地》：「已耕者曰田。田，填也，五稼填滿其中也。」《釋山》：「山足曰麓。麓，陸也，言水流順陸燥也。」《釋親屬》：「父之弟曰仲父。仲，中也，位在中也。」《釋名》所採用的訓釋方式，主要有「某，某也」「某曰某」，這些訓釋方式在《爾雅》中是常見的。

從內容上看，《釋名》有的釋條與《爾雅》的訓釋相同。例如，《釋名・釋山》：「山頂曰冢。」「山脊曰岡。」「山大而高曰嵩。」「山小高曰岑。」「山多小石曰礉。」「山多大石曰礐。」「山上有水曰埒。」「山東曰朝陽，山西曰夕陽」。《爾雅・釋山》:「山頂，冢。」「山脊，岡。」「山大而高，嵩。」「山小而高，岑。」「多小石，礉。」「多大石，礐。」「山上有水，埒。」「山西曰夕陽，山東曰朝陽。」顯然，二書釋義相同，只是訓釋體例略有差異。再如，《釋名・釋水》:「水中可居者曰洲。」「小洲曰渚。」「小渚曰沚。」「小沚曰泜。」「人所為之曰潏。」《爾雅・釋水》:「水中可居者曰洲，小洲曰陼，小陼曰沚，小沚曰坻。人所為為潏。」二者釋義相同，只是在用字上略有差異。

由此可見，《釋名》從分卷、訓釋體例到內容都受《爾雅》的影響，二書存在許多相同、相似之處。

（2）《釋名》在《爾雅》的基礎上又有發展與創新。《釋名》雖然是對《爾雅》的模仿與繼承，但又有發展與創新，這主要表現在以下三個方面：

第一，較之《爾雅》，《釋名》在編排上更為合理。《爾雅》有 19 篇，而《釋名》有 27 篇，分類更加細密。《爾雅》的釋條，很多是多詞共訓，存在「二義同條」的情況。例如，《釋詁》:「台、朕、賚、畀、卜、陽，予也。」此條中「予」有二義，「台、朕、陽」為第一人稱代詞「予」（即「我」的意思），「賚、畀、卜」為賜予、給予的意思。從現代語義學的角度看，《爾雅》的釋義存在混淆義位與義素的情況。《爾雅》中還有少數釋條是重複的。與《爾雅》不同，《釋名》主要採用一詞一訓的方式，釋義更為清晰，且沒有重複的釋條。有些釋條的歸類，《釋名》的安排更合理。例如，《爾雅・釋山》:「山夾水，澗。」《釋名・釋水》:「山夾水曰澗。」《釋名》將「澗」歸為《釋水》，更加合理。

第二，《釋名》在內容上對《爾雅》進行了增補。《釋名》有 27 篇，「所釋名物典禮，計一千五百二事」〔註 60〕，有些內容，如《釋形體》《釋典藝》等是《爾雅》沒有的。即使篇目相同，內容也不盡相同。例如，同為《釋山》，《釋名》「山旁隴間曰涌」，「山下根之受霤處曰甽」，「山足曰麓」，這些內容都是《爾雅》沒有的。即使所釋對象相同，《釋名》也不一定完全承襲《爾雅》。例如，《爾雅・釋地》:「河南曰豫州。」「江南曰揚州。」「濟東曰徐州。」《釋名・釋州國》:「豫州，地在九州之中，京師東都所在，常安豫也。」「揚州，

〔註 60〕胡樸安：《中國訓詁學史》，中國書店，1983 年版，第 202 頁。

州界多水，水波揚也。」「徐州，徐，舒也，土氣舒緩也。」總之，《釋名》在內容上與《爾雅》有很大的不同。

第三，《釋名》是第一部語源學專著，全書幾乎都是用聲訓來探求事物命名之由，這是與《爾雅》最大的不同。雖然《爾雅》中也有聲訓，但那只是少數，且是不自覺的。《釋名》用音同或音近的字來解釋詞義，探求音義之間的關係和事物命名之由，開創了語源學研究的先河。《釋名》中的聲訓，集先秦兩漢聲訓之大成，對宋代的「右文說」和清代的「因聲求義」都產生了很大影響，給今人以重要啟示。胡樸安評價說：「《釋名》在訓詁學上之價值，不在《爾雅》《方言》之下。」〔註61〕

正因為《釋名》在《爾雅》的基礎上又有發展與創新，所以我們不能過分誇大《爾雅》對《釋名》的影響。

從上述《方言》《釋名》與《爾雅》的關係可以看出，《方言》和《釋名》雖然是對《爾雅》的模仿與繼承，但二書在《爾雅》的基礎上又有發展與創新，分別開創了方言學和語源學研究的先河，其性質與《爾雅》不同。正因為如此，學術界大多不把《方言》和《釋名》列入雅學的範圍。雅學的研究對象應為《爾雅》及其注本、「群雅」及其注本，故本書論及的雅學文獻不包括《方言》《釋名》以及各自的增廣、模仿、注釋之作。

四、「群雅」概說

（一）《小爾雅》

《小爾雅》是中國雅學史上第一部增廣《爾雅》之作，是我國第二部訓詁專書。據楊琳《小爾雅今注》統計，「《小爾雅》全書僅約 1930 字，收詞 628 個，篇幅只是《爾雅》的 1／7」〔註62〕。正是由於該書篇幅比《爾雅》小，故稱《小爾雅》。

《小爾雅》成書較早，《漢書．藝文志》即載有「《小爾雅》一篇」〔註63〕。由於《漢書．藝文志》是班固根據西漢劉歆《七略》編寫的，因此，如果不把《小爾雅》看作偽書，就可以推測《小爾雅》大約成書於西漢。胡樸安在《中

〔註61〕胡樸安：《中國訓詁學史》，中國書店，1983 年版，第 222 頁。
〔註62〕楊琳：《小爾雅今注》，漢語大詞典出版社，2002 年版，第 20 頁。
〔註63〕（漢）班固：《漢書》，中華書局，2007 年版，第 329 頁。

國訓詁學史》中說：「《小爾雅》所作之人，雖不能確定，其時則在《爾雅》之後，許叔重《說文》之前也。」〔註 64〕竇秀豔在《中國雅學史》中說：「《小爾雅》大約產生於秦漢間，至少不晚於西漢中期，東漢以後，不斷有人增益。」〔註 65〕黃懷信考證「《小爾雅》始作於元帝，作成於成帝之世，或者直接說成書於成帝時代」〔註 66〕。

關於《小爾雅》的作者，《漢書・藝文志》不著撰人名氏，《隋書・經籍志》《舊唐書・經籍志》《新唐書・藝文志》均載有《小爾雅》，但都不著撰人名氏。《隋書・經籍志》還載有「《孔叢》七卷」，題「陳勝博士孔鮒撰」〔註 67〕。《孔叢》（亦稱《孔叢子》）是一部記載孔家人物言行的書。有的學者考證，《孔叢子》是一部偽書，非孔鮒撰。《史記》也沒有提到孔鮒有著作傳世。我們今天所見到的《小爾雅》，是宋人從《孔叢子》中輯錄出來的，所以《宋史・藝文志》載「孔鮒《小爾雅》一卷」〔註 68〕。宋代以來，很多學者都認為《小爾雅》是孔鮒撰寫的。宋代王應麟《玉海》卷四十四云：「《小爾雅》一篇。陳涉博士孔鮒撰，十三章，申衍詁訓，見《孔叢子》，乃別行。」〔註 69〕現在學界大多認為《小爾雅》的作者不是孔鮒，但到底是誰，已難以考證。黃懷信考證「《小爾雅》作者有可能就是孔驩、孔子立父子」〔註 70〕，可備一說。

《小爾雅》共 13 章，分別是《廣詁》《廣言》《廣訓》《廣義》《廣名》《廣服》《廣器》《廣物》《廣鳥》《廣獸》《廣度》《廣量》《廣衡》。由於《小爾雅》是對《爾雅》的增廣，因此每章的篇目都含有一個「廣」字。前 10 章大致上是按照《爾雅》的分卷系統安排的，後 3 章則是《小爾雅》獨有的。依據胡承珙《小爾雅義證》進行統計，《廣詁》51 條，《廣言》157 條，《廣訓》20 條，《廣義》12 條，《廣名》14 條，《廣服》25 條，《廣器》30 條，《廣物》10 條，《廣鳥》3 條，《廣獸》5 條，《廣度》10 條，《廣量》8 條，《廣衡》8 條，共計 353 條。其內容雖不多，但能廣《爾雅》之未備，補《爾雅》之不足。《小爾雅》在

〔註 64〕胡樸安：《中國訓詁學史》，中國書店，1983 年版，第 63 頁。
〔註 65〕竇秀豔：《中國雅學史》，齊魯書社，2004 年版，第 65 頁。
〔註 66〕黃懷信：《小爾雅匯校集釋》，三秦出版社，2003 年版，第 32 頁。
〔註 67〕（唐）魏徵：《隋書》，中華書局，2000 年版，第 634 頁。
〔註 68〕（元）脫脫：《宋史》，中華書局，2000 年版，第 3388 頁。
〔註 69〕（宋）王應麟：《玉海》，廣陵書社，2003 年版，第 823 頁。
〔註 70〕黃懷信：《小爾雅匯校集釋》，三秦出版社，2003 年版，第 36 頁。

流傳過程中，後人進行了增補。

在訓釋條例方面，《小爾雅》與《爾雅》相似，也存在「二義同條」現象及義位與義素並釋的情況。「二義同條」現象最早見諸《爾雅》，晉代郭璞在注解《爾雅》時即有所闡發。《小爾雅》沿襲了《爾雅》的這一訓釋條例。例如：

《小爾雅・廣言》：「倫、贅，屬也。」

今按：《說文》：「屬，連也。」「屬」有連接、連綴的意思，還有部屬的意思。《國語・周語中》：「乃以其屬死之。」此處「屬」指部屬。《說文》：「倫，頗也。」段玉裁注：「頗，頭倫也。引伸為凡倫之偁。」「倫」也有部屬的意思。《左傳・襄公三年》：「立其子，不為比；舉其倫，不為黨。」杜預注：「倫，屬也。」此處「屬」即部屬。《說文》：「贅，以物質錢。」「贅」的本義為抵押，假借為「綴」而有連綴義。《詩經・大雅・桑柔》：「哀恫中國，具贅卒荒。」毛傳：「贅，屬。」孔穎達疏：「贅猶綴也，謂繫贅而屬之。」可見，訓釋詞「屬」要訓為部屬、連綴兩個義位才能使釋條成立。

《小爾雅》的釋義，有的所釋為義位，有的所釋為義素。在同一個釋條中，往往存在義位與義素並釋的情況。例如：

《小爾雅・廣詁》：「邵、媚、旨、伐，美也。」

今按：《說文》：「邵，晉邑也。」「邵」本指地名，假借為「卲」而有美好義。《說文》：「卲，高也。」高、美義相成。《法言・重黎》「皆不足邵矣」，李軌注：「邵，美。」《說文》：「媚，說也。」《廣雅・釋詁》：「媚，好也。」「媚」的本義當指女子容貌嬌美漂亮，引申為美麗、美好。《論衡・逢遇》：「偶以形佳骨嫻，皮媚色稱。」此處「媚」為美好。《說文》：「旨，美也。」「旨」本指味美，引申為一般事物的美好。《尚書・說命中》：「王曰：『旨哉！說乃言惟服。』」孔安國傳：「旨，美也。」《說文》：「伐，擊也。」「伐」的本義當為擊殺，引申為戰功、功勞。《左傳・莊公二十八年》：「且旌君伐。」杜預注：「旌，章也；伐，功也。」又引申為對自己功績的讚美、誇耀。《玉篇・人部》：「伐，自矜曰伐。」《尚書・大禹謨》：「汝惟不伐，天下莫與汝爭功。」孔穎達疏：「自言己功曰伐。」胡承珙《小爾雅義證》認為「伐為功之美，亦為自美其功也」。可見，此條存在義位與義素並釋的情況。「美」訓釋的是「邵、媚、旨」的義位，美好的意思。「伐」無美好義，但有誇耀義，即「自美其功」。所以，

「美」訓釋的是「伐」的義素，而非義位。《漢語大字典》(第二版)「伐」字頭下亦無「美」這一義項。

「經統計，《小爾雅》中存在『二義同條』與非同義訓釋的特殊釋條有 30 餘條。揭示《小爾雅》中的訓釋條例並正確解讀這些特殊釋條，對於《小爾雅》疏證具有重要意義，也能為字典辭書引用《小爾雅》提供參考。」〔註 71〕

《小爾雅》篇幅雖小，其價值卻不容低估。第一，《小爾雅》輯錄並訓釋了許多古詞語，是閱讀和研究古代典籍的重要工具書。第二，《小爾雅》記載了很多古代名物及典章制度。《小爾雅》後面 9 章全部是訓釋名物、典制的，特別是最後的《廣度》《廣量》《廣衡》3 章，是最早系統地記錄我國古代度量衡制度的文獻資料，彌足珍貴。第三，《小爾雅》可據以訂正其他典籍的錯誤。黃懷信說：「今有《小爾雅》，就能更好地把握《禮》書之義，糾正《說文》、《廣雅》及韋注之誤。」〔註 72〕當然，《小爾雅》一書並非完美無瑕，其不足之處也是存在的。

為《小爾雅》作注的，最早是晉代李軌，其書已亡佚。宋代宋咸也注解過《小爾雅》，他是在注解《孔叢子》時對收錄其中的《小爾雅》也作了注解，但他的注解比較簡略。現存最早的《小爾雅》注本就是宋注。到了清代，隨著漢學的復興，為《小爾雅》作注的達十多家，產生了一批學術價值較高的注本，如莫栻《小爾雅廣注》、任兆麟《小爾雅注》、王煦《小爾雅疏》、宋翔鳳《小爾雅訓纂》、胡承珙《小爾雅義證》、胡世琦《小爾雅義證》、葛其仁《小爾雅疏證》、朱駿聲《小爾雅約注》等。其中，以胡承珙的《小爾雅義證》最享盛名。

目前學術界研究《小爾雅》及其注本的成果也不少，專著有徐宗元《小爾雅義疏》(徐氏 1970 年已逝世，其書生前未正式出版，北京時代弄潮文化發展公司 2012 年進行了影印)、黃懷信《小爾雅校注》《小爾雅匯校集釋》、楊琳《小爾雅今注》、遲鐸《小爾雅集釋》。張舜徽《舊學輯存》(齊魯書社，1988 年)載有《小爾雅補釋》一卷，約 7000 餘字。連同碩士論文在內的各種論文有數十篇，涉及的範圍較廣。另外，一些語言學著作也會論及《小爾雅》，如王力《中

〔註 71〕江遠勝：《論〈小爾雅〉的兩個訓釋條例》，《安慶師範大學學報》(社會科學版)，2018 年，第 5 期。

〔註 72〕黃懷信：《小爾雅匯校集釋》，三秦出版社，2003 年版，第 3 頁。

國語言學史》、濮之珍《中國語言學史》、胡樸安《中國訓詁學史》、周大璞《訓詁學初稿》、高小方《中國語言文字學史料學》、石雲孫《訓詁得義論》、竇秀豔《中國雅學史》、王其和《清代雅學史》、楊琳《語文學論集》等都有關於《小爾雅》的論述。

（二）《廣雅》

《廣雅》是繼《爾雅》之後最重要的雅學著作，張揖撰。張揖，字稚讓，清河（今河北臨清東北）人，一說河間（今河北獻縣東南）人，魏明帝太和中（227～233）官博士。除了《廣雅》，張揖還撰有《埤蒼》《古今字詁》《雜字》等，今存僅《廣雅》。

關於《廣雅》的寫作緣由，張揖在《上〈廣雅〉表》中作了說明。他認為《爾雅》有很多內容「未能悉備」，於是將「八方殊語，庶物易名，不在《爾雅》者，詳錄品覈，以箸於篇」〔註 73〕。可見，張揖撰寫《廣雅》，目的是要廣《爾雅》之未備。王念孫在《廣雅疏證・自序》中評價《廣雅》：「其自《易》、《書》、《詩》、三禮、三傳經師之訓，《論語》、《孟子》、《鴻烈》、《法言》之注，楚辭、漢賦之解，讖緯之記，《倉頡》、《訓纂》、《滂喜》、《方言》、《說文》之說，靡不兼載。」〔註 74〕可見《廣雅》搜羅之廣泛。

今本《廣雅》10 卷 19 篇，篇目與《爾雅》完全相同。張揖《上〈廣雅〉表》說《廣雅》「萬八千一百五十文，分為上中下」〔註 75〕，《隋書・經籍志》也載「《廣雅》三卷」〔註 76〕，可見《廣雅》原本只有 3 卷，後人析為 10 卷。在訓釋體例上，《廣雅》與《爾雅》存在很多相同、相似之處。

《廣雅》是對《爾雅》的增廣。《廣雅》「全書共 18150 字，所釋詞語名物共計 2343 事，比《爾雅》收詞多得多（《爾雅》全書收字 10819 個，所釋詞語名物共計 2091 事）」〔註 77〕。《廣雅》對《爾雅》的增廣主要表現為增加詞語、條目、事類。例如，《廣雅・釋詁》：「乾、官、元、首、主、上、伯、子、

〔註 73〕（三國）張揖：《上〈廣雅〉表》，見王念孫《廣雅疏證》，中華書局，2004 年版，第 3 頁。

〔註 74〕（清）王念孫：《廣雅疏證》，中華書局，2004 年版，第 2 頁。

〔註 75〕（三國）張揖：《上〈廣雅〉表》，見王念孫《廣雅疏證》，中華書局，2004 年版，第 3 頁。

〔註 76〕（唐）魏徵：《隋書》，中華書局，2000 年版，第 635 頁。

〔註 77〕竇秀豔：《中國雅學史》，齊魯書社，2004 年版，第 107 頁。

男、卿、大夫、令、長、龍、嫡、郎、將、日、正，君也。」這 19 個詞語為《爾雅・釋詁》「君也」條所無。再如，《廣雅・釋器》包含度量衡方面的內容，亦為《爾雅》所無。不過，較之《小爾雅》，《廣雅》所載度量衡不夠全面、系統。《廣雅》的收詞原則為「不在《爾雅》者」，但還是有少數內容與《爾雅》重複。除了增廣《爾雅》，《廣雅》還對《爾雅》原有的訓釋進行了補充和說明。例如，《爾雅・釋山》：「泰山為東嶽，華山為西嶽，霍山為南嶽，恒山為北嶽，嵩高為中嶽。」《廣雅・釋山》：「岱宗謂之泰山，天柱謂之霍山，華山謂之太華，常山謂之恒山，外方謂之嵩高。」

《廣雅》是相對完整保存下來的較早的語言學著作，是研究古代漢語的寶貴資料。王念孫在《廣雅疏證・自序》中評價說：「蓋周秦兩漢古義之存者，可據以證其得失；其散逸不傳者，可藉以闚其端緒；則其書之為功於詁訓也大矣。」〔註 78〕

《廣雅》的價值很高，但為《廣雅》作注者卻寥若晨星。清代以前，只有隋曹憲為《廣雅》作注，撰成《博雅音》。為避隋煬帝楊廣諱，曹憲改《廣雅》為《博雅》。有清一代，《廣雅》的注本也很少，主要有：王念孫《廣雅疏證》、錢大昭《廣雅疏義》、盧文弨《廣雅釋天以下注》等。其中，以王念孫《廣雅疏證》最為世人推重。王念孫對《廣雅》進行了全面校勘和詳細疏證，取得了很高成就。尤其是王氏廣泛運用因聲求義法，作出了很多精闢的論斷。《廣雅疏證》也是訓詁學史上的巔峰之作，與《說文解字注》雙峰並立。

今人對《廣雅》及其注本進行了廣泛、深入的研究，取得了豐碩的成果。研究《廣雅》的專書主要有：徐復主編的《廣雅詁林》（1992 年）為學人研治《廣雅》提供了便利，李增傑《廣雅逸文補輯並注》（1993 年）對《廣雅》逸文進行了研究，胡繼明《〈廣雅〉研究》（2008 年）對《廣雅》一書作了全面研究。研究《廣雅疏義》的專書主要有：黃建中、李發舜對《廣雅疏義》進行了點校（2011 年），劉永華《廣雅疏義校注》（2015 年）對《廣雅疏義》進行了校注。研究《廣雅疏證》的專書較多，主要有：戴山青《廣雅疏證索引》（1990 年）、徐興海《〈廣雅疏證〉研究》（2001 年）、胡繼明《〈廣雅疏證〉同源詞研究》（2003 年）、盛林《〈廣雅疏證〉中的語義學研究》（2008 年）、

〔註 78〕（清）王念孫：《廣雅疏證》，中華書局，2004 年版，第 2 頁。

張其昀《廣雅疏證導讀》（2009 年）、胡繼明、周勤、向學春《〈廣雅疏證〉詞彙研究》（2015 年）、李福言《〈廣雅疏證〉因聲求義研究》（2017 年）。單殿元《王念孫王引之著作析論》（2009 年）第一章便是論述《廣雅疏證》。關於《廣雅疏證》的點校本有兩種：張靖偉、樊波成、馬濤點校本（2016 年）和張其昀點校本（2019 年）。至於研究《廣雅》及其注本的論文則更多，其中碩士論文和博士論文就有二三十篇。由於《廣雅疏證》成就巨大，後人對《廣雅疏證》的研究遠遠超過了對《廣雅》本身的研究。今後，研究《廣雅》及其注本的論著還會更多。

（三）《埤雅》

《埤雅》也是增廣《爾雅》之作，北宋陸佃撰。陸佃（1042～1102），字農師，號陶山，越州山陰（今浙江紹興）人，官至尚書左丞。陸佃是王安石的女婿，曾師事王安石，因而受王安石學說的影響。陸氏精於禮學和名物訓詁，長於說《詩》，著有《禮象》《春秋後傳》《陶山集》《埤雅》《爾雅新義》等。神宗皇帝喜歡談論物性，陸佃於是進獻《釋魚》《釋木》兩篇。後來在《釋魚》《釋木》的基礎上撰成《物性門類》，最後又加以修訂，更名為《埤雅》。宋代陸宰《埤雅・序》云：「《埤雅》比之《物性門類》，蓋愈精詳，文亦簡要。」

今本《埤雅》共 8 篇 20 卷 297 條，所釋均為名物詞。其中，《釋魚》2 卷 30 條，《釋獸》3 卷 44 條，《釋鳥》4 卷 60 條，《釋蟲》2 卷 40 條，《釋馬》1 卷 15 條，《釋木》2 卷 31 條，《釋草》4 卷 64 條，《釋天》2 卷 13 條。較之《爾雅》，《埤雅》對名物的解釋要詳細得多，不僅對動植物的名稱、形狀、特性、命名之由等作了解釋，還廣泛徵引典籍。可以說，《埤雅》的每一條都相當於一篇小論文。例如，《釋鳥》「鷓鴣」條：

> 鷓鴣自呼其名，常向日而飛，飛數隨月。蓋若正月，一飛而止。畏霜露，蚤晚稀出。有時夜飛，飛則以木葉自覆其背。古牋云：「偃鼠飲河，止於滿腹；鷓鴣銜葉，才能覆身。」此之謂也。臆前有白圓點文，多對啼。志常南嚮，不思北徂。《南越志》所謂鷓鴣雖東西回翔，然開翅之始，必先南翥，亦胡馬嘶北之義也。《本艸》曰：「鷓鴣形似母雞，鳴云鉤輈格磔。」《嶺表異錄》云：「肉白而脆，味勝雞雉。」

此條對「鷓鴣」的得名之由、外部特徵、內在習性等均作了說明，並引用了古語和 3 種文獻，使讀者對「鷓鴣」有一個清晰、全面的認識。對於那些常見的動植物，《埤雅》的解說更為詳細。《四庫全書總目》評價說：「其說諸物，大抵略於形狀，而詳於名義，尋究偏旁，比附形聲，務求其得名之所以然。又推而通貫諸經，曲證旁稽，假物理以明其義。中多引王安石《字說》。……然其詮釋諸經，頗據古義；其所援引，多今所未見之書；其推闡名理，亦往往精鑿。謂之駁雜則可，要不能不謂之博奧也。」〔註 79〕

《埤雅》的學術價值很高，然而今人對《埤雅》的研究還不夠充分，研究成果也不多，除了王敏紅《埤雅》點校本（2008 年）和李濤《〈埤雅〉譯注》（2019 年），就只有數十篇論文和一些散見於語言學著作中的評介。今後應從不同角度對《埤雅》進行深入研究。

（四）《爾雅翼》

《爾雅翼》與《埤雅》相似，是宋代又一部重要的雅學著作，羅願撰。羅願（1136～1184），字端良，號存齋，徽州歙縣（今安徽歙縣）人。《爾雅翼》成書於宋孝宗淳熙元年（1174），刊刻於宋度宗咸淳六年（1270）。依據《叢書集成》本進行統計，《爾雅翼》共 6 篇 32 卷 416 條。其中，《釋草》8 卷 120 條，《釋木》4 卷 60 條，《釋鳥》5 卷 58 條，《釋獸》6 卷 83 條，《釋蟲》4 卷 40 條，《釋魚》5 卷 55 條。與《埤雅》相比較，《爾雅翼》少了《釋馬》和《釋天》兩篇，但《爾雅翼．釋獸》中含有釋馬的內容。

《爾雅翼》也取得了很高的成就，《四庫全書總目》評價說：「其書考據精博，而體例謹嚴，在陸佃《埤雅》之上。」〔註 80〕胡樸安《中國訓詁學史》說：「鄭樵之《昆蟲草木略》、陸佃之《埤雅》、羅願之《爾雅翼》，皆是有宋一代名物學之著作。鄭非專書，如以蘭蕙為一物，疏漏時有；陸多比附王安石《字說》；而羅書為善。」〔註 81〕黃侃不以為然，其《爾雅略說》評價《爾雅翼》：「他若以鶉為淳，以鳩為九，皆不脫王氏《字說》之惡習。雖援據載籍極多，治《爾雅》者，亦祇能等之於《埤雅》之流；以視陸璣《毛詩義疏》，陶弘景《本草注》，固不逮遠甚矣。」〔註 82〕

〔註 79〕（清）永瑢：《四庫全書總目》，中華書局，1965 年版，第 342 頁。
〔註 80〕（清）永瑢：《四庫全書總目》，中華書局，1965 年版，第 342 頁。
〔註 81〕胡樸安：《中國訓詁學史》，中國書店，1983 年版，第 114 頁。
〔註 82〕黃侃著，黃延祖重輯：《黃侃國學文集》，中華書局，2006 年版，第 279 頁。

《爾雅翼》刊行後，元代洪焱祖為之作音釋，附於各卷末，流傳至今。元代陳櫟對《爾雅翼》進行刪節，其節本已亡佚。

當今學界對《爾雅翼》的研究也不夠充分，除了石雲孫《爾雅翼》點校本（1991 年）和十幾篇論文，就是一些散見於語言學著作中的評論。今後應從不同角度來研究《爾雅翼》，將《爾雅翼》與《埤雅》進行比較研究。

（五）其他雅書

除了以上四家，比較重要的「群雅」還有很多。例如，明代有朱謀㙔《駢雅》、方以智《通雅》等。清代有吳玉搢《別雅》、夏味堂《拾雅》、洪亮吉《比雅》、史夢蘭《疊雅》、劉燦《支雅》、陳奐《毛雅》、陳先甲《選雅》、朱駿聲《說雅》等。今人張舜徽撰有《鄭雅》，石雲孫撰有《朱雅》。與《爾雅》相比較，「群雅」的研究要寂寞得多。今後應加強對「群雅」的研究，推進雅學發展。

第三節　本書研究的對象、目的、意義、方法

一、研究對象

本書的研究對象為段玉裁《說文解字注》中所引用的雅學文獻，具體包括《爾雅》《小爾雅》《廣雅》《埤雅》《爾雅翼》5 種雅書以及《爾雅》注本、《廣雅》注本。其中，《爾雅》與《廣雅》是研究的重點。本書所採用的《說文解字注》，其版本為上海古籍出版社 1988 年第 2 版，同時利用《說文解字注》的 WORD 版本，並參考《說文解字注》許惟賢整理本。本書所涉及的敦煌本《爾雅》和《爾雅注》，其版本為王重民原編、黃永武新編《敦煌古籍敘錄新編》，臺灣新文豐出版公司 1986 年出版。

二、研究目的

1. 舉例說明《說文解字注》徵引雅學文獻的體例、內容、方式和特點，統計段注所引雅學文獻的數量，並製作成表格。

2. 通過梳理段玉裁對《爾雅》及其注本、《廣雅》及其注本的校訂、注釋、評論，揭示段玉裁治雅學之成就與不足。

3. 從俗字、通假字、通用字、異體字、異形詞、古今字、同形字、誤字等方面，將段注所引《爾雅》及郭璞注與敦煌寫本進行比較，指出二者在用字上

的差異，揭示《爾雅》異文。

4. 以段注為平臺，利用段注中已有的考證和結論，從用字、釋義、訓詁體例等方面將《爾雅》與《說文》進行比較，進一步闡明《爾雅》對《說文》的影響，揭示《爾雅》與《說文》之間的源流關係。

5. 以段注為平臺，利用段注中已有的考證和結論，從用字、釋義、訓詁體例等方面將《說文》與《廣雅》進行比較，進一步闡明《說文》對《廣雅》的影響。

三、研究意義

1. 能夠為「《說文》學」研究提供參考

《說文解字注》是「《說文》學」的重要研究對象。本書對《說文》和段注中某些問題的闡釋，能夠為《說文》研究和段注研究提供參考。

2. 能夠為雅學研究提供參考

本書的研究目的之一是貫通「《說文》學」與雅學。本書對雅書及其注本的闡釋，能夠為中國雅學史研究，尤其是《爾雅》研究和《廣雅》研究提供參考。

3. 能夠為敦煌學研究提供參考

敦煌文獻中包含白文《爾雅》和郭璞《爾雅注》，二者雖為殘卷，但具有很高的文獻價值，而段玉裁沒有見到敦煌文獻。學術界對敦煌本《爾雅》和《爾雅注》的研究還不夠充分，有些典型例子被忽略了。本書將段注所引《爾雅》及郭璞注與敦煌寫本進行比較，能夠豐富敦煌學研究成果。

四、研究方法

1. 文獻分析法

本書需要參考大量文獻資料，尤其要詳細分析雅學與「《說文》學」兩大類文獻，通過對文獻的梳理、分析得出一些結論。

2. 統計法

本書利用《說文解字注》WORD 版本進行檢索，對段注中所引用的雅書及其注本作窮盡性統計，用精確的數字說明問題。此外，本書還對其他研究內容進行統計。因此，本書含有大量數據和圖表。

3. 比較法

本書涉及的比較主要有：

（1）《爾雅》與《說文》在用字、釋義、訓詁體例等方面的比較。

（2）《說文》與《廣雅》在用字、釋義、訓詁體例等方面的比較。

（3）《說文解字注》所引《爾雅》及郭璞注與敦煌寫本在用字上的比較。

（4）《說文解字注》與《廣雅疏證》訓詁比較。

4. 義素分析法

本書運用現代語義學理論中的義素分析法，深入詞義的微觀領域，揭示雅書中某些釋條所釋為義素的特點。

5. 全面考察與重點分析相結合的方法

本書在對《說文解字注》所引雅學文獻作窮盡性統計和全面考察的基礎上，對其中的典型例子予以詳細分析。

6. 描寫與解釋相結合的方法

本書在描寫《說文解字注》徵引雅學文獻的同時，對其中的某些情況與現象作出合理的解釋。例如，本書統計段注引用《小爾雅》僅 15 條，引用數量較少。究其原因，很可能是段玉裁視《小爾雅》為偽書而不肯大量引用。

第二章　《說文解字注》引雅學文獻的整體觀照

第一節　《說文解字注》引雅學文獻統計

段玉裁在注解《說文》的過程中，大量徵引雅書及其注本。段注所引用的雅書包括《爾雅》《小爾雅》《廣雅》《埤雅》《爾雅翼》5 種，引用的注本包括《爾雅》注本和《廣雅》注本。以《說文》字頭為單位進行統計（具體內容見書後附錄），段注所引雅書及其注本的數量如下：

一、段注引雅書統計表

雅　書	引用數量
《爾雅》	1442
《小爾雅》	15
《廣雅》	410
《埤雅》	9
《爾雅翼》	7

從上表可以看出，引用數量最多的是《爾雅》，可見《爾雅》在雅書中居於最重要的地位，亦可見《說文》與《爾雅》的關係非常密切。在「群雅」中，

段注引用《廣雅》的數量最多，可見《廣雅》在「群雅」中居於最重要的地位，亦可見《廣雅》與《說文》有一定的聯繫。

二、段注引雅書注本統計表

雅書注本		引用數量
《爾雅》注本	犍為舍人《爾雅注》	28
	劉歆《爾雅注》	3
	樊光《爾雅注》	21
	李巡《爾雅注》	35
	孫炎《爾雅注》	74
	郭璞《爾雅注》	355
	郭璞《爾雅音義》	12
	郭璞《爾雅圖贊》	1
	陸德明《爾雅音義》	156
	邢昺《爾雅疏》	5
	邵晉涵《爾雅正義》	3
《廣雅》注本	曹憲《博雅音》	19
	王念孫《廣雅疏證》	3

從上表可以看出，引用數量最多的是郭璞《爾雅注》，可見郭璞《爾雅注》在雅書注本中佔有舉足輕重的地位。引用數量僅次於郭注的是陸德明《爾雅音義》（即《爾雅釋文》），可見陸氏《爾雅音義》也非常重要。郭璞之前的五家《爾雅注》早已亡佚，部分內容保存在陸氏《爾雅音義》中。段注引用郭璞之前的五家《爾雅注》，實際上也是引用陸氏《爾雅音義》。

清代雅學成就輝煌，大大超越了前代，段玉裁卻較少引用同時代人的著作，就連訓詁學上的巔峰之作《廣雅疏證》，段氏也只引用了三條。段氏見到了《小爾雅》的注本，但沒有引用。胡世琦撰成《小爾雅義證》後，曾將書稿送給段玉裁審讀，段氏在胡氏書稿上做了 17 則署名為「玉裁」的親筆按語。「這 17 則按語代表了段氏研究《小爾雅》的成就，反映了段氏的治學精神和學術思想，其價值不容忽視。」〔註1〕段氏還寫了一篇文章，即《段茂堂先生論〈小爾雅〉

〔註 1〕江遠勝：《論段玉裁治〈小爾雅〉之成就》，（韓國）《東亞文獻研究》，2012 年，第 9 輯。

書》，載於胡書前。此文後收入《經韻樓集》，更名為《與胡孝廉世琦書》。胡世琦《小爾雅義證》取得了很高的成就，但段氏沒有引用胡書，也沒有引用《小爾雅》的其他注本，更沒有引用《埤雅》和《爾雅翼》二書的注本。段氏若能廣泛參考同時代人的著作，特別是《廣雅疏證》，其成就會更大。

第二節　《說文解字注》引雅學文獻的內容與方式

段注徵引了多種雅學文獻，徵引方式也是多種多樣的，有直接引用，也有間接引用；有明標引文，也有省略或轉述引文；在一個字頭下，有時僅引一種雅書或注本，有時兼引數種雅書或注本。下面舉例說明。

一、引用《爾雅》

（一）引用《爾雅》原文

段玉裁在引用《爾雅》原文時，主要使用了 4 種徵引方式。

1. 明標《爾雅》原文

段玉裁常用「XX 曰」「XX 云」「XX 作」來明引《爾雅》原文，或省略「曰」「云」「作」而直接標出《爾雅》原文。

用「XX 曰」「XX 云」時，所引用的《爾雅》內容大多與《說文》釋義不同，存在這樣那樣的差異，相同的只是少數。例如：

（1）《說文》：「禧，禮吉也。」

段注：「行禮獲吉也。《釋詁》曰：『禧，福也。』」（頁 2）

（2）《說文》：「祿，福也。」

段注：「《釋詁》《毛詩傳》皆曰：『祿，福也。』此古義也。」（頁 3）

（3）《說文》：「祺，吉也。」

段注：「《周頌》曰：『維周之祺。』《釋言》曰：『祺，祥也。祺，吉也。』」（頁 3）

（4）《說文》：「祀，祭無已也。」

段注：「《釋詁》曰：『祀，祭也。』」（頁 3～4）

（5）《說文》:「禡，師行所止，恐有慢其神，下而祀之曰禡。」

段注:「《釋天》曰:『是纇是禡，師祭也。』」（頁7）

（6）《說文》:「壻，夫也。」

段注:「夫者，丈夫也。然則壻為男子之美稱，因以為女夫之稱。《釋親》曰:『女子子之夫為壻。』」（頁20）

（7）《說文》:「蓆，廣多也。」

段注:「《鄭風》『緇衣之蓆兮』，《釋故》《毛傳》皆云:『蓆，大也。』」（頁42）

（8）《說文》:「訾，訾訾，不思稱意也。」

段注:「《釋訓》云:『翕翕，訿訿，莫供職也。』」（頁98）

（9）《說文》:「克，肩也。」

段注:「《釋詁》云:『肩，克也。』又曰:『肩，勝也。』」（頁320）

（10）《說文》:「飄，回風也。」

段注:「《釋天》云:『迴風為飄。』」（頁677）

一般來說，用「XX作」意味著所引用的《爾雅》內容與《說文》釋義存在一定的差異，大多是字形上的差異。例如：

（1）《說文》:「莍，蔓華也。」

段注:「今《釋艸》作『鳌，蔓華』，許所見作莍。」（頁46）

（2）《說文》:「甓，令適也。」

段注:「《爾雅》作『瓴甋』，俗字也。」（頁639）

（3）《說文》:「蚍，蛣蚍也。从虫，出聲。」

段注:「今《爾雅》作蝠。」（頁665）

段注中省略「曰」「云」「作」等術語而直接在書名或篇名後標明《爾雅》原文的情況較多。例如：

（1）《說文》:「琢，治玉也。」

段注:「《釋器》:『玉謂之琢，石謂之摩。』《毛傳》同。」（頁15）

（2）《說文》:「蒢，黃蒢，職也。」

段注:「《釋艸》:『職，黃蒢。』」（頁 28）

（3）《說文》:「運，迻徙也。」

段注:「《釋詁》:『遷、運，徙也。』」（頁 72）

（4）《說文》:「孟，長也。从子，皿聲。」

段注:「《爾雅》:『孟，勉也。』」（頁 743）

2. 省略《爾雅》原文

很多時候，段注所引用的《爾雅》與《說文》釋義完全相同或基本相同。為避免行文重複，段注就用「見 XX」「XX 文」「同 XX（XX 同）」而省略《爾雅》原文。

用「見 XX」的例子如：

（1）《說文》:「元，始也。」

段注:「見《爾雅·釋詁》。」（頁 1）

（2）《說文》:「環，璧肉好若一謂之環。」

段注:「亦見《釋器》。」（頁 12）

（3）《說文》:「蕕，鹿藿之實名也。」

段注:「見《釋艸》。」（頁 23）

（4）《說文》:「羳，黃腹羊也。」

段注:「見《釋嘼》。」（頁 146）

（5）《說文》:「螝，蛹也。」

段注:「見《釋蟲》。」（頁 664）

用「XX 文」的例子如：

（1）《說文》:「衢，四達謂之衢。」

段注:「《釋宮》文。」（頁 78）

（2）《說文》:「饉，蔬不孰為饉。」

段注:「《釋天》文。」（頁 222）

（3）《說文》:「孫，子之子曰孫。」

段注:「《爾雅·釋親》文也。」（頁 642）

(4)《說文》:「鏞，大鐘謂之鏞。」

段注:「《爾雅》文。《大雅》《商頌》毛傳皆同。」(頁 709)

用「同 XX (XX 同)」的例子如:

(1)《說文》:「斻，方舟也。从方，亢聲。《禮》:『天子造舟，諸侯維舟，大夫方舟，士特舟。』

段注:「《大雅》詩傳及《釋水》同。」(頁 404)

(2)《說文》:「惙，憂也。」

段注:「《釋詁》《毛傳》同。」(頁 513)

(3)《說文》:「紹，繼也。」

段注:「同《釋詁》。」(頁 646)

(4)《說文》:「蛹，馬蜩也。」

段注:「與《釋蟲》同。」(頁 666)

3. 轉述《爾雅》原文

有時段氏用自己的話敘述《爾雅》內容而不使用某個固定術語。這種徵引方式較為靈活，不拘一格。例如:

(1)《說文》:「犂，耕也。」

段注:「犂、貍異部而相借，如《爾雅》釋騋牝為驪牝。」(頁 52)

(2)《說文》:「台，說也。从口，㠯聲。」

段注:「《釋詁》台、予同訓我。」(頁 58)

(3)《說文》:「雗，雗也。」

段注:「《爾雅》有鴟鴞、怪鴟、茅鴟，皆與單言鴟者各物。」(頁 142)

(4)《說文》:「竹，冬生艸也。」

段注:「云艸者，《爾雅》竹在《釋艸》。」(頁 189)

4. 間接引用《爾雅》原文

有時段氏不是直接徵引《爾雅》，而是通過他人、他書來徵引《爾雅》。例如:

（1）《說文》：「苹，蓱也，無根浮水而生者。」

段注：「鄭箋以水中之艸非鹿所食，易之曰：『苹，藾蕭也。』於《月令》曰：『蓱，萍也。』於《周禮·萍氏》引《爾雅》『萍，蓱』，似分別萍為水艸，苹為藾蕭。鄭所據《爾雅》自作『萍，蓱』。」（頁25）

（2）《說文》：「藈，豕首也。」

段注：「《釋艸》曰：『茢藈，豕首。』許無茢字者，攷《太平御覽》引《爾雅》『黃，土瓜』，孫炎曰：『一名列也。』」（頁31）

（3）《說文》：「幽，隱也。」

段注：「《周禮·牧人》『陰祀用幽牲，守祧幽堊之』，鄭司農皆幽讀為黝，引《爾雅》『地謂之黝』。今本幽、黝字互譌。」（頁158～159）

（4）《說文》：「檓，似茱萸，出淮南。」

段注：「《內則》注曰：『藙，煎茱萸也，漢律會稽獻焉，《爾雅》謂之檓。』」（頁245）

（二）引用《爾雅》注本

1. 郭璞以前五家《爾雅注》

郭璞以前五家《爾雅注》包括犍為舍人（舍人）、劉歆、樊光（某氏）、李巡、孫炎五家為《爾雅》作的注解。段玉裁在徵引時，有時僅引一家，有時兼引數家。

引用犍為舍人《爾雅注》的例子如：

（1）《說文》：「奭，盛也。」

段注：「《釋詁》『赫赫、躍躍』，赫赫，舍人本作『奭奭』。」（頁137）

（2）《說文》：「雅，楚烏也。一名鸒，一名卑居，秦謂之雅。」

段注：「《爾雅》曰：『鸒斯，卑居也。』孫炎曰：『卑居，楚烏。』犍為舍人以為壁居。」（頁141）

（3）《說文》：「舊，雖舊，舊留也。」

段注：「《釋鳥》『怪鴟』，舍人曰：『謂鵂鶹也，南陽名鉤鵅，一名忌欺。』」（頁 144）

段氏引用劉歆《爾雅注》凡 3 條，且都是通過他人、他書間接引用。全部引例如下：

（1）《說文》：「萑，隹也。」

段注：「陸機云：『……劉歆云：「萑，臭穢（艸名），臭穢即茺蔚也。」』」（頁 28）

（2）《說文》：「蝝，復陶也。劉歆說：『蝝，蚍蠹子也。』」

段注：「《五行志》曰：『劉歆以為蝝，蚍蠹之有翼者，食穀為災。』」（頁 666）

（3）《說文》：「蠹，臭蟲，負蠜也。」

段注：「《漢．五行志》：『劉歆以為負蠜也，性不食穀，食穀為災。』」（頁 676）

引用樊光《爾雅注》的例子如：

（1）《說文》：「蕣，木堇，朝華莫落者。」

段注：「樊光曰：『其樹如李，其華朝生莫落，與艸同氣，故入艸中。』」（頁 37）

（2）《說文》：「鶩，舒鳧也。」

段注：「《几部》曰：『舒鳧，鶩也。』與《釋鳥》同。舍人、李巡云：『鳧，野鴨名；鶩，家鴨名。』……某氏注云：『在野舒飛遠者為鳧。』非是。」（頁 152）

（3）《說文》：「鷩，赤雉也。」

段注：「《釋鳥》『鷩雉』，樊光曰：『丹雉也。』」（頁 155）

引用李巡《爾雅注》的例子如：

（1）《說文》：「惄，飢餓也。」

段注：「《釋言》曰：『惄，飢也。』李巡云：『惄，宿不食之飢也。』」（頁 507）

（2）《說文》：「臺，觀，四方而高者也。从至，从高省。與室、屋同意。」

段注：「按，臺不必有屋。李巡注《爾雅》曰：『臺上有屋謂之謝。』」（頁 585）

引用孫炎《爾雅注》的例子如：

（1）《說文》：「禋，絜祀也。」

段注：「《釋詁》：『禋，祭也。』孫炎曰：『潔敬之祭也。』」（頁 3）

（2）《說文》：「饁，餉田也。」

段注：「《釋詁》、《豳》傳皆曰：『饁，饋也。』孫炎云：『饁，野之餉。』」（頁 220）

2. 郭璞《爾雅注》《爾雅音義》《爾雅圖贊》

段注大量引用郭璞《爾雅注》。在所有被徵引的雅書注本中，郭璞《爾雅注》數量居首。例如：

（1）《說文》：「葍，葍也。」

段注：「見《釋艸》。郭云：『大葉白華，根如指，正白，可啖。』」（頁 29）

（2）《說文》：「次，慕欲口液也。从欠、水。」

段注：「俗作涎，郭注《爾雅》作唌。」（頁 414）

（3）《說文》：「蛓，毛蟲也。」

段注：「《釋蟲》云：『螺，蛅蟴。』郭云：『蛓屬也。今青州人呼蛓為蛅蟴。』」（頁 665）

郭璞《爾雅音義》早已亡佚，部分內容保存在陸德明《爾雅音義》中。段氏所引用的郭氏《爾雅音義》出自陸氏《爾雅音義》。例如：

（1）《說文》：「籗，罩魚者也。从竹，靃聲。」

段注：「《爾雅》作箌，故郭音七角反。」（頁 194）

（2）《說文》：「榍，限也。」

段注：「《釋宮》：『柣謂之閾。』柣，郭千結反。」（頁 256）

段氏引用郭璞《爾雅圖贊》僅下面一處。

《說文》：「蠓，蔑蠓也。」

段注：「《釋蟲》曰：『蠓，蠛蠓。』孫炎曰：『此蟲小於蚊。』郭

《圖讚》曰：『小蟲似蜹，風春雨磑。』」（頁 668～669）

3. 陸德明《爾雅音義》

陸德明《爾雅音義》也是重要的《爾雅》注本，段氏在校訂、注解《說文》的過程中廣泛徵引陸書。例如：

（1）《說文》：「菭，水青衣也。」

段注：「依《爾雅音義》補青字。」（頁 37）

（2）《說文》：「踣，僵也。从足，咅聲。」

段注：「蒲北切。按，古音在四部，《爾雅釋文》『音赴，或孚豆、蒲矦二反』是也。」（頁 83）

（3）《說文》：「鴋，澤虞也。」

段注：「《釋鳥》：『鷎，澤虞。』《釋文》：『鷎，本或作鴋，《說文》作鴋。』」（頁 150）

4. 邢昺《爾雅疏》

段注引邢昺《爾雅疏》凡 5 條，例如：

（1）《說文》：「硞，石聲。」

段注：「邢昺曰：『硞，苦學切，當从告。《說文》別有硈，苦八切，石堅也。』按，邢語剖別甚精。」（頁 450）

（2）《說文》：「閈，閭也。」

段注：「《左傳》、《爾雅》釋文、《左傳》正義、《蕪城賦》注、《玉篇》、《廣韻》引皆作閭，至《爾雅疏》乃譌為門，今正。」（頁 587）

5. 邵晉涵《爾雅正義》

段注引邵晉涵《爾雅正義》凡 3 條。全部引例如下：

（1）《說文》：「蕛，蕛英也。」

段注：「邵氏晉涵云：『《孟子》之荑稗，《莊子》之蕛稗皆是也。』」（頁 36）

（2）《說文》：「植，戶植也。」

段注：「邵氏晉涵曰：『《墨子》：『爭門關決植。』《淮南》云：『縣聯房植。』高曰：『植，戶植也。』植當為直立之木，徐鍇以為

橫鍵，非也。』」（頁255）

（3）《說文》：「宧，養也。室之東北隅，食所居。」

段注：「邵氏晉涵云：『君子之居恒當戶，戶在東南則東北隅為當戶，飲食之處在焉。』此許意也。」（頁338）

二、引用《小爾雅》

段玉裁在「噣、雅、瞢、烏、削、曀、糂、罧、伆、艫、琼、赧、懿、慭、軥」15個字頭下引用了《小爾雅》，沒有引用《小爾雅》的注本。段氏徵引的方式大致可以分為明標《小爾雅》、轉述《小爾雅》、通過他人間接引用《小爾雅》三種，與引用《爾雅》的方式大同小異。全部引例如下：

（1）《說文》：「噣，喙也。」

段注：「烏噣，《釋名》《小爾雅》作『烏啄』。」（頁54）

（2）《說文》：「雅，楚烏也。一名鸒，一名卑居，秦謂之雅。」

段注：「酈善長曰：『按，《小爾雅》：「純黑反哺謂之慈烏。小而腹下白，不返哺者謂之雅烏。」』」（頁141）

（3）《說文》：「瞢，目不明也。」

段注：「《小爾雅》：『瞢，慙也。』此引伸之義。」（頁145）

（4）《說文》：「烏，孝烏也。」

段注：「謂其反哺也。《小爾雅》曰：『純黑而反哺者謂之烏。』」（頁157）

（5）《說文》：「削，鞞也。」

段注：「今字作鞘。玄應曰：『《小爾雅》作鞘。』」（頁178）

（6）《說文》：「曀，天陰沉也。」

段注：「《小爾雅》：『曀，冥也。』」（頁305）

（7）《說文》：「糂，以米和羹也。」

段注：「《小爾雅》及郭景純改糝為木旁，謂積柴水中，令魚依之止息。字當从木也。」（頁332）

（8）《說文》：「罧，積柴水中以聚魚也。从网，林聲。」

段注：「自《小爾雅》改作槮（改米為木），云：『橬（改水為木），

槮也，積柴水中而魚舍焉。』」（頁 356）

（9）《說文》:「仞，伸臂一尋八尺。」

段注:「程氏又曰:『《小爾雅》云四尺，應邵云五尺六寸，此其繆易見也。」（頁 365～366）

（10）《說文》:「艫，舳艫也。从舟，盧聲。一曰船頭。」

段注:「而《小爾雅》『艫，船後也。舳，船前也』，《吳都賦》劉注本之，與許異。蓋《小爾雅》呼設柁處為船頭也。」（頁 403）

（11）《說文》:「䣼，事有不善言䣼也。《爾雅》:『䣼，薄也。』」

段注:「《桑柔》毛傳、杜注《左傳》、《小爾雅》皆云:『涼，薄也。』涼即䣼字。」（頁 415）

（12）《說文》:「赧，面慚而赤也。」

段注:「司馬貞引《小爾雅》曰:『面慚曰赧。』」（頁 491）

（13）《說文》:「懿，嫥久而美也。」

段注:「《小爾雅》及《楚辭注》:『懿，深也。』」（頁 496）

（14）《說文》:「憖，肯也。謹敬也。从心，猌聲。一曰說也。一曰且也。」

段注:「《小爾雅》曰:『憖，願也。』……《小爾雅》曰:『憖，強也，且也。』」（頁 504）

（15）《說文》:「軥，軛下曲者。」

段注:「《小爾雅》曰:『衡，扼也，扼下者謂之烏啄。」（頁 726）

三、引用《廣雅》

（一）引用《廣雅》原文

段玉裁在引用《廣雅》原文時，也運用了類似於引用《爾雅》的 4 種徵引方式，只是徵引的數量不及《爾雅》多。

1. 明標《廣雅》原文

（1）《說文》:「旁，溥也。」

段注:「《廣雅》曰:『旁，大也。』」（頁 2）

（2）《說文》:「菁，韭華也。」

段注 :「《廣雅》曰 :『韭，其華謂之菁。』」（頁 24～25）

（3）《說文》:「芍，鳧茈也。」

段注 :「《廣雅》云 :『葃姑、水芋，烏芋也。』」（頁 35）

（4）《說文》:「汲，引水也。」

段注 :「《廣雅》曰 :『汲，取也。』」（頁 564）

（5）《說文》:「垷，涂也。」

段注 :「《廣雅》:『挸，拭也。』即垷字之異也。」（頁 686）

2. 省略《廣雅》原文

（1）《說文》:「誧，大也。」

段注 :「《廣雅》同。」（頁 94）

（2）《說文》:「卲，高也。」

段注 :「《廣雅・釋詁》同。」（頁 431）

（3）《說文》:「覺，悟也。从見，學省聲。一曰發也。」

段注 :「此義亦見《廣雅》，即警覺人之意。」（頁 409）

3. 轉述《廣雅》原文

（1）《說文》:「瓊，亦玉也。」

段注 :「《廣雅》玉類首瓊支，此瓊為玉名之證也。」（頁 10）

（2）《說文》:「莞，艸也，可㠯作席。」

段注 :「莞蓋即今席子艸，細莖，圓而中空。鄭謂之小蒲，實非蒲也。《廣雅》謂之葱蒲。」（頁 27）

（3）《說文》:「荃，黄荃也。」

段注 :「《本艸經》《廣雅》皆作『黄芩』，今藥中黄芩也。」（頁 32）

（4）《說文》:「𣪘，小舂也。」

段注 :「《廣雅》言舂者十一字，有𣪘字。𣪘亦作䊪。」（頁 126）

4. 間接引用《廣雅》原文

（1）《說文》:「蹵，蹵足也。」

段注：「司馬貞引《廣雅》：『喋，履也。』」（頁 82）

（2）《說文》：「鞱，劍衣也。」

段注：「按，熊氏安生《義疏》引《廣雅》『夫襓木，劍衣也』，木蓋本作术，熊認為艸木字。」（頁 235）

（二）引用《廣雅》注本

段玉裁引用的《廣雅》注本只有曹憲《博雅音》和王念孫《廣雅疏證》。

1. 曹憲《博雅音》

（1）《說文》：「蒙，菜也，佀蘇者。」

段注：「《廣雅》云：『蕢，蘱也。』曹憲云：『白蘱與苦蕢大異。恐非。』」（頁 24）

（2）《說文》：「櫐，眾盛也。从木，驫聲。」

段注：「驫見《馬部》，《唐韻》甫虯切，曹憲《廣雅音》曰：『香幽、必幽二反。』」（頁 250）

（3）《說文》：「湝，所以攤水也。从水，昔聲。」

段注：「所責切。古音在五部，曹憲倉故反。」（頁 555）

2. 王念孫《廣雅疏證》

段注明確引用王念孫《廣雅疏證》凡兩處。另外，有一處引用王引之的話，實為王念孫疏證。

（1）《說文》：「秝，稀疏適秝也。」

段注：「各本無秝字，今依江氏聲、王氏念孫說補。……王氏念孫《廣雅疏證》云：『《子虛賦》、《七發》、楊雄《蜀都賦》、《南都賦》、《論衡・譴告篇》、嵇康《聲無哀樂論》皆云勺藥。……《周禮》注及《說文》皆云適歷，……凡均調謂之適歷。」（頁 329）

（2）《說文》：「鼶，鼶鼠也。」

段注：「《廣雅》謂之白鼶，王氏念孫曰：『鼶之言皤也。』」（頁 478）

（3）《說文》：「鼨，鼨鼠。出丁零胡，皮可作裘。」

段注：「王氏引之云：『昆子，即鼨子也。』」（頁 479）

四、引用《埤雅》

段注在「葑、鸞、焉、瓞、猴、蠓、蝓、蜮、疃」9 個字頭下引用了陸佃《埤雅》，全部引例如下：

（1）《說文》：「葑，須從也。」

段注：「陸佃、嚴粲、羅願皆言在南為菘，在北為蕪菁、蔓菁。」（頁 32）

（2）《說文》：「鸞，赤神靈之精也。」

段注：「赤，各本作亦，誤，今依《藝文類聚》《埤雅》《集韻》《類篇》《韻會》正。」（頁 148）

（3）《說文》：「焉，焉鳥，黃色，出於江淮。……燕者請子之候，作巢避戊巳。」

段注：「陸氏佃、羅氏願皆曰：『燕之來去皆避社，又戊巳日不取土。』」（頁 157）

（4）《說文》：「瓞，瓝也。」

段注：「陸氏佃曰：『今驗近本之瓜常小，末則復大。』」（頁 337）

（5）《說文》：「猴，夒也。」

段注：「陸佃據柳子厚之言曰：『蝯靜而猴躁，其性迥殊。』」（頁 477）

（6）《說文》：「蠓，蔑蠓也。」

段注：「《釋蟲》曰：『蠓，蠛蠓。』孫炎曰：『此蟲小於蚊。』郭《圖讚》曰：『小蟲似蜹，風春雨磑。』……陸佃引郭語互易之，非也。」（頁 668～669）

（7）《說文》：「蝓，虒蝓也。」

段注：「蓋螺之無㲉者古亦呼螺，有㲉者正呼蜲蝓，不似今人語言分別呼之。陸佃、寇宗奭分別之說，似非古言古義。」（頁 671）

（8）《說文》：「蜮，短弧也。佀鼈三足，㠯氣躲害人。」

段注：「師古曰：『短弧即射工也，亦呼水弩。』陸氏佃、羅氏願皆曰：『口中有橫物如角弩，聞人聲以氣為矢，用水勢以射人，隨所箸發創，中影亦病也。』」（頁 672）

（9）《說文》:「疃，禽獸所踐處也。《詩》曰:『町疃鹿場。』」

段注:「《埤雅》引此又譌暖，然因《埤雅》可以校正也。」（頁697～698）

五、引用《爾雅翼》

段注在「葑、焉、柀、檉、蜙、蜃、蜮」7個字頭下引用了羅願《爾雅翼》，全部引例如下：

（1）《說文》:「葑，須從也。」

段注:「陸佃、嚴粲、羅願皆言在南為菘，在北為蕪菁、蔓菁。」（頁32）

（2）《說文》:「焉，焉鳥，黃色，出於江淮。……燕者請子之候，作巢避戊巳。」

段注:「陸氏佃、羅氏願皆曰:『燕之來去皆避社，又戊巳日不取土。』」（頁157）

（3）《說文》:「柀，黏也。」

段注:「羅氏願《爾雅翼》曰:『柀似杉而異，杉以材偁，柀又有美實，而材尤文采。……即柀子也。』」（頁242）

（4）《說文》:「檉，河柳也。」

段注:「羅願云:『葉細如絲，天將雨，檉先起氣迎之，故曰雨師。』」（頁245）

（5）《說文》:「蜙，渠蜙，一曰天社。」

段注:「羅願云:『一前行以後兩足曳之，一自後而推致焉，乃坎地納丸，不數日有蛣蜋自其中出。』」（頁667）

（6）《說文》:「蜃，大蛤。」

段注:「羅氏願曰:『《月令》九月雀入大水為蛤，十月雉入大水為蜃。比雀所化為大，故稱大蛤也。』」（頁670）

（7）《說文》:「蜮，短弧也。佀鼈三足，目氣䠶害人。」

段注:「師古曰:『短弧即射工也，亦呼水弩。』陸氏佃、羅氏願皆曰:『口中有橫物如角弩，聞人聲以氣為矢，用水勢以射人，

隨所箸發創，中影亦病也。』」（頁 672）

第三節　《說文解字注》引雅學文獻的目的與作用

《說文解字注》大量徵引雅學文獻，其主要目的和作用，一是疏證《說文》，二是解釋疏證所涉及的其他書。

一、疏證《說文》

校訂、詮釋《說文》的內容是段玉裁作注的中心任務。在注解《說文》的過程中，段氏旁徵博引，廣採群書，對《說文》的釋義、析形、標音、引經等方面都詳加疏證。雅書是重要的訓詁書，對於注解《說文》具有重要作用。段氏引用雅書及其注本，主要是為了校訂、詮釋《說文》。

（一）校訂《說文》

校勘是疏證的前提。段氏要為《說文》作注，首先就要對《說文》的內容進行全面校訂。段氏用來校訂《說文》的書有很多，《爾雅》是其中重要的一種。段氏用《爾雅》來校《說文》，這種校勘方法屬於他校法。例如：

（1）《說文》：「蘥，爵麥也。」

段注：「見《釋艸》。爵，當依今《釋艸》作雀，許君從所據耳。」（頁 33）

（2）《說文》：「菿，雚之初生，一曰薍，一曰騅。从艸，剡聲。菼，菿或从炎。」

段注：「騅，各本作鵻，今依《爾雅》。兩一曰，謂菿之一名也。《釋言》云：『菼，騅也。菼，薍也。』」（頁 33）

（3）《說文》：「櫃，斫也。齊謂之兹箕。」

段注：「各本作鎡錤，今依《爾雅》正。」（頁 259）

（4）《說文》：「岸，水厓洒而高者。」

段注：「各本無洒字，今依《爾雅》補。《釋丘》曰：『望厓洒而高，岸。夷上洒下，不漘。』」（頁 442）

在《爾雅》的注本中，段氏在校勘時只引用了陸德明《爾雅音義》，但引用數量較多。由於陸氏《爾雅音義》大量徵引《說文》，因此《說文》的部分內容存於陸氏書中，且較為可信。段氏以《爾雅音義》所引《說文》來校今本《說文》，這種校勘方法屬於對校法。例如：

（1）《說文》：「綦，土夫也。」

段注：「各本作『綦，月爾也』，今依《爾雅音義》。攷今本《釋艸》『芏，夫王』，郭云：『芏艸生海邊。』『綦，月爾』，郭云：『即紫綦也，似蕨，可食。』陸德明曰：『綦字亦作綦，紫綦菜也。《說文》云：「綦，土夫也。」』」（頁29）

（2）《說文》：「落，水青衣也。」

段注：「依《爾雅音義》補青字。」（頁37）

（3）《說文》：「蛓，毛蟲也。从虫，𢦏聲，讀若笥。」

段注：「三字依《爾雅釋文》補。千志切。一部。《本艸》作蚝，音同。」（頁665）

段氏在校訂《說文》時，沒有明確稱引《廣雅》，但引用了《廣雅》的注本，不過引用數量較少，僅數條而已。其中引用曹憲《博雅音》是用來校訂《說文》中的反切。引用王念孫《廣雅疏證》凡三條，其中一條是用來校訂《說文》的。例如：

（1）《說文》：「柤，木閑也。从木，且聲。」

段注：「側加切。按，當依《廣雅》士加切。古音在五部。」（頁256）

（2）《說文》：「靚，召也。从見，青聲。」

段注：「疾正切。按，當依曹憲恥敬切。十一部。」（頁409）

（3）《說文》：「秝，稀疏適秝也。」

段注：「各本無秝字，今依江氏聲、王氏念孫說補。……王氏念孫《廣雅疏證》云：『《子虛賦》、《七發》、楊雄《蜀都賦》、《南都賦》、《論衡・譴告篇》、嵇康《聲無哀樂論》皆云勺藥。……《周禮》注及《說文》皆云適歷，……凡均調謂之適歷。』」（頁329）

在「群雅」中，段氏僅引用了陸佃《埤雅》來校勘，且只有一條。

《說文》：「鸞，赤神靈之精也。」

段注：「赤，各本作亦，誤，今依《藝文類聚》《埤雅》《集韻》

《類篇》《韻會》正。」（頁 148）

（二）疏證《說文》釋義

當《說文》釋義是正確的，段玉裁就引用雅書來證明、補充《說文》釋義，這主要表現在以下兩方面：

1. 證明《說文》釋義

《爾雅》先成，《說文》後出，《說文》釋義（包括別義）受《爾雅》影響。當《說文》釋義與《爾雅》相同或一致時，段氏就引用《爾雅》來證明《說文》釋義，這也可以說指出了《說文》釋義的來源。段注中凡是用「見 XX」「XX 文」「同 XX（XX 同）」來徵引《爾雅》，即表明《說文》釋義與《爾雅》完全相同或基本相同。例如：

（1）《說文》:「元，始也。」

段注:「見《爾雅・釋詁》。」（頁 1）

（2）《說文》:「環，璧肉好若一謂之環。」

段注:「亦見《釋器》。」（頁 12）

（3）《說文》:「茭，乾芻。从艸，交聲。一曰牛蘄艸。」

段注:「此別一義，見《釋艸》。」（頁 44）

（4）《說文》:「蜆，蛹也。」

段注:「見《釋蟲》。」（頁 664）

（5）《說文》:「衢，四達謂之衢。」

段注:「《釋宮》文。」（頁 78）

（6）《說文》:「孫，子之子曰孫。」

段注:「《爾雅・釋親》文也。」（頁 642）

（7）《說文》:「鏞，大鐘謂之鏞。」

段注:「《爾雅》文。」（頁 709）

（8）《說文》:「慇，憂也。」

段注:「《釋詁》《毛傳》同。」（頁 513）

（9）《說文》:「紹，繼也。」

段注:「同《釋詁》。」（頁 646）

（10）《說文》：「蛹，馬蜩也。」

段注：「與《釋蟲》同。」（頁 666）

很多時候段注明標《爾雅》原文，也是為了證明《說文》釋義。例如：

（1）《說文》：「祿，福也。」

段注：「《釋詁》《毛詩傳》皆曰：『祿，福也。』此古義也。」（頁 3）

（2）《說文》：「梪，木豆謂之梪。」

段注：「《釋器》曰：『木豆謂之梪，竹豆謂之籩，瓦豆謂之登。』」（頁 207）

（3）《說文》：「陸，高平地。」

段注：「《釋地》《毛傳》皆曰：『高平曰陸。』」（頁 731）

《廣雅》博採群書，廣搜故訓，雖然比《說文》後出，但有的釋義與《說文》完全相同或基本相同，也可以證明《說文》釋義。例如：

（1）《說文》：「菁，韭華也。」

段注：「《廣雅》曰：『韭，其華謂之菁。』」（頁 24～25）

（2）《說文》：「盆，盎也。」

段注：「《廣雅》：『盎謂之盆。』」（頁 212）

（3）《說文》：「誧，大也。」

段注：「《廣雅》同。」（頁 94）

（4）《說文》：「卲，高也。」

段注：「《廣雅・釋詁》同。」（頁 431）

（5）《說文》：「覺，悟也。从見，學省聲。一曰發也。」

段注：「此義亦見《廣雅》，即警覺人之意。」（頁 409）

2. 補充《說文》釋義

《說文》主要是通過分析字形來探求詞的本義，釋義大多簡略。段玉裁往往徵引雅書來進一步解釋、補充《說文》釋義。例如：

（1）《說文》：「玠，大圭也。」

段注：「《爾雅》：『圭大尺二寸為玠。』」（頁 12）

（2）《說文》:「瑮，玉英華羅列秩秩。」

段注:「《爾雅·釋訓》:『秩秩，清也。』」（頁 15）

（3）《說文》:「罄，器中空也。」

段注:「《釋詁》《毛傳》皆曰:『罄，盡也。』引伸為凡盡之偁。」（頁 225）

（4）《說文》:「梔，黃木，可染者。从木，卮聲。」

段注:「《釋木》:『桑辨有葚，梔。』此別一義。」（頁 248）

（5）《說文》:「矜，矛柄也。」

段注:「《毛詩·鴻鴈》傳曰:『矜，憐也。』言假借也。《釋言》曰:『矜，苦也。』其義一也。」（頁 719）

除了引用《爾雅》，段氏還引用「群雅」來補充《說文》釋義。例如:

（1）《說文》:「瞢，目不明也。」

段注:「《小爾雅》:『瞢，慙也。』此引伸之義。」（頁 145）

（2）《說文》:「烏，孝烏也。」

段注:「謂其反哺也。《小爾雅》曰:『純黑而反哺者謂之烏。』」（頁 157）

（3）《說文》:「艫，舳艫也。从舟，盧聲。一曰船頭。」

段注:「而《小爾雅》『艫，船後也。舳，船前也』，《吳都賦》劉注本之，與許異。蓋《小爾雅》呼設柁處為船頭也。」（頁 403）

（4）《說文》:「筒，通簫也。」

段注:「所謂洞簫也。《廣雅》云『大者二十三管，無底』是也。」（頁 197）

（5）《說文》:「聑，張耳有所聞也。」

段注:「《廣雅》:『驚也。』」（頁 592）

（6）《說文》:「焉，焉鳥，黃色，出於江淮。……燕者請子之候，作巢避戊巳。」

段注:「陸氏佃、羅氏願皆曰:『燕之來去皆避社，又戊巳日不取土。』（頁 157）

（7）《說文》：「蜮，短弧也。佀鼈三足，目以氣䠶害人。」

段注：「師古曰：『短弧即射工也，亦呼水弩。』陸氏佃、羅氏願皆曰：『口中有横物如角弩，聞人聲以氣為矢，用水勢以射人，隨所箸發創，中影亦病也。』」（頁672）

（三）解釋《說文》中的字形、音讀、書證

除了疏證《說文》的釋義，段玉裁還引用雅學文獻對《說文》中的字形分析、讀音標注、文獻徵引等內容作進一步的解釋。

段氏解釋字形，包括解釋字的偏旁、部件，以及字的或體、古文、籀文等。例如：

（1）《說文》：「迹，步處也。从辵，亦聲。蹟，或从足、責。速，籀文迹，从朿。」

段注：「《釋獸》：『鹿，其跡速。』《釋文》：『本又作䴥，素卜反。』引《字林》『鹿跡也』。按，速正速字之誤，周時古本云其速速。速之名不嫌專繫鹿也。《廣雅》：『躔、踈、解、亢，跡也。』即《爾雅》『麋跡躔，鹿跡速，麕跡解，兔跡迒』也。曹憲踈音匹迹反。」（頁70）

（2）《說文》：「造，就也。从辵，告聲。譚長說造，上士也。艁，古文造，从舟。」

段注：「《釋水》：『天子造舟。』《毛傳》同。陸氏云：『《廣雅》作艁。』」（頁71）

（3）《說文》：「㕡，溝也。从𣦼，从谷。」

段注：「穿地而通谷也。《釋水》曰：『注谷曰溝。』」（頁161）

（4）《說文》：「休，息止也。从人，依木。庥，休或从广。」

段注：「《釋詁》曰：『休，戾也。』又曰：『庇、庥，廕也。』此可證休、庥同字。」（頁270）

段注中解釋音讀的例子如：

（1）《說文》：「蔽，艸也。从艸，𢿱聲。」

段注：「按，《說文》無𢿱字，而《爾雅》有之。《釋詁》曰：『𢿱，息也。』《音義》曰：『𢿱，苦怪反，又墟季反。《字林》以

為喟，丘懷反。孫本作快，郭又作噴。』」（頁 30）

（2）《說文》：「閼，遮攤也。从門，於聲。」

段注：「此於雙聲取音。烏割切。十五部。《爾雅》『歲在卯曰單閼』，讀如蟬蔫。」（頁 589）

《說文》引經據典，段氏有時也引用雅書對《說文》所引典籍進行解釋。例如：

（1）《說文》：「壿，士舞也。从士，尊聲。《詩》曰：『壿壿舞我。』」

段注：「《詩‧小雅》文。《爾雅》：『坎坎、壿壿，喜也。』今《詩》作蹲。」（頁 20）

（2）《說文》：「薿，茂也。从艸，疑聲。《詩》曰：『黍稷薿薿。』」

段注：「《小雅》文。箋云：『薿薿然而茂盛。』《廣雅‧釋訓》：『薿薿，茂也。』」（頁 38）

（3）《說文》：「譸，訓也。从言，壽聲，讀若醻。《周書》曰：『無或譸張為幻。』」

段注：「《無逸》文。《釋訓》曰：『侜張，誑也。』」（頁 97）

二、注解他書

對於疏證所涉及的其他書，段玉裁有時也引用雅書來作進一步的解釋。由於引用他書是為了疏證《說文》，因此注解他書也是為了疏證《說文》。段注中引雅書來注解他書的情況並不多見。例如：

（1）《說文》：「菅，茅也。」

段注：「《詩》：『白華菅兮。』《釋艸》曰：『白華，野菅。』《毛傳》足之曰：『已漚為菅。』」（頁 27）

（2）《說文》：「茈，茈艸也。」

段注：「《周禮》注云：『染艸，茅蒐、橐盧、豕首、紫茢之屬。』按，紫茢即紫莀也，紫莀即茈艸也。《廣雅》云：『茈莀，茈草也。』古列、戾同音，茈、紫同音。」（頁 30）

（3）《說文》：「蔦，寄生艸也。」

段注：「《本艸經》：『桑上寄生，一名寓木，一名宛童。』按，寓木、宛童見《釋木》。」（頁 31）

第四節　《說文解字注》引雅學文獻的失誤與不足

《說文解字注》大量徵引雅學文獻，為疏證《說文》提供了書證，對於注解《說文》具有重要作用。不過，段注在徵引雅學文獻的過程中，出現了一些失誤，存在一些不足之處。

一、書名、篇名、著者、內容等有誤

段玉裁在引用雅書及其注本時，有時將書名、篇名、著者弄錯了，所引用的內容有的也存在文字上的錯訛。例如：

（1）《說文》：「甍，屋棟也。」

段注：「《方言》『甑謂之甑』，《廣雅》作『甍謂之甑』。……《爾雅》《方言》謂之甑者，屋極為分水之脊，雨水各從高霤瓦而下也。」（頁 638）

今按：《爾雅》當作《廣雅》，《爾雅》無「甑」字。

（2）《說文》：「奭，盛也。」

段注：「《釋詁》『赫赫、躍躍』，赫赫，舍人本作『奭奭』。」（頁 137）

今按：《釋詁》當為《釋訓》。《爾雅・釋訓》：「赫赫、躍躍，迅也。」

（3）《說文》：「休，息止也。从人，依木。庥，休或从广。」

段注：「《釋詁》曰：『休，戾也。』又曰：『庇、庥，廕也。』此可證休、庥同字。」（頁 270）

今按：《釋詁》當為《釋言》。《爾雅・釋言》：「疑、休，戾也。」又曰：「庇、庥，廕也。」

（4）《說文》：「蝙，蝙蝠，服翼也。」

段注：「蝙蝠，服翼。《釋蟲》文。」（頁 673）

今按：《釋蟲》當為《釋鳥》。

（5）《說文》：「宧，養也。室之東北隅，食所居。」

段注：「舍人云：『東北陽氣始起，育養萬物，故曰宧。宧，養也。』《釋名》與舍人略同。」（頁 338）

今按：舍人當為李巡。《爾雅・釋宮》「東北隅謂之宧」，陸德明《爾雅釋文》：「宧，音怡。李云：『東北者，陽氣始起，育養萬物，故曰宧。宧，養也。』」邢昺《爾雅疏》標明這句話為「李巡」所云。

（6）《說文》：「珣，醫無閭之珣玗璂。」

段注：「《爾雅》曰：『東北之美者，有醫無閭之珣玗琪焉。』璂、琪同。」（頁 11）

今按：東北當為東方。《爾雅・釋地》：「東方之美者，有醫無閭之珣玗琪焉。……東北之美者，有斥山之文皮焉。」

（7）《說文》：「遭，遇也。」

段注：「見《釋詁》。」（頁 71）

今按：今本《爾雅》無「遭，遇也」之訓釋。《爾雅・釋詁》：「遘、逢，遇也。」郭璞注：「謂相遭遇。」

（8）《說文》：「姊，女兄也。」

段注：「《釋親》曰：『男子謂先生為姊，後生為妹。』」（頁 615）

今按：今《爾雅・釋親》云：「男子先生為兄，後生為弟。謂女子先生為姊，後生為妹。」《爾雅義疏》「謂」前有「男子」二字，作「男子謂女子先生為姊，後生為妹」。段注所引《爾雅》「謂」後脫「女子」二字，遂致語句不通。

（9）《說文》：「羜，羊未卒歲也。」

段注：「《廣雅》：『吳羊牡一歲曰牯羜，三歲曰羝，其牝一歲曰牸羜，三歲曰牂。』」（頁 145）

今按：「牯羜」當作「牡羜」。《廣雅疏證》正作「牡羜」。

需要說明的是，以上 9 條，許惟賢在整理《說文解字注》的過程中均已指出，此處參考了許先生的附注。不過，許先生對段注所引雅學文獻的校釋也存在失誤與不足，詳參本章第五節。

二、未充分利用《小爾雅》

《小爾雅》成書較早，《漢書・藝文志》已有著錄。胡樸安《中國訓詁學史》

認為《小爾雅》成書當在「許叔重《說文》之前」[註2]。《小爾雅》是一部重要的訓詁書，段玉裁卻較少引用，只在15個字頭下引用了《小爾雅》。究其原因，可能是段氏視《小爾雅》為偽書而不肯大量引用。段氏師從戴震，而戴震認為《小爾雅》是偽書。戴震在《書〈小爾雅〉後》一文中說：「《小爾雅》一卷，大致後人皮傅掇拾而成，非古小學遺書也。……或曰：『《小爾雅》者，後人采王肅、杜預之說為之也。』」[註3]段氏謹守師說，其《經韻樓集》卷五載有《與胡孝廉世琦書》，云：「東原師意謂《漢志》所載者乃真《小爾雅》，今入於《孔叢子》者，則後人所為。」[註4]段氏還認為戴震對《小爾雅》的評價是「沉潛諸大儒傳注，確有所見之言，恐非吾輩所當輕議者」[註5]。清代治《小爾雅》者，大多認為《小爾雅》並非偽書，如胡承珙、胡世琦、宋翔鳳等。

《小爾雅》作為訓詁專書，能夠校訂、證明、補充《說文》的內容，具有重要作用。段氏若能大量徵引《小爾雅》，其注解《說文》的成就會更大。

《小爾雅》可以用來校訂《說文》的內容，例如：

> 《說文》：「秅，二秭為秅。从禾，乇聲。《周禮》曰：『二百四十斤為秉，四秉曰筥，十筥曰稯，十稯曰秅，四百秉為一秅。』」
>
> 段注：「此七字（筆者按：此七字指二百四十斤為秉）妄人所增，當刪。……此說米之數，與禾無涉。鄭君所謂米、禾之秉、筥，字同數異。……若《廣雅》之謬誤，又無論矣。」（頁328）

今按：《爾雅》沒有系統地記載古代的度量衡制度。《小爾雅．廣物》：「把謂之秉。秉四曰筥，筥十曰稯。」《廣量》：「鍾二有半謂之秉，秉十六斛。」《小爾雅》的釋義是正確的。《廣雅．釋器》：「鍾十曰斞，斞十曰秉。秉四曰筥，筥十曰稯，稯十曰秅。」《廣雅》的釋義有誤。《說文》：「秉，禾束也。从又，持禾。」「秉」為會意字，甲骨文作「」「」，金文作「」，本義為一把禾。《詩經．小雅．大田》：「彼有遺秉，此有滯穗。」毛傳：「秉，把也。」

[註2] 胡樸安：《中國訓詁學史》，中國書店，1983年版，第63頁。

[註3] （清）戴震：《書〈小爾雅〉後》，見張岱年主編《戴震全書》（六），黃山書社，1995年版，第293～294頁。

[註4] （清）段玉裁著，鍾敬華校點：《經韻樓集》，上海古籍出版社，2008年版，第112頁。

[註5] （清）段玉裁著，鍾敬華校點：《經韻樓集》，上海古籍出版社，2008年版，第112頁。

《左傳・昭公二十七年》:「或取一秉秆焉。」杜預注:「秉，把也。」「秉」在古代又用作量詞，表示容量單位，一秉為十六斛。《儀禮・聘禮》:「十斗曰斛，十六斗曰籔，十籔曰秉。」《集韻・梗韻》:「秉，或曰粟十六斛為秉。」由此可見，《說文》的內容有誤，未區分表示容量單位的「秉」與表示禾把的「秉」，所以段玉裁說「二百四十斤為秉」這 7 個字為妄人所增。段氏概述了鄭玄的說法，卻沒有引用《小爾雅》。段氏若能引用《小爾雅》釋義來校訂《說文》之誤，則更有說服力。

《小爾雅》中有一部分詞語的釋義與《說文》一致，可用來證明《說文》釋義的正確性。例如：

(1)《說文》:「哿，可也。从可，加聲。《詩》曰:『哿矣富人。』」

段注:「見《小雅》毛傳。」「古我切，十七部。」(頁 204)

今按:《小爾雅・廣言》:「哿，可也。」釋義與《說文》相同。《小爾雅》中有一部分語詞可以用來釋《詩》，段注若能適當引用《小爾雅》，則既可以證明《說文》釋義，又可以解釋《說文》所引詩句。

(2)《說文》:「邃，深遠也。从穴，遂聲。」

段注:「雖遂切，十五部。」(頁 346)

今按：段注過於簡略，僅交待「邃」的韻部。《小爾雅・廣詁》:「邃，深也。」釋義與《說文》相近。

(3)《說文》:「燀，炊也。从火，單聲。《春秋傳》曰:『燀之以薪。』」

段注:「充善切，十四部。」「《左傳・昭公二十年》文。」(頁 482)

今按：段注過於簡略，僅交待「燀」的韻部和《說文》引經的出處。《小爾雅・廣言》:「燀，炊也。」釋義與《說文》相同。段注若引用此條，則既能證明《說文》釋義，又能解釋《說文》所引經文。

(4)《說文》:「焘，溥覆照也。」

段注:「焘从火，故訓為溥覆照。《周禮・司几筵》注:『敦讀曰焘，焘，覆也。』」(頁 486)

今按:《說文》依據「焘」的字形來說解字義，「溥覆照也」即是「覆也」。《小爾雅・廣詁》:「焘，覆也。」釋義與《說文》相近。

《小爾雅》所解釋的詞義，大多為引申義，還有一小部分是本義和因文字假借而產生的假借義。段玉裁在分析詞義引申與文字假借時，若能適當引用《小爾雅》來補充《說文》釋義，則注解更豐贍，更可信。例如：

（1）《說文》：「薄，林薄也。」

段注：「《吳都賦》『傾藪薄』，劉注曰：『薄，不入之叢也。』按，林木相迫不可入曰薄，引伸凡相迫皆曰薄，如『外薄四海』『日月薄蝕』皆是。」（頁41）

今按：「薄」的本義為草木密集叢生之處。《小爾雅·廣言》：「薄，迫也。」所釋為「薄」的引申義。段注若引用此條，則更有說服力。

（2）《說文》：「頒，大頭也。」

段注：「《周禮》『匪頒之式』，鄭司農云：『匪，分也。頒讀為班布之班，謂班賜也。』此假頒為班也。」（頁417）

今按：《說文》：「頁，頭也。」「頒」從頁，本義為大頭。「頒」假借為「班」而可以訓為頒布。《小爾雅·廣詁》：「頒、賦、鋪、敷，布也。」所釋正是「頒」的假借義。段注若引用《小爾雅》作為書證，則更有說服力。

第五節　許惟賢整理本對段注所引雅學文獻的點校

南京鳳凰出版社2007年出版了許惟賢整理的《說文解字注》（簡稱「整理本」），為讀者研治段注提供了便利。許氏以經韻樓初刻本為底本，對《說文解字注》進行了標點和核對。在整理過程中，許氏發現段注存在很多刻印錯誤和引文譌誤，這方面的問題有「十六端」〔註6〕，於是在每篇後加上附注，並統計說「共出附注近一千二百條」〔註7〕。李開為許惟賢整理本寫的書評說：「據筆者統計，《整理》本附注共1270條」〔註8〕。許惟賢和李開的統計都不準確，整理本的附注實際上有1304條。附注中有一小部分涉及雅學文獻，共86條。

〔註6〕許惟賢：《說文解字注·前言》，見《說文解字注》許惟賢整理本，鳳凰出版社，2007年版，第5頁。

〔註7〕許惟賢：《說文解字注·前言》，見《說文解字注》許惟賢整理本，鳳凰出版社，2007年版，第5頁。

〔註8〕李開：《學術寶山裏的點金術——讀許惟賢教授〈說文解字注〉整理本》，《辭書研究》，2010年，第4期。

許惟賢所作附注條數及附注中涉及雅學文獻的條數統計如下：

篇　目	附注條數	雅學文獻條數
第一篇上	52	1
第一篇下	56	4
第二篇上	40	3
第二篇下	25	3
第三篇上	44	1
第三篇下	32	1
第四篇上	49	12
第四篇下	53	3
第五篇上	55	4
第五篇下	33	2
第六篇上	61	6
第六篇下	49	1
第七篇上	67	5
第七篇下	78	4
第八篇上	62	1
第八篇下	29	1
第九篇上	36	2
第九篇下	30	1
第十篇上	47	9
第十篇下	37	3
第十一篇上一	22	0
第十一篇上二	31	1
第十一篇下	19	2
第十二篇上	28	1
第十二篇下	62	3
第十三篇上	49	3
第十三篇下	35	4
第十四篇上	38	2
第十四篇下	29	3
第十五篇上	15	0
第十五篇下	1	0
說文部目分韻	4	0
六書音韻表一	2	0

六書音韻表二	6	0
六書音韻表四	25	0
六書音韻表五	3	0
	共 1304	共 86

在前 15 篇中，附注共 1264 條。李開統計的 1270 條，大概是指前 15 篇附注的約數。涉及雅學文獻的附注有 86 條，這 86 條大致上可以分為兩類，一類是對段注所引雅學文獻的訂正，另一類是對段注所引雅學文獻的補充說明。

許惟賢在整理本《前言》中說：「段氏在注中引用書證，常不全具書名篇名或雖出而有誤，引文亦常有改竄錯譌，使讀者理解、採用產生困難。」〔註 9〕整理本對段注所引雅學文獻在書名、篇名、著者、內容等方面出現的失誤進行了校訂。例如：

（1）《說文》：「甍，屋棟也。」

段注：「《方言》：『甑謂之甑。』《廣雅》作『甍謂之甑』，……《爾雅》、《方言》謂之甑者，屋極為分水之脊，雨水各從高霤瓦而下也。」（頁 1108。說明：本節所標頁碼為許惟賢整理本中的頁碼。）

整理本第十二篇下附注㊾：「《爾雅》未見『甑』字，疑是《廣雅》之誤。」（頁 1118）

（2）《說文》：「㢋，恃也。」

段注：「《釋詁》曰：『㢋，恃也。』謂自多之意。」（頁 1200）

整理本第十三篇下附注㉔：「《釋詁》當作《釋言》。」（頁 1219）

（3）《說文》：「隰，阪下溼也。」

段注：「《釋丘》曰：『下溼曰隰。』又曰：『陂者曰阪，下者曰隰。』」（頁 1272）

整理本第十四篇下附注②：「《釋丘》當作《釋地》。」（頁 1305）

（4）《說文》：「鼲，鼲鼠。出丁零胡，皮可作裘。」

段注：「王氏引之云：『昆子，即鼲子也。』」（頁 836）

整理本第十篇上附注㉖：「語見《廣雅》卷十下《釋獸》鼲鼠條下疏證，王引之當作王念孫。」（頁 856）

〔註 9〕許惟賢：《說文解字注．前言》，見《說文解字注》許惟賢整理本，鳳凰出版社，2007 年版，第 4 頁。

（5）《說文》：「悄，憂也。」

段注：「《釋訓》曰：『悄悄，憂也。』」（頁 898）

整理本第十篇下附注㉝：「『憂也』當作『慍也』。」（頁 902）

（6）《說文》：「捈，臥引也。」

段注：「《廣雅》曰：『捈，舒也。』」（頁 1060）

整理本第十二篇上附注㉕：「『舒』當作『抒』，見《廣雅》卷二上。」（頁 1063）

段注引用雅書及其注本，有的交待不甚詳細，有的引用不夠規範，整理本對此類問題作了補充說明。例如：

（1）《說文》：「趹，馬行皃。」

段注：「《西都賦》：『要趹追蹤。』《廣雅》：『趹，奔也。』」（頁 150）

整理本第二篇下附注㉑：「《廣雅》今無此條，段氏係據《文選·西都賦》注引。」（頁 154）

（2）《說文》：「羭，夏羊牝曰羭。」

段注：「郭注《爾雅》云：『白者吳羊，黑者夏羊。』」（頁 259～260）

整理本第四篇上附注㉘：「此概述《爾雅·釋畜》『羊』下各條郭注而言。」（頁 280）

（3）《說文》：「柀，黏也。」

段注：「羅氏願《爾雅翼》曰：『柀似杉而異。杉以材偁，柀又有美實，而材尤文采。其樹大連抱，高數仞，葉似杉，木如柏，作松理，肌理細軟，堪為器用。古所謂文木也。其實有皮殼，大小如棗而短。去皮殼，可生食。』《本艸》有彼子，即柀子也。引蘇恭說《本艸》誤入蟲部，陶隱居木部出之。」（頁 426）

整理本第六篇上附注⑪「以上引《爾雅翼》，二『杉』字皆作『煔』。『《本艸》有』三字以下至『出之』為檃栝羅氏語。」（頁 478）

（4）《說文》：「軥，軶下曲者。」

段注：「《小爾雅》曰：『衡，扼也。扼下者，謂之烏啄。』」（頁

1260）

整理本第十四篇上附注㉚：「見《小爾雅·廣器》，原文『啄』是『喙』字。段氏作『鳥啄』，系據《釋名》及《小爾雅》清人注本，參《詩經小學》。」（頁 1269）

許惟賢對段注所引雅學文獻的校訂、注釋也是在前人研究的基礎上進行的。整理本《前言》中說：「訂補段注諸書中，馮桂芬之《考正》於校補引文缺失最為精審，此次標點校核，多所參用；他如今人余行達《說文段注研究》也指出段氏一些誤失，我們得到不少幫助。」〔註 10〕許惟賢所作的校釋絕大部分是正確的、可取的，為他人研讀段注提供了有益的參考，其學術價值不言而喻。不過，整理本對段注所引雅學文獻的校釋也存在一些失誤與不足。例如：

《說文》：「梗，山枌榆，有朿。莢可為蕪荑也。」

段注：「《廣雅》：『山榆，母估。』是則山枌榆即《爾雅》無姑之證。」（頁 435）

整理本第六篇上附注㉒：「『母估』是『毋估』之誤。見《廣雅·釋草》，王念孫疏證：『毋估，與無姑同』。」（頁 479）

今按：附注中《廣雅·釋草》當作《廣雅·釋木》。《廣雅·釋木》：「山榆，毋估也。」《爾雅·釋木》：「無姑，其實夷。」無姑即毋估。

關於整理本的不足之處，李開指出：「因段氏注《說文》時，對金文重視不夠，甲骨文尚未出土，故串釋《說文》本義時也有一些錯誤，今《整理》本未及此，僅限於用傳世文獻校段注，有局限性。」〔註 11〕李開的評價有可商之處。許惟賢整理段注，主要是給段注加上新式標點，對段注中的引文進行原書核對工作，對錯誤的引文加以糾正，對交待不詳細的引文作必要的補充說明。至於用甲骨文、金文等來校訂段注，則不是許惟賢的任務。整理本《凡例》說：「至於段氏於大徐本、小徐本等用此取彼及改竄《說文》之是非，則有研究者之評說，非本書之務。」〔註 12〕不過，許惟賢在核對段注引文的時候，如果能適當

〔註 10〕許惟賢：《說文解字注·前言》，見《說文解字注》許惟賢整理本，鳳凰出版社，2007 年版，第 5 頁。

〔註 11〕李開：《學術寶山裏的點金術——讀許惟賢教授〈說文解字注〉整理本》，《辭書研究》，2010 年，第 4 期。

〔註 12〕許惟賢：《說文解字注·凡例》，見《說文解字注》許惟賢整理本，鳳凰出版社，2007 年版，第 1 頁。

運用甲骨文、金文等作一些補充說明，其整理成就會更高。例如：

《說文》：「鵟，牟毋也。」

段注：「毋，音無。鉉作『母』，誤。《釋鳥》：『鴽，牟毋。』」（頁255）

整理本第四篇上附注㉒：「十三經注疏本《爾雅》『毋』作『母』，阮元校勘記謂當作『毋』，可參。」（頁280）

今按：《十三經注疏》中《爾雅‧釋鳥》云：「鴽，鴾母。」許惟賢還應說明段玉裁所引「牟」今作「鴾」。關於「毋」與「母」，經典中常混用。毋，甲骨文作「 」（前一‧九‧七），金文作「 」（毛公鼎），小篆作「 」（《說文‧毋部》）。母，甲骨文作「 」（前八‧四‧七）、「 」（乙二八三），金文作「 」（諫簋）、「 」（頌鼎），小篆作「 」（《說文‧女部》）。可見，「毋」與「母」的甲骨文與金文形體相同，到了小篆才出現分化。容庚《金文編》說：「毋與母為一字。」〔註13〕「毋」與「母」本同形，皆從女加兩點，表示已做母親。後來「毋」借為表示禁止之詞，篆文遂將兩點改為一橫，表示禁止。正因為「毋」與「母」的甲骨文與金文形體相同，小篆、隸書、楷書形體相近，所以典籍中「毋」與「母」常混用、通用，有時難以判斷孰是孰非。漢代《博學篇》的作者胡母敬，又寫作胡毋敬。許惟賢若在此處引用古文字，則能更好地解釋「毋」與「母」通用的原因。

許惟賢在為段注中的雅學文獻加標點時，也出現了一些失誤。例如：

（1）《說文》：「蘺，江蘺，蘼蕪。」

整理本段注：「蓋因《釋艸》有『蘄茝蘼蕪』之文而合之。」（頁43）

今按：「蘄茝」與「蘼蕪」之間應加一個逗號。

（2）《說文》：「苦，大苦，苓也。」

整理本段注：「然則大苦何物？曰：沈括《筆談》云：『《爾雅》「蘦，大苦」注云：蔓延生，葉似荷青，莖赤。此乃黃藥也。其味極苦，謂之大苦。』」（頁46）

今按：此條在標點上未能明確區分郭璞注與沈括語，正確的標點應為：然

〔註13〕容庚：《金文編》，中華書局，1985年版，第813頁。

則大苦何物？曰：「沈括《筆談》云：『《爾雅》「蘦，大苦」注云：「蔓延生，葉似荷，青，莖赤。」此乃黃藥也，其味極苦，謂之大苦。』」需要說明的是，關於《爾雅》「蘦，大苦」郭璞注存在異文。沈括《夢溪筆談》卷二十六《藥議》引作：「甘草也。蔓延生，葉似荷，莖青赤。」阮元校刻《十三經注疏．爾雅注疏》作：「今甘草也。蔓延生，葉似荷，青黃，莖赤，有節，節有枝相當。或云蘦似地黃。」許惟賢整理本第一篇下附注⑰依據《夢溪筆談》所引，認為「段引誤倒字序」（頁 83），所言極是。

（3）《說文》：「運，迻徙也。」

整理本段注：「《釋詁》：『遷，運徙也。』」（頁 127）

今按：正確的標點應為：《釋詁》：「遷、運，徙也。」

（4）《說文》：「訌，讀也。」

整理本段注：「《釋言》：『虹，潰也。亦作訌。』」（頁 177）

今按：「亦作訌」為段氏語，非《爾雅．釋言》內容，不當置於引號內。

（5）《說文》：「孚，卵即孚也。」

整理本段注：「《廣雅》：『孚，生也。謂子出於卵也。』」（頁 203）

今按：「謂子出於卵也」為段氏語，非《廣雅》內容，不當置於引號內。

（6）《說文》：「棃，棃果也。」

整理本段注：「《釋木》：『棃山樆。』」（頁 420）

今按：「棃」與「山樆」之間應加一個逗號。

（7）《說文》：「欂，欂木也。」

整理本段注：「《釋木》：『檴落。』」（頁 431）

今按：「檴」與「落」之間應加一個逗號。「檴」為木名，即榔榆，又稱「落」，俗呼脫皮榆。

（8）《說文》：「螼，螾也。」

整理本段注：「《釋蟲》曰：『螼、蚓，蜸蠶。』」（頁 1154）

今按：「螼」與「蚓」之間的頓號應該去掉，「螼蚓」為一個雙音詞。

（9）《說文》：「蠲，馬蠲也。」

整理本段注：「而《爾雅．釋蟲》『蛝馬蝬』郭注：『馬蠲，蚼，俗呼馬蠘。』」（頁 1157）

今按：「蛝」與「馬蝬」之間應加一個逗號。

（10）《說文》:「蚂，蚂蛱，蟬屬。」

整理本段注:「按，《爾雅》:『蝒者，馬蜩。』」（頁 1162）

今按:《爾雅·釋蟲》:「蝒，馬蜩。」段氏轉述《爾雅》原文，不當用引號，正確的標點應為：按，《爾雅》蝒者，馬蜩。

第三章　從《說文解字注》窺探段玉裁治雅學之成就

段玉裁在撰寫《說文解字注》的過程中，大量徵引雅學文獻，其中引用數量最多的是《爾雅》及其注本，其次是《廣雅》及其注本。段氏引用雅學文獻，並非簡單地標明其著者、篇目、內容等，有時還對所引雅學文獻進行校訂、注釋、評論。儘管段氏對雅學文獻的校釋、論述大多是隻言片語，但有的具有重要學術價值，能為雅學研究提供參考。全面梳理《說文解字注》中段玉裁對雅學文獻的校釋，可以窺見段氏在雅學研究上的成就與不足。

第一節　從《說文解字注》窺探段玉裁治《爾雅》之成就

《說文解字注》大量徵引《爾雅》及其注本。彙集、梳理段玉裁對《爾雅》及其注本的校訂、注釋、評論，可以看出段氏治《爾雅》的成就與不足。

一、校訂《爾雅》脫誤

段玉裁在引用《爾雅》的過程中，對《爾雅》中存在的脫文和譌誤進行了校訂。例如：

（1）《說文》:「禂，禱牲馬祭也。」

段注:「《甸祝》『禂牲禂馬』，杜子春云:『……《詩》云:『既伯既禱。』《爾雅》曰：『既伯既禱，伯，馬祭也。』玉裁按，……今本《爾雅》、《周禮》注『馬祭』之上皆脫『伯』字。」（頁 7）

（2）《說文》：「陘，山絕坎也。」

段注：「《釋山》曰：『山絕，陘。』按，今《爾雅》奪『坎』字。」（頁 734）

（3）《說文》：「籟，三孔龠也。大者謂之笙，其中謂之籟，小者謂之箹。」

段注：「〔其中謂之籟〕《釋樂》作『謂之仲』，葢誤。」（頁 197）

（4）《說文》：「楣，門樞之横梁。」

段注：「《釋宮》曰：『楣謂之梁。』郭曰：『門戶上横梁。』今本《爾雅》作楣，字之誤也。」（頁 256）

（5）《說文》：「儚，惽也。」

段注：「《釋訓》曰：『儚儚、洄洄，惽也。』儚當作儚，與『夢夢，亂也』義別。」（頁 378）

（6）《說文》：「騋，馬七尺為騋，八尺為龍。从馬，來聲。《詩》曰：『騋牝，驪牝。』」

段注：「《釋畜》曰：『騋牝，驪牝。』今《爾雅》譌作驪牡，而《音義》不誤，可攷。《音義》曰：『騋牝，頻忍反，下同。』下同者，即謂驪牝也。」（頁 463～464）

（7）《說文》：「霿，天氣下，地不應曰霿。」

段注：「《釋天》曰：『天氣下，地不應曰霿。』今本作曰雺，或作曰霧，皆非也。」（頁 574）

（8）《說文》：「閣，所吕止扉者。」

段注：「許本諸《釋宮》，今本《釋宮》譌為閎。陸氏《音義》不辯是非，云：『本亦作閣，音各，郭注本無此字。』」（頁 589）

（9）《說文》：「娣，同夫之女弟也。」

段注：「夫之妹呼女叔，猶夫之弟呼叔也，呼妹則名不正矣。今本《爾雅》轉寫女叔誤為女妹，不可不正。」（頁 615）

二、說明《爾雅》用字

段玉裁在引用《爾雅》的過程中，往往以《說文》為參照，對《爾雅》中的古今字、異體字、假借字等略作說明。

（一）古今字

這裡所說的古字與今字，指本原字與後起的區別字。蔣紹愚《古漢語詞彙綱要》說：「凡是一個漢字因為引申或假借而造成用法的分化，需要另加偏旁來區別的，其加偏旁的字都叫『區別字』。」〔註 1〕在用字上，《爾雅》多用後起的今字，但有時也用古字。例如：

（1）《說文》：「䚻，徒歌。从言，肉聲。」

段注：「《釋樂》曰：『徒歌曰謠。』……䚻、謠古今字也，謠行而䚻廢矣。」（頁 93）

（2）《說文》：「樴，弋也。」

段注：「《釋宮》曰：『樴謂之杙，在牆者謂之楎，在地者謂之臬，大者謂之栱，長者謂之閣。』弋、杙古今字。」（頁 263）

（3）《說文》：「飆，扶搖風也。」

段注：「《釋天》曰：『扶搖謂之猋。』郭云：『暴風從下上。』按，《爾雅》《月令》用古字。」（頁 677）

（二）異體字

異體字是指兩個或兩個以上形體不同而音義完全相同、可以互相替換的字。段玉裁有時也指出《爾雅》與《說文》在用字上存在異體字的差異。例如：

（1）《說文》：「瞷，戴目也。」

段注：「《爾雅・釋嘼》：『一目白，瞯。』瞯同瞷，亦作䦨。」（頁 134）

（2）《說文》：「翰，天雞也。」

段注：「《釋鳥》：『鶾，天雞。』鶾本又作翰。」（頁 138）

（3）《說文》：「驔，驪馬黃脊。」

〔註 1〕蔣紹愚：《古漢語詞彙綱要》，商務印書館，2005 年版，第 204 頁。

段注：「《釋嘼》曰：『驪馬黃脊曰騽。』《爾雅音義》云：『騽，《說文》作驔，音簟。』是則《爾雅》之騽即驔之異體。」（頁 462）

（三）假借字

較之於《說文》，《爾雅》多用假借字。段玉裁在徵引《爾雅》的過程中，也注重辨析文字的假借。例如：

（1）《說文》：「嘏，大遠也。」

段注：「《爾雅》《毛傳》：『假，大也。』假蓋即嘏之假借。」（頁 88）

（2）《說文》：「曷，何也。」

段注：「《釋詁》：『曷，止也。』此以曷為遏。《釋言》曰：『曷，盍也。』此亦假借。」（頁 202）

（3）《說文》：「俶，善也。」

段注：「《釋詁》《毛傳》皆曰：『淑，善也。』蓋叚借之字，其正字則俶也。淑者，水之清湛也。自淑行而俶之本義廢矣。」（頁 370）

（4）《說文》：「襄，漢令：解衣而耕謂之襄。」

段注：「《釋言》又曰：『襄，駕也。』此驤之假借字。」（頁 394）

（5）《說文》：「奃，大也。」

段注：「《釋詁》云：『廢，大也。』此謂廢即奃之叚借字也。」（頁 493）

（6）《說文》：「纂，佀組而赤。」

段注：「《釋詁》曰：『纂，繼也。』此謂纂即纘之叚借也。」（頁 654）

（7）《說文》：「竺，㫗也。」

段注：「㫗，各本作厚，今正。……《爾雅》《毛傳》皆曰：『篤，厚也。』今經典絕少作竺者，惟《釋詁》尚存其舊，假借之字行而真字廢矣。」（頁 681）

三、揭示《爾雅》異文

《爾雅》成書較早，在漫長的流傳過程中產生了很多異文。段玉裁在引用

《爾雅》的過程中，也注意揭示《爾雅》異文。例如：

（1）《說文》：「藋，堇艸也。一曰拜商藋。」

段注：「《釋艸》商作蔏。……疑堇艸為蓢藋，拜商藋為今之灰藋也。……李燾本商作啻，宋麻沙大徐本亦作啻。蓋許所據《爾雅》不同今本。」（頁26）

（2）《說文》：「葑，須從也。」

段注：「《釋艸》曰：『須，葑蓯。』……或許所據《爾雅》與今本異矣。」（頁32）

（3）《說文》：「蓳，鼎蓳也。」

段注：「《釋艸》曰：『蘱，薡蓳。』郭云：『似蒲而細。』按，《說文》無蘱字者，蓋許所據祇作頪。」（頁32）

（4）《說文》：「茦，蔓華也。」

段注：「今《釋艸》作『蘩，蔓華』，許所見作茦。」（頁46）

（5）《說文》：「逑，斂聚也。又曰：怨匹曰逑。」

段注：「《釋詁》：『仇，匹也。』孫炎曰：『相求之匹。』則孫本《釋詁》亦作逑可知。……許所據《左氏》《爾雅》作逑。」（頁73～74）

（6）《說文》：「敃，彊也。」

段注：「《釋詁》：『昏、暋，強也。』按，《說文》暋作散，冒也。則許所據《爾雅》作『敃，強也』。」（頁122）

（7）《說文》：「翪，斂足也。鵲鵙醜，其飛也翪。」

段注：「二句見《釋鳥》。今《爾雅》作翪，許所據異也。」（頁233）

（8）《說文》：「柷，山樗也。」

段注：「樗舊作榑，今改。《釋木》、《唐風》傳皆曰：『栲，山樗。』柷、栲古今字，許所據作柷也。」（頁242）

（9）《說文》：「檡，檡木也。」

段注：「《釋木》曰：『檡，白棗。』按，許不云『白棗』，與《爾雅》異。蓋《爾雅》本作『齊，白棗』，今人所食棗，白乃孰，是也。

櫅乃別一木。」（頁 244）

（10）《說文》:「檥，榦也。」

段注:「《釋詁》曰:『楨、翰、儀，榦也。』許所據《爾雅》作檥也。」（頁 253）

（11）《說文》:「韱，山韭也。」

段注:「《釋艸》作『藿，山韭』。藿見《艸部》，不云『山韭』，然則許所據《爾雅》作『韱，山韭』與？」（頁 337）

（12）《說文》:「嵒，山多大石也。」

段注:「《釋山》曰:『多大石，礐。』許所據字从山也。《廣韻》引《爾雅》字亦从山。許《石部》有礐，訓石聲，與此義別。」（頁 439）

（13）《說文》:「嶅，山多小石也。」

段注:「《釋山》曰:『多小石，磝。』許所據字从山也。」（頁 439）

（14）《說文》:「𦳝，𦳝𦳝，在也。」

段注:「《釋訓》曰:『存存、𦳝𦳝，在也。』許本之。今《爾雅》作『存存、萌萌，在也』。」（頁 513）

（15）《說文》:「涸，渴也。」

段注:「《釋詁》曰:『涸，渴也。』俗本作竭。」（頁 559）

（16）《說文》:「鮦，鮦魚。一曰鱶也。」

段注:「攷《釋魚》郭本作『鱧，鮦也』，舍人本作『鱧，鯇也』。《毛詩·魚麗》或作『鱧，鮦也』，與郭合；或作『鱧，鯇也』，與舍人合。詳《詩正義》。初疑郭自釋鱧為鮦，非《爾雅》正文作『鱧，鮦』，但陸璣《詩疏》正引《爾雅》曰:『鱧，鮦也。許慎謂之鱶魚。』然則《爾雅》正文實有如此本，為許所本。」（頁 576～577）

（17）《說文》:「闇，闇謂之樀。」

段注:「今《釋宮》:『檐謂之樀。』許所據《爾雅》有異本作闇。」（頁 587）

（18）《說文》：「䬙，北風謂之䬙。」

段注：「《爾雅》：『南風謂之凱風，東風謂之谷風，北風謂之涼風，西風謂之泰風。』……陸氏《爾雅音義》曰：『涼，本或作䬙。』許所據《爾雅》同或作本。」（頁677）

今按：段玉裁對《爾雅》異文的揭示，數量雖不是很多，但具有重要的學術價值，能為《爾雅》異文研究提供參考。同時啟示我們，《說文》釋義有的反映了《爾雅》異文。不過，段玉裁的論述有的存在輕疑之嫌，如例（9）「櫅」下認為「蓋《爾雅》本作『齊，白棗』」，不妥。「櫅」應該是異物同名，既指白棗，又指一種樹木。

四、解釋《爾雅》條例與釋義

段玉裁在引用《爾雅》的過程中，有時還注意揭示《爾雅》的條例，主要是「二義同條」現象。例如：

《說文》：「予，推予也。」

段注：「《釋詁》曰：『台、朕、賚、畀、卜、陽，予也。』按，推予之予，假借為予我之予，其為予字一也，故台、朕、陽與賚、畀、卜皆為予也。《爾雅》有此例，《廣雅》尚多用此例。」（頁159）

《爾雅》主要是匯釋經典語詞，釋義簡略。段氏在引用《爾雅》的過程中，有時還對《爾雅》釋義作進一步解釋。例如：

（1）《說文》：「瓞，㼐也。」

段注：「《釋艸》曰：『瓞，瓝。其紹瓞。』按，瓞、瓝者，一種艸結小瓜名瓞，即瓝瓜也。云『其紹瓞』者，瓝瓜之近本繼先歲之實謂之瓞也。上云『瓞，瓝』，渾言之，此析言之也。」（頁337）

（2）《說文》：「妥，安也。」

段注：「《釋詁》曰：『妥、安，止也。』又曰：『妥、安，坐也。』此二條略同，以止也、坐也為句。坐者，止也，見《土部》。《毛詩》《禮經》《禮記》皆以安坐訓妥。《禮記》：『詔妥尸。』古者尸無事則立，有事而後坐，似《爾雅》安坐連讀。竊謂《爾雅》妥、安、坐、止四字互訓。」（頁626）

（3）《說文》：「戳，滅也。」

段注：「《爾雅》：『履、戩、祓，福也。』此謂《樛木》之福履、《天保》之戩穀、《卷阿》之祓祿皆得訓福。履本不訓福，與福連文，則可訓福矣。戩、祓本不訓福，與穀、祿連文，則亦可訓福矣。皆於兩字摘一字以釋兩字之義。……許於戩不襲《爾雅》《毛傳》，斯善讀《爾雅》《毛傳》者也。」（頁 631）

《說文》以形索義，旨在解釋詞的本義。段玉裁往往以《說文》釋義為參照，指出《爾雅》所釋為引申義或假借義。例如：

（1）《說文》：「路，道也。」

段注：「《爾雅》《毛傳》：『路，大也。』此引伸之義也。」（頁 84）

（2）《說文》：「省，視也。」

段注：「《釋詁》曰：『省，善也。』此引伸之義。」（頁 136）

（3）《說文》：「胎，婦孕三月也。」

段注：「《釋詁》曰：『胎，始也。』此引伸之義。」（頁 167）

（4）《說文》：「罄，器中空也。」

段注：「《釋詁》《毛傳》皆曰：『罄，盡也。』引伸為凡盡之偁。」（頁 225）

（5）《說文》：「景，日光也。」

段注：「《爾雅》《毛詩》皆曰：『景，大也。』其引伸之義也。」（頁 304）

（6）《說文》：「洪，洚水也。」

段注：「《釋詁》曰：『洪，大也。』引伸之義也。」（頁 546）

（7）《說文》：「林，平土有叢木曰林。」

段注：「《釋詁》《毛傳》皆曰：『林，君也。』假借之義也。」（頁 271）

（8）《說文》：「卬，望也，欲有所庶及也。」

段注：「《釋詁》《毛傳》皆曰：『卬，我也。』語言之叚借也。」（頁 385）

（9）《說文》：「厥，發石也。」

段注：「若《釋言》曰：『厥，其也。』此假借也。假借盛行而本義廢矣。」（頁 447）

五、評論《爾雅》注本

段玉裁在注解《說文》的過程中，不僅大量引用《爾雅》原文，還大量引用《爾雅》注文。對於《爾雅》注本中的是非對錯，段氏也進行了評論，尤其批駁了注本中的錯誤。

（一）評論郭璞《爾雅注》

在《爾雅》諸家注本中，段玉裁引用郭璞《爾雅注》的數量最多，因此對郭注的批駁也最多。例如：

（1）《說文》：「那，西夷國。」

段注：「《釋詁》曰：『那，於也。』《左傳》『棄甲則那』，杜云：『那猶何也。』今人用那字皆為奈何之合聲。《越語》：『吳人之那不穀，亦又甚焉。』韋注：『那，於也。』此《釋詁》之證。郭失其解。」（頁 294）

（2）《說文》：「冥，窈也。」

段注：「《釋言》曰：『冥，窈也。』孫炎云：『深闇之窈也。』郭本作幼，釋云：『幼稺者多冥昧。』頗紆洄。」（頁 312）

（3）《說文》：「俔，諭也。一曰閒見。」

段注：「《釋言》曰：『閒，俔也。』正許所本。……郭景純以『《左傳》謂之諜』釋之，恐非。」（頁 375）

（4）《說文》：「傜，喜也。」

段注：「《釋詁》曰：『繇，喜也。』繇亦即傜。郭注以《檀弓》『咏斯猶』釋繇，殊誤。鄭云：『猶當為搖，謂身動搖也。』」（頁 380）

（5）《說文》：「岸，水厓洒而高者。」

段注：「《釋丘》曰：『望厓洒而高，岸。夷上洒下，不漘。』……郭景純昧於其義，乃釋高曰陵，陵非高之謂也。釋洒曰水深，水之深淺何與於厓，不得冠以望厓矣。」（頁 442）

（6）《說文》:「獒，犬知人心可使者。」

段注:「知一作如。《公羊傳》曰:『靈公有周狗謂之獒。』何注:『周狗，可以比周之狗，所指如意者。』按，周狗，《爾雅注》及《博物志》或譌作害狗，不可為據也。」（頁 474）

（7）《說文》:「鮦，鮦魚。一曰鱶也。」

段注:「《釋魚》:『鱧。』郭注:『鮦也。』此由不考鱧非鱶之故。」（頁 576）

（8）《說文》:「魵，魵魚也，出薉邪頭國。」

段注:「《釋魚》曰:『魵，鰕。』……郭注《爾雅》云:『出穢邪頭國。見呂氏《字林》。』郭注但偁《字林》，不偁《說文》，豈所謂逐末忘本者非邪。」（頁 579）

（二）評論其他人的注本

除了郭璞《爾雅注》，段玉裁也評論其他人的注本。例如：

（1）《說文》:「鬩，恒訟也。《詩》曰:『兄弟鬩于牆。』」

段注:「《小雅》文。《釋言》《毛傳》皆曰:『鬩，很也。』孫炎云:『相很戾也。』李巡本作恨，非。鄭注《曲禮》、韋注《國語》可證。」（頁 114）

（2）《說文》:「鶩，舒鳧也。」

段注:「《几部》曰:『舒鳧，鶩也。』與《釋鳥》同。舍人、李巡云:『鳧，野鴨名；鶩，家鴨名。』……某氏注云:『在野舒飛遠者為鳧。』非是。」（頁 152）

（3）《說文》:「旂，旗有眾鈴。」

段注:「《爾雅》曰:『有鈴曰旂。』……李巡云:『以鈴著旐端。』郭樸云:『縣鈴於竿頭。』按，李說近是。」（頁 310）

（4）《說文》:「官，戶樞聲也。室之東南隅。」

段注:「許官、窅義殊。《爾雅釋文》引《說文》:『窅，深皃。』誤以窅為官也。」（頁 338）

（5）《說文》:「疧，病不翅也。从疒，氏聲。」

段注：「渠支切。十六部。《爾雅音義》云：『或丁禮反。』非是。」（頁 352）

（6）《說文》：「硞，石聲。」

段注：「今《爾雅・釋言》：『硈，鞏也。』郭云：『硈然堅固。』邢昺曰：『硈，苦學切，當从告。《說文》別有硈，苦八切，石堅也。』按，邢語剖別甚精。」（頁 450）

（7）《說文》：「豚，小豕也。豚，篆文从肉、豕。」

段注：「《爾雅音義》曰：『籀文作豚。』《玉篇》亦曰：『豚者，籀文。』皆誤。恐學者惑焉，故箸於此。」（頁 457）

（8）《說文》：「閈，閭也。」

段注：「《左傳》、《爾雅》釋文、《左傳》正義、《蕪城賦》注、《玉篇》、《廣韻》引皆作閭，至《爾雅疏》乃譌為門，今正。」（頁 587）

（9）《說文》：「閣，所㠯止扉者。」

段注：「許本諸《釋宮》，今本《釋宮》譌為閎。陸氏《音義》不辯是非，云：『本亦作閣，音各，郭注本無此字。』」（頁 589）

六、段玉裁治《爾雅》之不足

段玉裁對《爾雅》及其注本所作的校勘、注釋、評論，大部分是可取的，但也存在一些失誤與不足，有些觀點還值得商榷。例如：

（1）《說文》：「侐，靜也。」

段注：「《爾雅》：『溢、慎、謐，靜也。』溢者，恤之字誤。」（頁 373）

今按：段玉裁認為《爾雅・釋詁》之「溢」乃「恤之字誤」。在注解《說文》「謐」字時，段氏也認為《釋詁》中「溢蓋恤之譌體」。段氏的觀點不可取。《說文》：「益，饒也。从水、皿，皿益之意也。」「溢」為「益」的後起區別字，承擔了「益」的本義，即水從器皿中溢出。「溢」可以假借為「恤」「謐」。《詩經・周頌・維天之命》「假以溢我」，《左傳・襄公二十七年》引作「何以恤我」。馬瑞辰《毛詩傳箋通釋》云：「謐與溢，字異而音義同。」《說文》：「誐，嘉善也。从言，我聲。《詩》曰：『誐以謐我。』」段注：「誐、謐皆本義，假、溢皆假借也。……若左氏作『何以恤我』，何者，誐之聲誤。恤與謐同部。《堯典》『惟刑之謐哉』，古文亦作恤。」可見，段玉裁也認為「溢」「謐」「恤」通假。王引之《經義述聞·尚書·惟刑之卹哉》云：「卹者，慎也。《史記·五帝紀》作『惟刑之靜哉』。……卹、謐、溢古聲相近而字亦相通。」朱駿聲《說文通訓定聲》：「溢，假借為謐。」總之，「溢」假借為「謐」而可以訓為靜，並非「恤」之誤。

（2）《說文》：「裾，衣褎也。」

段注：「褎，各本作袌，今依《韻會》正。上文云：『褎，褱也。』褱物謂之褎，因之衣前衿謂之褎。……《釋器》：『衣皆謂之襟。衱謂之裾。』衱同袷，謂交領。褎連於交領，故曰『衱謂之裾』。郭景純曰：『衣後襟。』非也。《釋名》裾在後之說，非是。」（頁392～393）

今按：段注所引《爾雅》「衣皆謂之襟」當作「衣眥謂之襟」，「皆」與「眥」形近而致誤。衣眥指衣領交接處。段玉裁認為裾指衣前襟，並認為郭璞和《釋名》的解釋都不正確。這種觀點有失偏頗，流於武斷。

關於裾，主要有三種解釋：第一種，裾指衣前襟。除了段玉裁，郝懿行也持這種觀點。《爾雅義疏》云：「衣之前衿可懷抱物，故謂之裾。裾言物可居也。」第二種，裾指衣後襟。《釋名·釋衣服》：「裾，倨也，倨倨然直，亦言在後常見踞也。」《方言》卷四：「袿謂之裾。」郭璞注：「衣後裾也。」《集韻·魚韻》：「裾，衣後曰裾。」第三種，裾指衣服的前後襟。《正字通》：「裾，襟以下皆謂之裾。」俞樾《群經平議》卷三十五「衱謂之裾」條云：「蓋自衣領至腋下謂之襟，而自腋下直垂至末謂之裾。故襟惟前有之，而裾則前後皆有之。《玉篇》以裾為褎，褎為衣前衿。此指前裾而言也。《釋名·釋衣服》曰：『裾，倨也，倨倨然直，亦言在後常見踞也。』此指後裾而言也。各成一義，似皆未備。然云倨倨然直，則可知其與襟異矣。襟必斜掩至右，不得倨倨然直也。」

古代的裾，今天已難以詳考。馬敘倫《說文解字六書疏證》卷十五「裾」字下云：「如段之斥郭璞衣後襟、劉熙裾在後之說，豈生當其時，親服其衣，而不能明。千載之後，服制已異，憑藉書典，裁以肊度，轉能得之乎？」〔註2〕馬

〔註2〕馬敘倫：《說文解字六書疏證》（四），上海書店，1985年版，第108頁。

敘倫的觀點是正確的，段玉裁不應在證據不足的情況下以一種解釋來否定另一種解釋。

(3)《說文》:「令，發號也。」

段注:「《般庚》正義引《釋詁》:『靈，善也。』蓋今本《爾雅》作令，非古也。凡令訓善者，靈之假借字也。」(頁430)

今按:《爾雅·釋詁》:「令，善也。」《廣雅·釋詁》:「靈，善也。」孔穎達所引《釋詁》「靈，善也」當為《廣雅》之《釋詁》，段玉裁不當據以推測「今本《爾雅》作令，非古也」。「令」訓為善，並非「靈」之假借。《說文》:「令，發號也。」本義指上級向下級發出指示、命令，由好的政令引申為美好、善。《詩經·大雅·卷阿》:「如圭如璋，令聞令望。」鄭玄箋:「令，善也。」《說文》:「靈，靈巫，以玉事神。」引申為美好、善。「靈」可以假借為「令」，指政令。清代錢大昕《十駕齋養新錄》卷一云:「《呂刑》『苗民弗用靈』,《緇衣》引作『匪用命』，命當是令之譌。令與靈古文多通用，令、靈皆有善義。」《法言·重黎》:「人無為秦也，喪其靈久矣。」于省吾《雙劍誃諸子新證》:「靈、令古字通。」朱駿聲《說文通訓定聲》:「靈，叚借為令。」在傳世典籍中，找不到「令」與「靈」通假而訓為善的例子。

(4)《說文》:「闥，闥謂之樀。樀，廟門也。」

段注:「今《釋宮》『檐謂之樀』，許所據《爾雅》有異本作闥。……《吳語》:『王背檐而立，大夫向檐。』韋云:『檐謂之樀。樀，門戶。』韋注『戶』當作『也』。《國語》《爾雅》字皆當作闥。郭以屋梠釋樀，非是。」(頁587)

今按:「闥」與「檐」為異體字，段玉裁不當云「《國語》《爾雅》字皆當作闥」。郭注亦不誤。徐灝《說文解字注箋》云:「《爾雅》『檐謂之樀』，承上文梁、棁、桴、榱而言，則非門審矣。郭注不誤。此闥字乃檐之異體，不可為典要。因闥从門，遂又謂樀為門耳，廟門無樀之名也。」徐灝的觀點是正確的。馬敘倫《說文解字六書疏證》卷二十三「闥」字下云:「此字蓋出《字林》，呂忱不得闥字本義，況以檐義說之。或所見《爾雅》作闥，而以字从門，故以為廟門耳。」〔註3〕《說文》:「檐，㮰也。」段注:「檐之言隒也，在屋邊也。」

〔註3〕馬敘倫:《說文解字六書疏證》(六)，上海書店，1985年版，第17頁。

「檐」的本義為屋檐，即屋頂向外伸出的邊沿部分。「檐」又寫作「闇」「櫩」「欗」「簷」，這5個字讀音相同，均可表示屋檐，它們之間為異體字的關係。徐鍇《說文解字繫傳》：「闇，今俗作檐。」《玉篇・竹部》：「簷，屋簷。與檐同。」《集韻・鹽韻》：「檐，或从閻、从闇，亦作簷。」「檐」「樀」「梠」均可指屋檐。宋代李誡《營造法式・大木作制度二・檐》：「檐，其名有十四：一曰宇，二曰檐，三曰樀，四曰楣，五曰屋垂，六曰梠，七曰櫺，八曰聯櫋，九曰橝，十曰庌，十一曰廡，十二曰槾，十三曰槐，十四曰庮。」可見，郭璞「以屋梠釋樀」，不誤。

（5）《說文》：「孟，長也。」

段注：「《爾雅》：『孟，勉也。』此借孟為猛。」（頁743）

今按：孟，從子，皿聲，本義為兄弟姐妹中排行最大的。《尚書・康誥》「王若曰孟侯」，孔安國傳：「孟，長也。」《詩經・鄘風・桑中》「美孟姜矣」，朱熹集傳：「孟，長也。」《爾雅》：「孟，勉也。」段玉裁認為「此借孟為猛」，這種觀點是錯誤的。「孟」可以假借為「猛」，但並不表示勉力，而是表示兇猛、勇猛。《馬王堆漢墓帛書・經法・稱》：「虎狼為孟可揗。」《管子・任法》：「奇術技藝之人，莫敢高言孟行以過其情。」這兩例中「孟」通「猛」，兇猛、勇猛的意思。《文選・班固〈幽通賦〉》「盍孟晉以迨羣兮」，李善注引曹大家曰：「孟，勉也。」「孟」表示勉力、努力的意思，當為「黽」之假借。郝懿行《爾雅義疏》：「孟者，黽之叚音也。」郝說正確。「黽」有勉力的意思。《詩經・邶風・谷風》「黽勉同心」，陸德明釋文：「黽勉，猶勉勉也。」總之，「孟」訓為勉乃「黽」之假借，而非「猛」之假借。

第二節　段玉裁對《廣雅》的校釋與《廣雅疏證》之比較

除了《爾雅》及其注本，《說文解字注》還大量徵引《廣雅》及其注本。梳理段玉裁對《廣雅》及其注本的校訂、注釋、評論，並將其與王念孫《廣雅疏證》進行比較，可以清晰地窺見段氏治《廣雅》的成就與不足。另外，段氏的校釋亦能補《廣雅疏證》之不足。

一、段玉裁對《廣雅》的校釋與《廣雅疏證》之同

段玉裁對《廣雅》中的俗字、異體字、誤字等所作的校釋，有許多與王念

孫《廣雅疏證》在觀點上相同或一致。例如：

(1)《說文》：「䐁，尻骨也。」

段注：「《廣雅》曰：『臎，臀也。』臎者，翠之俗。《內則》所謂『舒鴈翠』『舒鳧翠』是也。」（頁165）

今按：《廣雅・釋親》：「臎、髁，臀也。」王念孫疏證：「《釋言篇》云：『臎，肥也。』字通作翠。《內則》『舒鴈翠』，鄭注云：『翠，尾肉也。』」《說文》：「翠，青羽雀也，出鬱林。」「翠」本指一種鳥，引申為鳥尾肉，此義後寫作「臎」。《玉篇・肉部》：「臎，鳥尾上肉也。」在表示鳥尾肉時，「翠」與「臎」為古今字，二者可以通用。段玉裁此處所謂的俗字，當指今字。段、王二人的觀點並不矛盾，只是論述的角度不同。

(2)《說文》：「膹，臛也。」

段注：「《廣雅》曰：『膗、膹、䐈，臛也。』臛，俗脽字。」（頁176）

今按：《廣雅・釋器》：「膹，臛也。」王念孫疏證：「臛，字本作脽，亦作膗。」《說文》：「脽，肉羹也。」《楚辭・招魂》「露雞臛蠵」，朱熹集注：「臛，一作脽。」在表示肉羹時，「脽」與「臛」為異體字。段玉裁此處所謂的俗字，當指異體字。段、王二人的觀點基本一致。

(3)《說文》：「梱，門橜也。」

段注：「《廣雅》：『橜、機、闑，朱也。』朱同梱。」（頁256）

今按：《廣雅・釋宮》：「橜，朱也。」王念孫疏證：「朱或作梱，又作閫。」《集韻・混韻》：「梱，《說文》：『門橛也。』或作閫、朱。」在表示門橛、門限時，「朱」與「梱」為異體字。段玉裁和王念孫觀點相同。

(4)《說文》：「縢，機持經者。」

段注：「按，《集韻》引《廣雅》：『桭謂之縢。』今《廣雅》桭作椮，誤也。」（頁262）

今按：《廣雅・釋器》：「桭謂之縢。」王念孫疏證：「《集韻》引《廣雅》：『桭謂之縢。』今據以訂正。」王念孫還在「椮」字下說：「椮所以行緯，縢所以持經，二者各殊其用。」可見，段玉裁和王念孫都認為「桭」與「椮」不同，也都認為今本《廣雅》有誤字，而《集韻》所引《廣雅》不誤。

（5）《說文》:「囷，廩之圜者。」

段注:「《廣雅》曰:『京、庾、廩、鹿，倉也。』按，《吳語》注:『員曰囷，方曰鹿。』鹿即京也。鹿者，鹿之俗。」（頁 277）

今按:《廣雅・釋宮》:「鹿，倉也。」王念孫疏證:「鹿通作鹿。《吳語》『囷鹿空虛』，韋昭注云:『員曰囷，方曰鹿。』」《說文》:「鹿，獸也。」「鹿」本指一種動物，又表示糧倉，此義後寫作「鹿」。在表示糧倉時，「鹿」與「鹿」為古今字，二者可以通用。段玉裁此處所謂的俗字，當指今字。段、王二人的觀點並不矛盾，只是論述的角度不同。

（6）《說文》:「伹，拙也。」

段注:「《廣雅》曰:『伹，鈍也。』《玉篇》引之，《集韻》《類篇》皆引之，云『千余切』。今《廣雅》乃譌為但，度滿切矣。」（頁 377）

今按:《廣雅・釋詁》:「伹，鈍也。」王念孫疏證:「伹音癰疽之疽，各本作但，音度滿反，後人改之也。《說文》:『伹，拙也。從人，且聲。』《玉篇》音七閭、祥閭二切，引《廣雅》『伹，鈍也』。是《廣雅》本作伹，不作但。」可見，段、王都認為《廣雅》中「但」為誤字，當為「伹」。

（7）《說文》:「薄，林薄也。」

段注:「凡物之單薄不厚者亦無閒可入，故引伸為厚薄之薄。曹憲云必當作礡，非也。」（頁 41）

今按:《廣雅・釋詁》:「襌，礡也。」曹憲《博雅音》:「礡，步各反。世人作襌礡之礡，艸下著溥，亦失之矣。」王念孫校:「《說文》無礡字，古但作薄，亦非後人之失也。」可見，段、王都認為曹憲的觀點不正確。

二、段玉裁對《廣雅》的校釋與《廣雅疏證》之異

段玉裁對《廣雅》的校釋，有的與王念孫《廣雅疏證》存在一定差異。從二者的差異中可以看到，段玉裁校訂《廣雅》往往過於武斷，而《廣雅疏證》亦有不足之處。例如：

（1）《說文》:「莪，細艸叢生也。」

段注:「《廣雅》曰:『蓩蓩，茂也。』蓩即莪之譌。」（頁 39）

今按:《廣雅・釋訓》:「蓩蓩，茂也。」王念孫疏證:「《釋言》云:『莪，

葆也。』萩與務同，重言之則曰務務、葆葆。務，曹憲音亡豆、亡老二反。務亦茂也。魏武帝《氣出唱》樂府云：『乘雲駕龍，鬱何務務。』」王念孫的觀點是正確的。「務」也有茂盛的意思。《集韻・晧韻》：「務，葆也。」「葆」有草木繁盛的意思。段玉裁將「務」視為「萩」之譌，不可取。

（2）《說文》：「芇，相當也。」

段注：「按，《廣雅》：『芇，當也。』亡殄、亡安二切。俗本譌作莔。」（頁 144）

今按：《廣雅・釋詁》：「莔，當也。」王念孫疏證：「莔者，《說文》：『芇，相當也。』芇與莔同義。《玉篇》芇、莔竝亡殄、亡安二切，義亦同。」王念孫的觀點可取。段玉裁將「莔」看作譌字，不可取。

（3）《說文》：「虢，土鍪也。」

段注：「《廣雅》：『鍑、鍪、豐，鬴也。』豐即虢字。」（頁 209）

今按：《廣雅・釋器》：「虢，釜也。」王念孫疏證：「《說文》：『虢，土鍪也。從虛，号聲。』『虛，古陶器也。』虢，各本譌作豐，自宋時本已然，故《集韻》《類篇》竝云：『虢或作豐。』案，虢從虛，号聲，非從豆，號聲。豐乃虢之譌字，非虢之別體，故《說文》《玉篇》《廣韻》俱無豐字，今訂正。」關於「豐」，段玉裁認為是「虢」的異體字，而王念孫則認為是「虢」之譌體。王念孫的說法更令人信服。

（4）《說文》：「楣，限也。」

段注：「《廣雅》：『柣、戺、橉，切也。』切，今本亦譌砌。」（頁 256）

今按：《廣雅・釋宮》：「柣、戺、橉，砌也。」王念孫疏證：「砌，古通作切。……《文選・西都賦》『元墀釦砌』，《後漢書・班固傳》作切。」《說文》：「切，刌也。」「切」的本義為截斷，又表示階石，此義後寫作「砌」。《玉篇・石部》：「砌，階砌也。」在表示階石時，「切」與「砌」為古今字，二者可以通用。王念孫認為「砌」通作「切」，是正確的。段玉裁認為「砌」乃「切」之譌，過於強調古字，不可取。

（5）《說文》：「卬，望也，欲有所庶及也。」

段注：「《廣雅》：『仰，恃也。』仰亦卬之誤。」（頁 385）

今按：《廣雅・釋詁》：「仰，恃也。」王念孫疏證：「仰者，《荀子・議兵篇》:『上足卬則下可用也。』楊倞注云:『卬,古仰字。下託上曰仰。』」「卬」與「仰」為古今字的關係,「仰」是「卬」的加旁分化字。王念孫的疏證是正確的,而段玉裁認為「仰」為「卬」之誤,過於強調本字,不可取。

三、段玉裁校釋《廣雅》的作用

段玉裁對《廣雅》的校釋具有重要作用,能為《廣雅》研究提供參考,解決王念孫未能解決的一些問題,在一定程度上彌補《廣雅疏證》的不足。例如:

(1)《說文》:「眊,目少精也。」

段注:「《廣雅》:『眊眊,思也。』謂思勞而目少精也。或作毣毣。」(頁131)

今按:《廣雅・釋訓》:「眊眊,思也。」王念孫疏證:「《漢書・鮑宣傳》:『極竭毣毣之思。』毣與眊通。」王念孫的疏證過於簡略,段玉裁對《廣雅》的訓釋可作為補充。

(2)《說文》:「殰,殺羊出其胎也。」

段注:「云『殺羊出其胎』,則《廣雅》云:『殰、腜,胎也。』辭不達意矣。」(頁163)

今按:《廣雅・釋親》:「殰、腜,胎也。」王念孫疏證:「《爾雅》:『胎,始也。』殰或作膻。《廣韻》:『殰,羊胎也。』又云:『膻,畜胎也。』腜之言媒也。《說文》:『腜,婦始孕腜兆也。』」王念孫在「殰」字下不引《說文》,可能意識到《說文》與《廣雅》的訓釋不同。《說文》:「腜,婦始孕腜兆也。」段玉裁改為:「腜,婦孕始兆也。」「殰」的意思是殺羊取胎,「腜」的意思是婦女開始懷孕的徵兆,二字《廣雅》皆訓為「胎」,釋義不夠確切,故段玉裁評價為「辭不達意」,而王念孫沒有明確指出這一點。

(3)《說文》:「窔,深也。一曰竈突。」

段注:「蓋竈上突起以出烟火,今人謂之煙囪,即《廣雅》之竈窻。今人高之出屋上,畏其焚棟也。以其顛言謂之突,以其中深曲通火言謂之窔。《廣雅》:『突下謂之窔。』今本正奪『窔』字耳。」(頁344)

今按:《廣雅・釋宮》:「竈謂之竈,其脣謂之陘,其窻謂之堗,堗下謂之。」王念孫疏證:「『謂之』下各本皆脫一字,今無考。」《廣雅》有脫文,王念孫說

「今無考」，而段玉裁依據《說文》的訓釋校訂了《廣雅》的脫文，解決了王念孫認為無考的條目，為《廣雅》研究提供了參考。

（4）《說文》：「𠂤，小𠂤也。」

段注：「小𠂤，𠂤之小者也。《廣雅》本之曰：『𠂤，細阜也。』今譌舛不可讀矣。」（頁 730）

今按：《廣雅．釋邱》：「𠂤，細也。」王念孫疏證：「《北堂書鈔》引此作『𠂤，細土也』，其義未詳。」由於《廣雅》此條存在文字上的錯訛，故王念孫說「其義未詳」。段玉裁認為《廣雅》本於《說文》，並對《廣雅》作了校訂。段氏的校釋是可取的，能夠彌補《廣雅疏證》的缺憾。

第四章　《說文解字注》所引《爾雅》及郭璞注與敦煌寫本之比較

20 世紀初敦煌文書的發現，與甲骨文、漢晉簡牘、明清內府檔案的發現，並稱為中國近代學術史上的四大發現。敦煌文書總共有五六萬卷，其中佛教典籍約占 80%，只有一小部分為儒家經籍。在儒家經籍中，存有白文《爾雅》和郭璞《爾雅注》，二者均為殘卷。由於敦煌寫本《爾雅》及郭璞注產生時代較早，且未經後人改動，雖為殘卷，卻具有重要文獻價值。本章將《說文解字注》所引《爾雅》及郭璞注與敦煌寫本進行比較，旨在揭示《爾雅》異文，闡釋某些語言文字現象，並進一步探討出土文獻與傳世文獻的優劣問題。

第一節　段注所引《爾雅》與敦煌本白文《爾雅》之比較

敦煌寫本白文《爾雅》編號為伯三七一九（P.3719），其內容包括《釋詁》的一部分，《釋言》的全部和《釋訓》的一部分，共 84 行。寫卷背面有「浣溪沙」舞譜。今天看來，寫卷很多地方字跡模糊不清。第一個字為「也」，當是「訛，言也」的最後一字。第一條訓釋是「遘、逢，遇也」，最後一條訓釋是「委委、佗佗，美也」。抄寫者不夠細心，在抄寫過程中出現了一些錯漏、衍誤。例如，寫本《釋言》：「滷、鹹，苦也。」今本《爾雅》云：「滷、矜、鹹，苦也。」依據今本《爾雅》的內容可知，敦煌寫本脫一「矜」字。寫本《釋言》:「幕,暮。」顯然脫一「也」字。寫本《釋詁》:「僉、咸、胥也,皆也。」依據《爾雅》的文例和今本《爾雅》的內容,可以斷定「胥」後衍一「也」字。王重民認為敦煌本《爾雅》「書法不佳,然猶是唐代寫本」〔註1〕。《敦煌學大辭典》「爾雅」條云:「係唐代寫本,多別字異文,可資校勘和訓釋今本。」〔註2〕許建平認為「當是學童所書,而且其卷背所抄『浣溪沙』舞譜為晚唐作品,則《爾雅》抄本應是中晚唐時期所為」〔註3〕。可見,學術界一致認為敦煌本白文《爾雅》產生於唐代。僅憑這一點,就可以斷定敦煌本《爾雅》具有很高的文獻價值。

《說文解字注》大量徵引《爾雅》,將段注所引《爾雅》與敦煌本白文《爾雅》進行比較,可以看到二者在文字上有同也有異。從相異的一面,不僅可以看出敦煌寫本在用字上的特點,還可以看出段注引《爾雅》時在用字上的特點。另外,敦煌本《爾雅》還能幫助我們判斷段玉裁在引用《爾雅》的過程中所論述的觀點正確與否。

段注所引《爾雅》與敦煌本白文《爾雅》在用字上的差異主要表現在如下幾個方面:

一、俗字

黃徵《敦煌俗字典·前言》說:「敦煌俗字就是敦煌出土文獻所見歷代不規範異體字。」〔註4〕敦煌本白文《爾雅》大量使用俗字,例如:

(1)《說文》「差」字下段注:「《釋言》曰:『爽,差也。爽,忒也。』(頁200)

敦煌本《爾雅》:「爽,羌也。爽,忒也。」

今按:關於「差」字,《說文》:「差,貳也,差不相值也。」「差」有差錯的意思。在「爽,差也」中,「差」即為差錯。差,敦煌本寫作「羌」。「羌」是在「差」的基礎上形成的,字形發生了一定程度的訛變。「差」為正體,「羌」為俗體。唐代顏元孫《干祿字書》云:「羌差:上俗,下正。」從《敦煌俗字典》

〔註1〕王重民:《敦煌古籍敘錄》,中華書局,2010年版,第74頁。
〔註2〕季羨林:《敦煌學大辭典》,上海辭書出版社,1998年版,第517頁。
〔註3〕許建平:《敦煌經籍敘錄》,中華書局,2006年版,第431頁。
〔註4〕黃徵:《敦煌俗字典》,上海教育出版社,2005年版,第5頁。

可以看出，在敦煌文獻中「差」寫作「羌」是常見的。例如：

「等無羌別。」（敦研239《佛說首楞嚴三昧經》卷下）

「羌別」即「差別」。可以說，「羌」是一個定型的俗字，使用較為普遍。

關於「忒」字，《說文》：「忒，更也。」本義為變更。在「爽，忒也」中，「忒」為變更的意思。忒，敦煌本寫作「忒」。顯然，「忒」是在「忒」的基礎上增加一「丿」而構成的，這是抄寫者為追求字形端正、美觀而故意增加的一筆。「忒」為正字，「忒」為俗寫字。

（2）《說文》「蔭」字下段注：「《釋言》曰：『庇、茠，蔭也。』」（頁39）

「休」字下段注：「《釋詁》曰：『休，戾也。』又曰：『庇、庥，廕也。』此可證休、庥同字。」（頁270）

「庇」字下段注：「《釋言》曰：『庇、休，蔭也。』」（頁445）

敦煌本《爾雅》：「庛、庥，蔭也。」

今按：今本《爾雅·釋言》云：「庇、庥，廕也。」關於「庇」，敦煌本寫作「庛」。抄寫者將「庇」上面的「丶」改為「⺊」。顯然，「庛」為俗寫字。較之「庇」，「庛」略顯得端莊、美觀一些。

關於「庥」字，敦煌本寫作「庥」。《說文》：「休，息止也。从人依木。庥，休或从广。」「庥」為「休」的異體字，本義為在樹陰下歇息，引申為庇護。敦煌本「庥」是將「庥」中的「亻」改為「木」，又在原來的「木」下加一短橫，變為「本」，筆劃繁化了。「庥」為正字，「庥」為俗寫字。

需要說明的是，段玉裁引《爾雅》存在前後用字不一致的情況，「庥」又寫作「茠」「休」，「蔭」又寫作「廕」。關於「茠」字，《說文》：「薅，拔去田艸也。从蓐，好省聲。蔙，籀文薅省。茠，薅或从休。《詩》曰：『既茠荼蓼。』」「茠」為多音多義詞。在表示除田草這一意義上，「茠」為「薅」的異體字。「茠」又與「休」「庥」同，表示休息。《集韻·尤韻》：「休，《說文》：『息止也。从人依木。』或从广、从艸。」《淮南子·精神訓》：「當此之時，得茠越下，則脫然而喜矣。」高誘注：「茠，蔭也。三輔人謂休華樹下為茠也。」

關於「廕」，在表示庇護這一意義上，「廕」與「蔭」為異體字，經典中通用。《爾雅·釋言》：「庇、庥，廕也。」陸德明釋文：「廕，字亦作蔭。」《集韻·沁韻》：「廕，庇也。通作蔭。」《管子·君臣上》：「夫為人君者，廕德於人者也。」此處「廕」即「蔭」。

總之，「庇」為正字，「庀」為俗字。「庥」為正字，「休」「茠」為異體字，「庥」為俗字。「蔭」與「廕」為異體字。

(3)《說文》「髦」字下段注：「《詩》三言『髦士』，《爾雅》《毛傳》皆曰：『髦，俊也。』」(頁 426)

敦煌本《爾雅》：「既，選也。毦，俊也。」

今按：《說文》：「髦，髮也。从髟，从毛。」本義為毛髮中的長毫，引申為傑出的人物，又引申為選拔。在敦煌本《爾雅》的同一條中，同一個「髦」字，寫法不完全相同，前一個近似於「既」，後一個近似於「毦」。後一種寫法是對「髦」的簡化。「髦」為正字，「既」「毦」為俗寫字。由此例亦可看出，出土文獻未必總是優於傳世文獻。

(4)《說文》「餀」字下段注：「《釋言》曰：『飫，私也。』」(頁 221)

敦煌本《爾雅》：「飫，私也。」

今按：關於「飫」字，《說文》作餀，云：「燕食也。从食，芺聲。《詩》曰：『飲酒之餀。』」段注：「今字作飫。」《說文》所引詩句，今《詩經・小雅・常棣》作「飲酒之飫」。敦煌本「飫」是在「飫」的基礎上加一「丶」構成的，這是抄寫者為求得字形勻稱、美觀而故意增加的。《四部叢刊》本《爾雅》亦寫作「飫」。「餀」是「飫」的異體字，「飫」是「飫」的俗寫字。「飫」今簡化作「饫」。

關於「私」字，《說文・禾部》：「私，禾也。从禾，厶聲。北道名禾主人曰私主人。」「私」字從禾，本義為禾名。《說文・厶部》：「厶，姦邪也。韓非曰：『蒼頡作字，自營為厶。』」段注：「公私字本如此，今字私行而厶廢矣。私者，禾名也。」表示自私義，本字為「厶」，後借用「私」字，這是本有其字的假借。今借字行而本字廢。敦煌本「私」是在「私」的基礎上增加一「丿」而構成的，這也是抄寫者為求得字形勻稱、美觀而增加的。「私」是一個定型的俗字。顏元孫《干祿字書》云：「私私：上俗，下正。」在其他的敦煌文獻中，「私」也常寫作「私」，如敦煌本《春秋經傳集解》：

顧曰：「為私誓。」(P.2767 襄公十八年傳)

不知所成，敢私布之。(S.2984 昭公十六年傳)

總之，「私」為正字，「私」為俗字，且使用較為普遍。

二、通假字

敦煌本《爾雅》大量使用通假字，例如：

（1）《說文》「存」字下段注：「《爾雅》曰：『在，存也。』『在、存、省、士，察也。』」（頁 743）

敦煌本《爾雅》：「在、存、省、事，察也。」

今按：《說文》：「士，事也。」段注：「士、事疊韻，引伸之，凡能事其事者偁士。」《爾雅》：「士，察也。」郭璞注：「士，理官，亦主聽察。」郝懿行《爾雅義疏》：「士，是事之察也。」《周禮．秋官．司寇》「士師下大夫四人」，鄭玄注：「士，察也，主察獄訟之事者。」「士」有察看、審察的意思。《說文》：「事，職也。」古文字事、史、吏本為一字，後來才出現分化。

「士」可以假借為「事」，職事、任事的意思。《論語．述而》「雖執鞭之士」，《鹽鐵論．貧富》作「雖執鞭之事」。《荀子．致士》：「定其當而當，然後士其刑賞而還與之。」楊倞注：「士當為事，行也。」「事」也可以假借為「士」，指任事之人。《說文》「事」字下段注：「古假借為士字。」《韓非子．八說》「是無術之事也」，清王先慎集解：「事，當作士。」

敦煌本寫作「事」，用的是「士」的假借字。

（2）《說文》「庶」字下段注：「《釋言》曰：『庶幾，尚也。』」（頁 445）

敦煌本《爾雅》：「庶幾，上也。」

今按：《說文》：「尚，曾也；庶幾也。从八，向聲。」《說文》析形有誤，所釋非本義。尚，金文作「　」（尚鼎）、「　」（中山王壺）。「尚」假借用作副詞，可表示命令、祈使、希冀等語氣。《爾雅》：「庶幾，尚也。」邢昺疏：「尚謂心所希望也。」《左傳．昭公十三年》「余尚得天下」，杜預注：「尚，庶幾也。」

《說文》：「丄，高也。此古文上，指事也。」上，甲骨文作「　」「　」，金文作「　」。「上」為指事字，本義為高處、上邊。「上」可以假借為「尚」，表示希冀、祈願的語氣。《詩經．魏風．陟岵》：「上慎旃哉！猶來無止。」朱熹集傳：「上，猶尚也。」陳奐傳疏：「上，讀為尚。尚，庶幾也。」《周易．

小過》「已上也」，陸德明釋文：「上，鄭作尚，云庶幾也。」《正字通．小部》：「尚，與上通。」

總之，敦煌本寫作「上」，用的是「尚」的通假字。

（3）《說文》「律」字下段注：「《爾雅》：『坎、律，銓也。』」（頁77）

敦煌本《爾雅》：「坎、律，詮也。」

今按：段注所引《爾雅》作「銓」，與今本《爾雅》相同，敦煌本作「詮」。《說文》：「銓，衡也。」段注改「衡」為「稱」，云：「稱，各本作衡，今正。……稱即今秤字。」「銓」的本義為衡量輕重的器具，即秤。《廣雅．釋器》：「稱謂之銓。」「銓」引申為衡量。《說文》：「詮，具也。」徐鍇繫傳：「具記言也。」「詮」的本義為詳細解釋，引申為權衡、比較。白居易《和知非》：「因君知非問，詮較天下事。」

「銓」與「詮」音同義通而可以互相假借。王充《論衡．薄葬》云：「信聞見於外，不詮訂於內，是用耳目論，不以心意議也。」又《自紀》云：「通人觀覽，不能訂銓，遙聞傳授，筆寫耳取，在百歲之前。」「詮訂」即「訂銓」，權衡、訂正的意思。唐劉知幾《史通．雜說中》「不加銓擇」，浦起龍《史通通釋》：「銓，一作詮。」

總之，敦煌本寫作「詮」，用的是「銓」的通假字。

（4）《說文》「曷」字下段注：「《釋言》曰：『曷，盍也。』」（頁202）

敦煌本《爾雅》：「遏，合也。」

今按：《說文》：「曷，何也。」「曷」可以用作疑問代詞。《說文》：「遏，微止也。」本義為阻止。「曷」可以假借為「遏」，阻止的意思。《詩經．商頌．長發》：「如火烈烈，則莫我敢曷。」朱熹集傳：「曷、遏通。」《荀子．議兵》《漢書．刑法志》引此句「曷」皆作「遏」。《爾雅．釋詁》：「曷、遏，止也。」

《說文》：「盇，覆也。」「盇」即「盍」，本義為覆蓋，假借為疑問代詞。《說文》：「合，合口也。」「合」為象形字，甲骨文作「[illegible]」，金文作「[illegible]」，像器蓋與器體相扣合之形，本義當為扣合。「合」可以假借為「盍」。《晏子春秋．外篇．景公欲誅羽人》：「公曰：『合色寡人也？』」于省吾《雙劍誃諸子新證》：「合即盍之音假。《爾雅．釋詁》：『盍，合也。』《易．序卦傳》：『嗑者，

合也。』《爾雅・釋言》:『曷，盍也。』《廣雅・釋詁》:『盇，何也。』羽人姣公，故景公詰以何色寡人也。」〔註5〕

段注所引《爾雅》與今本《爾雅》相同，敦煌本作「遏，合也」,「遏」為「曷」之假借。不過，在表示疑問時,「遏」並不能假借為「曷」。「合」與「盍」通假，表示「何」「何不」的意思。

> (5)《說文》「殛」字下段注:「合《魯頌》《小雅》兩箋、兩正義觀之，則《釋言》之為『極，誅』甚明。今《爾雅》作『殛，誅也』，蓋誤。」(頁162)
>
> 敦煌本《爾雅》:「殛，誅也。」

今按:《說文》:「極，棟也。」本義為房屋的脊檩。《說文》:「殛，殊也。」本義為殺死。「極」可以假借為「殛」，指罪大而誅。《詩經・小雅・菀柳》:「俾予靖之，後予極焉。」鄭箋:「極，誅也。」「殛」也可以假借為「極」，指流放遠方。《尚書・舜典》「殛鯀於羽山」，孔穎達疏:「殛者，誅責之稱。」「殛」字下段注:「《堯典》『殛鯀』，則為極之假借，非殊殺也。」屈原《天問》「湯何殛焉」，朱熹集注:「殛，一作極。……故為湯所殛，放之南巢也。」

典籍中,「極」與「殛」通用。《尚書・多方》:「乃有不用我降爾命，我乃大罰殛之。」陸德明釋文:「殛，本又作極。」《集韻・職韻》:「殛，或作極。」敦煌本《爾雅》作「殛，誅也」，與今本《爾雅》相同。而段玉裁認為「殛，誅也」當作「極，誅也」。段氏的觀點不可取。關於此條，黃侃《爾雅音訓》說:「《釋文》:『殛，本作極。』極之言鞠也，窮也，罄也。邵晉涵執《說文》而謂誅當作殊，段玉裁泥鄭義而謂殛必作極，此皆偏也。」〔註6〕黃侃的觀點是可取的。

> (6)《說文》「閱」字下段注:「《釋言》《毛傳》皆曰:『閱，很也。』孫炎云:『相很戾也。』李巡本作恨，非。」(頁114)
>
> 敦煌本《爾雅》:「閱，恨也。」

今按:《說文》:「很，不聽从也。」本義為不聽從、違逆，引申為兇狠，又引申為爭訟。《玉篇・彳部》:「很，很戾也；諍訟也。」《說文》:「恨，怨也。」本義為遺憾，後來詞義加重，表示仇怨、怨恨。「恨」可以假借為「很」，

〔註5〕于省吾:《雙劍誃諸子新證》，中華書局，2009年版，第236頁。

〔註6〕黃侃著，黃焯輯，黃延祖重輯:《爾雅音訓》，中華書局，2007年版，第49頁。

表示不聽從、違逆的意思。《戰國策・齊策四》:「今不聽，是恨秦也；聽之，是恨天下也。」「恨」即違逆的意思。《漢書・楚元王傳・劉向》:「稱譽者登進，忤恨者誅傷。」王念孫《讀書雜志》:「恨，讀為很。忤，逆也；很，違也。」《廣雅・釋詁》:「很，恨也。」

《爾雅・釋言》:「鬩，恨也。」「恨」又作「很」。郭璞注:「相怨恨。」邢昺疏:「以字形異濫，故釋者致殊，於義兩解得之。」郝懿行《爾雅義疏》:「恨者，當作很。……郭注從李巡。今按，恨、很聲近義雖相成，但作很於義為長。郭從李，非也。」郝氏的觀點與段氏的觀點相同。敦煌本作「恨」，當是「很」的通假字。

三、通用字

通用字是兩個或幾個字在某一意義上讀音相同，可以互相替換。例如：

> 《說文》「窕」字下段注:「《釋言》:『窕，肆也。窕，閒也。』」（頁346）
>
> 敦煌本《爾雅》:「窕，閑也。」

今按：段注所引《爾雅》作「閒」，敦煌本作「閑」。《說文》:「閒，隙也。从門，从月。」徐鍇繫傳:「夫門當夜閉，閉而見月光，是有閒隙也。」段注:「閒者，稍暇也，故曰閒暇。今人分別其音為戶閑切，或以閑代之。」「閒」的本義為空隙，引申為空閑、閑暇，此義常寫作「閑」。《說文》:「閑，闌也。从門中有木。」本義為門柵欄。典籍中，「閒」與「閑」通用。《漢書・疏廣傳》「老人即以閒暇時為廣言此計」，顏師古注:「閒即閑字也。」《集韻・山韻》:「閒，通作閑。」

「閒」與「閑」本義不同，只有在表示空閑、閑暇時，「閒」才可以寫作「閑」，二字通用。今「閑」通行而「閒」被廢棄了，「閒」的空隙義也由後起的「間」字承擔。

四、異體字

段注所引《爾雅》與敦煌本《爾雅》在用字上有的存在異體字的差異，例如：

> (1)《說文》「鑲」字下段注:「《釋詁》曰:『鎑、鑲，饋也。』」

（頁 220）

敦煌本《爾雅》：「餘、餉，饋也。」

今按：段注所引《爾雅》作「饟」，與今本《爾雅》同，敦煌本作「餉」。《說文》：「餉，饟也。」本義當指以食物送人，又指送食物之人或所送之食物，特指軍糧。《說文》：「饟，周人謂餉曰饟。」段注：「《周頌》曰：『其饟伊黍。』正周人語也。」朱駿聲《說文通訓定聲》：「餉，實與饟字同。」《漢書・嚴助傳》「輓車奉饟者」，顏師古注：「饟，亦餉字。」《韓非子・外儲說左上》「非歸餉也不可」，王先慎集解：「餉，下《說》作饟，字同。」

總之，「饟」與「餉」為異體字，在典籍中可以互相代替。今通行者為「餉」。

（2）《說文》「暱」字下段注：「《釋詁》、《小雅》傳皆云：『暱，近也。』」（頁 307）

敦煌本《爾雅》：「邇、幾、昵，近也。」

今按：段注所引《爾雅》作「暱」，與今本《爾雅》同，敦煌本作「昵」。《說文》：「暱，日近也。昵，暱或从尼。」《爾雅》：「邇、幾、暱，近也。」郭璞注：「暱，親近也。」《玉篇・日部》：「暱，親近也。」又云：「昵，同上。」《左傳・襄公二年》「其誰暱我」，陸德明釋文：「本又作昵。」《孔叢子・記義》：「受人之金，以贖其私昵，義乎？」宋代宋咸注：「亦作暱。」

總之，「暱」與「昵」為異體字，意為親近，在典籍中可以互相代替。今「昵」為正體。

五、異形詞

這裡所說的異形詞不包括異體字，主要指異形雙音詞，音義皆同而詞形不同。例如：

《說文》「繩」字下段注：「故《釋訓》曰：『兢兢、繩繩，戒也。』」（頁 657）

敦煌本《爾雅》：「兢兢、憴憴，戒也。」

今按：今本《爾雅》作「兢兢、憴憴，戒也」，與敦煌本相同。《說文》：「繩，索也。」本義為繩子。繩繩，形容謹慎戒懼的樣子。《詩經・大雅・抑》「子孫繩繩」，鄭玄箋：「繩繩，戒也。」《說文》無「憴」字。《玉篇・心部》：「憴，正譽也。或作譝。」「憴憴」與「繩繩」音義均相同。《爾雅》：「憴憴，戒也。」

陸德明釋文：「繩繩，本或作憴。同。」邢昺疏：「憴、繩音義同。」郝懿行《爾雅義疏》：「然憴乃或體字，當依經典作繩。」

在形容謹慎戒懼的樣子時，「繩繩」與「憴憴」為異形詞，可以互相替代。

六、古今字

段注所引《爾雅》與敦煌本《爾雅》在用字上有的為古今字的關係，例如：

（1）《說文》：「迪，道也。」段注：「見《釋詁》。按，道兼道路、引導二訓。」（頁 71）

敦煌本《爾雅》：「通、繇、訓，導也。」

今按：《說文》：「道，所行道也。」又云：「路，道也。」「道」與「路」為同義詞，本義皆指道路。道引申為引導，此義後寫作「導」，簡化作「导」。道與導為古今字，今字承擔了古字的一部分引申義。

（2）《說文》「方」字下段注：「《周南》『不可方思』，《邶風》『方之舟之』，《釋言》及《毛傳》皆曰：『方，泭也。』今《爾雅》改方為舫，非其義矣。」（頁 404）

《說文》「泭」字下段注：「《周南》：『江之永矣，不可方思。』傳曰：『方，泭也。』即《釋言》之『舫，泭也』。《爾雅》字多從俗耳。」（頁 555～556）

敦煌本《爾雅》：「舫，泭也。」

今按：《說文》：「方，併船也。象兩舟省總頭形。」《說文》析形不確，所釋非「方」之本義。方，甲骨文作「[illegible]」，金文作「[illegible]」「[illegible]」。「方」為象形字，其本義待考。「方」引申為併連的兩船，也指竹木編成的筏子。以「方」為義符的字有「斻」，《說文》：「斻，方舟也。从方，亢聲。」

《說文》：「舫，船師也。」此為「舫」的引申義，本義當指相併的兩船。《爾雅・釋言》：「舫，舟也。」郭璞注：「竝兩船。」《戰國策・楚策一》「舫船載卒」，鮑彪注：「舫，併船也。」《爾雅・釋言》：「舫，泭也。」郭璞注：「水中簰筏。」邢昺疏：「舫、方，泭、桴音義同。」

在表示船、筏子時，「方」與「舫」為古今字的關係，即「方」為本原字，「舫」為後起的區別字。敦煌本作「舫，泭也」，不誤。段玉裁認為「今《爾雅》改方為舫，非其義矣」，這種觀點並不可取。「舫」作為後起的區別字，承擔了

「方」的一部分引申義。「《爾雅》字多從俗耳」，意謂《爾雅》用字多為通行的今字。從敦煌本《爾雅》可以看出，在表示相連的兩船這一意義上，「方」在唐代已改為「舫」。

七、同形字

同形字是指字形相同，但讀音和意義都不相同的幾個字。當一個字也就是一個詞時，同形字也就是同形詞。敦煌本《爾雅》中有個別同形字，例如：

《說文》「菿」字下段注：「《釋言》云：『菼，騅也。菼，薍也。』」（頁 33）

敦煌本《爾雅》：「菼，萑也。菼，薍也。」

今按：段注所引《爾雅》用「騅」，與今本《爾雅》同，敦煌本用「萑」。關於「騅」，《說文》：「騅，馬蒼黑雜毛。」段注：「黑當作白。」《爾雅．釋獸》：「蒼白雜毛，騅。」「騅」的本義指毛色青白相雜的馬，由青白相雜引申指蘆葦的幼芽。《爾雅．釋言》「菼，騅也」郭璞注：「菼，草色如騅，在青白之間。」

關於「萑」，《說文．艸部》：「萑，艸多貌。从艸，隹聲。」《艸部》：「雚，薍也。从艸，萑聲。」《萑部》：「萑，鴟屬。从隹，从丫。」「萑」「雚」「萑」原本為三個不同的字，隸變後均寫作「萑」。「雚」字下段注：「今人多作萑者，蓋其始假鵻屬之萑為之，後又誤為艸多皃之萑。」可見，今之「萑」為同形字。

《說文》：「菿，雚之初生。一曰薍，一曰鵻。从艸，剡聲。菼，菿或从炎。」此條訓釋中的「鵻」，段注改作「騅」。菼、萑、薍、騅為一物，指一種荻類植物。《詩經．豳風．七月》：「七月流火，八月萑葦。」孔穎達疏：「初生者為菼，長大為薍，成則名為萑。」敦煌本作「菼，萑也」，釋義亦通。

八、誤字

可能是由於抄寫者不夠細心，敦煌本《爾雅》中有少量錯別字。例如：

（1）《說文》：「迪，道也。」段注：「見《釋詁》。按，道兼道路、引導二訓。」（頁 71）

敦煌本《爾雅》：「通、繇、訓，導也。」

今按：今《爾雅》作「迪、繇、訓，道也」。《說文》：「迪，道也。」本義當指道路，引申為道理、引導等意義。《說文》：「通，達也。」本義為到達。「通」無道路、引導義。敦煌本寫作「通」，當是「迪」之誤，可能是抄寫者因「迪」與「通」形近而致誤。

（2）《說文》「逭」字下段注：「鄭注：『逭，逃也。』亦見《釋言》。」（頁 74）

敦煌本《爾雅》：「涫，逃也。」

今按：《說文》：「逭，逃也。」本義為逃避。《尚書．太甲中》：「天作孽，猶可違；自作孽，不可逭。」孔安國傳：「逭，逃也。」《玉篇．辵部》：「逭，逃也。」《說文》：「涫，沸也。」本義為水沸騰。「涫」可與「盥」通假，意思是盥洗。《列子．黃帝》「至舍，進涫漱巾櫛」，殷敬順釋文：「涫，音管，《莊子》作盥。」在傳世典籍中，「涫」不與「逭」通假。敦煌本作「涫，逃也」，「涫」當是「逭」之誤，很可能是抄寫者因二字形近而致誤。

第二節　段注所引《爾雅》及郭璞注與敦煌本《爾雅注》之比較

敦煌文獻中有郭璞《爾雅注》殘卷，包括經文和注文，所存內容為《釋天》《釋地》《釋丘》《釋山》《釋水》5 篇。編號為伯二六六一、伯三七三五，實為一書之裂。《釋天》自「秋為收成」起，前面一部分尚有殘缺，其餘部分以及後面 4 篇的內容基本完整。卷末題有「大曆九年二月廿七日書主尹朝宗書記」，「天寶八載八月廿九日寫」，「張真乾元二年十月十四日略尋，乃知時所重，亦不妄也」。卷面有烏絲欄，書法頗佳。寫卷中「淵」「治」「旦」字不缺筆，因此王重民說：「唐諱不缺筆，蓋為六朝寫本。」〔註 7〕周祖謨根據卷末「天寶八載」（749 年）的題記判定寫卷為唐寫本，而王重民認為卷末題記「並是閱者所題，不得據以定為唐寫本也」〔註 8〕。

敦煌本郭璞《爾雅注》具有很高的文獻價值。周祖謨評價說：「此本爾雅正文形體，有很多都是根據篆文而寫的。……又有些字是古字或別體異文，

〔註 7〕王重民：《敦煌古籍敘錄》，中華書局，2010 年版，第 74 頁。
〔註 8〕王重民：《敦煌古籍敘錄》，中華書局，2010 年版，第 74 頁。

與唐石經及宋刻本不同」，因此，「敦煌所出唐本爾雅郭注，遠勝於石經及宋刻」。〔註9〕

將段注所引《爾雅》及郭璞注與敦煌本進行比較，可以發現敦煌本《爾雅注》中經文與注文在文字、語句等方面的一些特點。

一、段注所引《爾雅》與敦煌本《爾雅注》經文之比較

段注所引《爾雅》與敦煌本《爾雅注》經文在文字上的差異主要表現在如下幾個方面：

（一）俗字

敦煌本《爾雅注》經文使用了一些俗字。與白文《爾雅》相比較，《爾雅注》經文中的俗字要少一些。例如：

（1）《說文》「霖」字下段注：「《釋天》：『久雨謂之淫，淫謂之霖。』」（頁573）

敦煌本《爾雅注》：「久雨謂之滛，滛謂之霖。」

今按：敦煌本「淫」寫作「滛」，最後一筆略有不同，字形稍微繁化。這是抄寫者為求得字形勻稱、美觀而改變了筆劃，反映了抄寫者的審美追求。「淫」為正字，「滛」為俗寫字。

（2）《說文》「𠂤」字下段注：「《釋地》《毛傳》皆曰：『大陸曰阜。』」

「陵」字下段注：「《釋地》《毛傳》皆曰：『大阜曰陵。』」（頁731）

敦煌本《爾雅注》：「大陸曰𨸏。大𨸏曰陵。」

今按：敦煌本「阜」寫作「𨸏」，「阜」的下半部多了一筆。顯然，這是抄寫者為求得字形勻稱、美觀而故意增加一筆，反映了抄寫者的審美追求。「阜」為正字，「𨸏」為俗寫字。

（二）通假字

段注所引《爾雅》與敦煌本《爾雅注》經文在文字上有的為通假字的關係，

〔註9〕周祖謨：《爾雅郭璞注古本跋》，見《問學集》（下冊），中華書局，1966年版，第677頁。

例如：

(1)《說文》「霄」字下段注：「《釋天》曰：『雨霓為霄雪。』此霄字本義。……霄亦叚消。」(頁 572)

敦煌本《爾雅注》：「雨霓為消雪。」

今按：《說文》：「霄，雨霓為霄。」徐鍇繫傳：「霄雪，今人所謂溼雪，著物則消者也。」「霄」的本義為米雪，即小雪粒，落地即化。《爾雅》：「雨霓為霄雪。」郭璞注：「霓，水雪雜下者，故謂之消雪。」陸德明釋文：「霄，音消，本亦作消。」邢昺疏：「霓，水雪雜下也，因名霄雪，霄即消也。」黃侃《爾雅音訓》：「霓與霰同。《說文》：『霰，稷雪也。』霄與稷聲轉，霄之言小也，稷猶粟也。」[註 10] 黃侃的觀點是可取的。

《說文》：「消，盡也。」「霄」與「消」通假。《墨子・經說上》：「霄盡，蕩也；順長，治也。」孫詒讓閒詁引畢沅云：「霄與消同。」朱駿聲《說文通訓定聲》：「霄，叚借為消。」段玉裁也認為「霄亦叚消」。

段注所引《爾雅》用「霄」，是本字，敦煌本用「消」，是借字。

(2)《說文》「隩」字下段注：「《釋丘》曰：『厓內為隩，外為鞫。』」(頁 734)

敦煌本《爾雅注》：「厓內為隩，外為坃。」

今按：段注所引《爾雅》作「鞫」，敦煌本作「坃」，今本《爾雅》作「隈」。關於此條，陸德明釋文云：「鞫，如字。《字林》作坃，云『隈厓外也』。」邢昺疏：「云『外為隈』者，隈當作鞫，傳寫誤也。……其外名鞫，又作坃，音義同。」黃侃《爾雅音訓》說：「隈、鞫殊文，其實則一，故《廣雅》云：『坃，隈也。』隈、鞫亦古雙聲。」[註 11]

《說文》：「簐，窮理罪人也。」本義當為徹底審問罪人。「簐」又寫作「鞫」。《集韻・屋韻》：「簐，亦作簐、鞫、訽。」「鞫」有水涯外側的意思。《詩經・大雅・公劉》：「止旅乃密，芮鞫之即。」鄭玄箋：「水之外曰鞫。」馬瑞辰傳箋通釋：「鞫通作泦、阮，又作坃。」段玉裁《詩經小學》：「坃、阮同，鞫其假借字也。」段玉裁的觀點是正確的。《廣韻・屋韻》：「阮，曲岸水外曰阮。坃，同阮。」《周禮・夏官・職方氏》「其川涇汭」，鄭玄注：「《詩・大雅・公

[註 10] 黃侃著，黃焯輯，黃延祖重輯：《爾雅音訓》，中華書局，2007 年版，第 95 頁。
[註 11] 黃侃著，黃焯輯，黃延祖重輯：《爾雅音訓》，中華書局，2007 年版，第 105 頁。

劉》曰：『汭埦之即。』」郝懿行《爾雅義疏》：「汭埦即芮鞫，古字通借。」

總之，「埦」與「阬」為異體字，「鞫」假借為「埦」而可以表示水涯外側的意思。段注所引《爾雅》用「鞫」，是借字，敦煌本用「埦」，是本字。

（三）通用字

段注所引《爾雅》與敦煌本《爾雅注》經文在文字上有的為通用字的關係，例如：

（1）《說文》「隰」字下段注：「《釋丘》曰：『下溼曰隰。』又曰：『陂者曰阪。下者曰隰。』」（頁 732）

敦煌本《爾雅注》：「坡者曰阪。下者曰隰。」

今按：今《爾雅》云：「陂者曰阪。」陸德明釋文：「陂者，又作坡。」《說文》：「坡，阪也。」朱駿聲《說文通訓定聲》：「坡，即陂之或體。」《說文》：「陂，阪也。一曰沱也。」段注：「陂與坡音義皆同。」「坡」與「陂」的本義相同，均指傾斜的地形，即山坡、斜坡。《說文》：「阪，坡者曰阪。一曰澤障。一曰山脅也。」段注：「《釋地》《毛傳》皆曰：『陂者曰阪。』許云：『坡者曰阪。』然則坡、陂異部同字。」《後漢書．張禹傳》「徐縣北界有蒲陽坡」，李賢注：「坡，與陂同。」

段注所引《爾雅》作「陂」，與今本《爾雅》同，敦煌本作「坡」。「陂」有多音多義，但在表示山坡時，「陂」與「坡」通用。今「坡」通行。

（2）《說文》「屔」字下段注：「《釋丘》曰：『水潦所止，泥丘。』」（頁 387）

敦煌本《爾雅注》：「水潦所止，屔丘。」

今按：段注所引《爾雅》作「泥」，與今本《爾雅》同，敦煌本作「屔」。《釋丘》：「水潦所止，泥丘。」陸德明釋文：「泥，依字作尼，又作埿。」《說文》：「屔，反頂受水丘。从丘，泥省聲。」段注：「屔是正字，泥是古通用字，尼是假借字。」屔丘為四周高中間低可以盛水的山丘。《玉篇．丘部》：「屔，《爾雅》曰：『水潦所止，屔丘。』本亦作泥。」《廣韻．齊韻》引《爾雅》亦作「屔」。

「泥」有多音多義。在表示「屔丘」時，「屔」與「泥」為通用字。

（四）異體字

敦煌本《爾雅注》經文使用了一些異體字，例如：

(1)《說文》「颯」字下段注:「《爾雅》:『南風謂之凱風,東風謂之谷風,北風謂之涼風,西風謂之泰風。』」(頁 677)

敦煌本《爾雅注》:「南風謂之颽風,東風謂之谷風,北風謂之飆風,西風謂之泰風。」

今按:段注所引《爾雅》作「凱」「涼」,敦煌本作「颽」「飆」。關於「凱」,清代雷濬《說文外編》卷二:「凱,又凱歌,則當以『豈』為正字。《說文》部首『豈,還師振旅樂也』。」《爾雅》「南風謂之凱風」,邢昺疏引李巡曰:「凱,樂也。」陸德明釋文:「颽,又作凱。」《玉篇·風部》:「颸,南風也。亦作凱。」又云:「颽,同上。」《集韻·海韻》:「颽,通作凱。」可見,在表示南風時,「颽」「颸」「凱」為異體字。今「凱」為正體。

關於「涼」,《說文》:「涼,薄也。」段注:「蓋薄下奪一酒字。以水和酒,故為薄酒。」「涼」引申為寒涼。《爾雅》「北風謂之涼風」,陸德明釋文:「涼,本或作古飆字。」《詩經·邶風·北風》「北風其涼」,馬瑞辰傳箋通釋:「涼,或作飆,又作颹。」《玉篇·風部》:「飆,亦作颹。」可見,在表示北風時,「飆」「颹」「涼」為異體字。「涼」又省作「凉」。《玉篇·冫部》:「凉,俗涼字。」今「凉」為正體。

(2)《說文》「飄」字下段注:「《釋天》云:『迴風為飄。』」(頁 677)

敦煌本《爾雅注》:「回風為飄。」

今按:《說文》:「回,轉也。」所釋為引申義。回,甲骨文作「ᘓ」,金文作「໑」,像流水漩渦形,本義當為漩渦。「回」引申為旋轉、迂迴、曲折等意義,後來加「辵」(即「辶」)寫作「迴」。「回」與「迴」是先後產生的異體字。《集韻·灰韻》:「回,俗作迴。」在表示旋風時,「回風」又寫作「迴風」。

段注所引《爾雅》作「迴」,敦煌本作「回」,二者為異體字。今「回」為正體。

(3)《說文》「沱」字下段注:「《釋水》曰:『水自江出為沱。』」(頁 517)

敦煌本《爾雅注》:「江為沲。」

今按:段注所引《爾雅》作「沱」,與今本《爾雅》同,敦煌本作「沲」。《說文》:「沱,江別流也,出嶓山東,別為沱。」「沱」的本義為江水的支流。

古文字沱、池為一字，後來才出現了分化。《集韻・支韻》:「沱，亦作池。」「沱」也寫作「沲」。《爾雅》「漢為潛」，郭璞注:「《書》曰:『沱、潛既道。』」陸德明釋文:「沱，字亦作沲。」《文選・郭璞〈江賦〉》「疏之以沲汜」，李善注:「《尚書》曰:『沲、潛既導。』孔安國曰:『沲，江別名也。』」今《尚書・禹貢》作「沱、潛既道」。《集韻・戈韻》:「沱，或作沲。」

總之，在表示江水名時，「沱」「沲」為異體字，今「沱」為正體。

（五）異形詞

段注所引《爾雅》與敦煌本《爾雅注》經文在用字上有的存在異形詞的差異，例如：

《說文》「飆」字下段注:「《釋天》曰:『扶搖謂之猋。』」（頁677）

敦煌本《爾雅注》:「颫颻謂之猋。」

今按：段注所引《爾雅》作「扶搖」，敦煌本作「颫颻」。《爾雅》「扶搖謂之猋」，陸德明釋文:「扶，如字。《字林》作颫，同。搖，音遙。《字林》作颻，同。」「扶搖」指盤旋上升的旋風。「扶搖」又寫作「颫颻」，二者為異形詞。《集韻・虞韻》:「颫，大風也。通作扶。」「颫」又寫作「颰」。在表示旋風時，「扶」「颫」「颰」通用。《文選・江淹〈恨賦〉》「搖風忽起」，李善注:「《爾雅》曰:『颫颻謂之飈。』颻與搖同。」「颻」又寫作「颾」。在表示旋風時，「搖」「颻」「颾」通用。今漢字規範化，「扶搖」為正體。

（六）古今字

段注所引《爾雅》往往用古字，敦煌本《爾雅注》往往用今字。例如：

（1）《說文》「州」字下段注:「《釋水》《毛傳》皆曰:『水中可居者曰州。』」（頁569）

敦煌本《爾雅注》:「水中可居者曰洲。」

今按：段注所引《爾雅》作「州」，敦煌本作「洲」，與今本《爾雅》同。「州」為象形字，甲骨文作「　」，金文作「　」，像河川中有小塊陸地。《說文》:「州，水中可居曰州。」本義為河川中的小塊陸地。「洲」是在「州」的基礎上加「氵」而構成的。《說文》「渚」字下段注:「州、洲古今字。」段玉裁的觀點是正確的。《字彙・水部》:「洲，本作州，後人加水以別州縣之字也。」

典籍中，「州」與「洲」常通用。《尚書．堯典》「流共工於幽洲」，孫星衍今古文注疏：「洲，俗字。《孟子》作州。」朱駿聲《說文通訓定聲》：「州，字亦作洲。」

總之，「州」與「洲」為古今字，即「州」為本原字，「洲」為後起的區別字。

(2)《說文》「虛」字下段注：「《釋水》曰：『河出昆侖虛。』」（頁 386）

「河」字下段注：「《爾雅．釋水》曰：『江、河、淮、濟為四瀆。四瀆者，發源注海者也。河出崑崙虛，色白。所渠幷千七百，一川色黃。』」（頁 516）

敦煌本《爾雅注》：「河出崑崙墟，色白。」

今按：今《爾雅》云：「河出崐崘虛，色白。」「崐崘」「崑崙」「昆侖」為異形詞，指山名。陸德明釋文：「虛，本亦作墟。」郝懿行《爾雅義疏》：「虛，即墟字。」《說文》：「虛，大丘也。崐崘丘謂之崐崘虛。」徐鉉曰：「今俗別作墟，非是。」段注：「虛者，今之墟字。」「虛」的本義為大土山、大丘，引申為空虛。「虛」後來為引申義專用，於是在「虛」的基礎上增加義符「土」，用「墟」來表示「虛」的本義。《玉篇．土部》：「墟，大丘也。」典籍中，「虛」「墟」常通用。《戰國策．東周策》「則公之國虛矣」，鮑彪注：「墟、虛字同，大丘也。」

總之，「虛」與「墟」為古今字，即「虛」為本原字，「墟」為後起的區別字。段注所引《爾雅》作「虛」，與今本《爾雅》同，用的是古字，敦煌本作「墟」，用的是今字。

二、段注所引郭璞注與敦煌本《爾雅注》注文之比較

將段注所引《爾雅》郭璞注與敦煌本《爾雅注》中的注文進行比較，可以發現敦煌本郭璞注的一些特點。

敦煌本郭璞注末尾多有「也」字，例如：

《說文》「飆」字下段注：「《釋天》曰：『扶搖謂之猋。』郭云：『暴風從下上。』」（頁 677）

敦煌本《爾雅注》：「颫颻謂之猋。（暴風從下上也。）」

今按：段注所引郭璞注末尾無「也」字，與今本《爾雅注疏》同，而敦煌本郭璞注末尾有「也」字。此種差異並非個別現象，而是普遍存在的。又如，《說文》「陘」字下段注：「郭注云：『連山中斷絕。』非是。」敦煌本《爾雅注》：「山絕，陘。（連山中斷絕也。）」敦煌本郭注有「也」字。周祖謨說：「今本郭注中此類『也』字十之七八都被刊落，使人每每感到原句語氣不備。」〔註12〕

敦煌本郭璞注與段注所引郭璞注在文字上差別不大，與今本《爾雅注疏》中的郭璞注差別亦不大，只是少數地方有差異。例如：

《說文》「屔」字下段注：「《釋丘》曰：『水潦所止，泥丘。』釋文曰：『依字又作屔。』郭云：『頂上洿下者。』」（頁387）

敦煌本《爾雅注》：「水潦所止，屔丘。（頂上汙下。）」

今按：段注所引郭璞注作「洿」，敦煌本作「汙」。今《爾雅》云：「水潦所止，泥丘。」郭璞注：「頂上污下者。」陸德明釋文：「污，本或作洿。」《說文》：「洿，濁水不流也。一曰窳下也。」「洿」的本義為濁水停留在一處。《說文》：「汙，薉也。一曰小池為汙。一曰涂也。」「汙」與「洿」音同，本義亦同。《漢書・孝成許皇后傳》「洿穢不修」，顏師古注：「洿與汙同。」《文選・潘岳〈西征賦〉》「宗祧汙而為沼」，李善注：「汙與洿古字通。」《集韻・莫韻》：「汙，或作洿。」

總之，在表示污濁時，「洿」「汙」「污」為異體字，今「污」為正體。

〔註12〕周祖謨：《爾雅郭璞注古本跋》，見《問學集》（下冊），中華書局，1966年版，第679頁。

第五章 《說文解字注》所引《爾雅》與《說文》之比較

《爾雅》是一部重要的訓詁專書，對於注解經籍十分有用。段玉裁為《說文》作注，大量引用《爾雅》。經統計，段注在《說文》1442 個字頭下引用了《爾雅》，引用數量居各類雅書之首。段氏在徵引《爾雅》的同時，還注重揭示《爾雅》對《說文》釋義的影響。本章以《說文解字注》為平臺，將段注所引《爾雅》與《說文》從用字、釋義、訓詁體例三方面進行比較，闡明二者的異同，並利用段注中已有的考證和結論，進一步揭示《爾雅》對《說文》的影響，詳細論述《爾雅》與《說文》之間的源流關係。

另外，筆者撰有《〈爾雅〉與〈說文解字〉釋義比較研究》，該書對《爾雅》與《說文》作了更全面的比較，讀者可參閱。

第一節 用字之比較

段注所引《爾雅》與《說文》在用字上有很多相同之處，此不贅述。本節重在揭示二者在用字上的差異，這種差異主要表現在異體字、雙音節異形詞、古今字、通假字幾個方面。

一、異體字

在《爾雅》與《說文》相同、相近的釋義中，有的被訓釋詞或訓釋詞在用字上存在異體字的差異。例如：

(1)《說文》:「退，往也。从辵，且聲。」

段注:「《釋詁》《方言》皆曰:『徂，往也。』」(頁70)

今按:《說文》與《爾雅》釋義相同，但被訓釋詞用字不同，《說文》用「退」,《爾雅》用「徂」。《說文》「退」下云:「退，齊語。徂，退或从彳。遣，籀文从虘。」《玉篇·辵部》:「退，往也。與徂同。」《方言》卷一:「徂，往也。」戴震疏證:「徂亦作退。」可見「退」與「徂」為異體字，二者只是形旁不同。「辵」與「彳」均含有行走義。《說文》:「辵，乍行乍止也。从彳，从止。」又云:「彳，小步也。」正因為「辵」與「彳」義相通，所以從「辵」與從「彳」之字往往構成異體字。例如，「征」又寫作「延」,《說文》「延」下云:「征，延或从彳。」「後」也寫作「逡」,《說文》「後」下云:「逡，古文後，从辵。」

(2)《說文》:「逖，遠也。从辵，狄聲。」

段注:「《釋詁》:『逷，遠也。』」(頁75)

今按:關於被訓釋詞,《說文》用「逖」,《爾雅》用「逷」。《說文》「逖」下云:「逷，古文逖。」《尚書·多方》「離逖爾土」，孫星衍今古文注疏:「逖同逷。」《詩經·大雅·抑》「用逷蠻方」，王先謙三家義集疏:「魯逷作逖。」可見「逖」與「逷」為異體字。

(3)《說文》:「䍃，徒歌。」

段注:「《釋樂》曰:『徒歌曰謠。』」(頁93)

今按:《說文》與《爾雅》釋義相同，但《說文》用「䍃」,《爾雅》用「謠」。「䍃」字下段注:「䍃、謠古今字也，謠行而䍃廢矣。凡經傳多經改竄，僅有存者，如《漢·五行志》:『女童䍃曰:「檿弧萁服。」』」段玉裁此處所說的古今字，當指先後形成的異體字。《詩經·魏風·園有桃》「我歌且謠」，馬瑞辰傳箋通釋:「謠，古字作䍃。」總之，在表示歌謠時，「䍃」與「謠」為異體字。今「䍃」被廢棄不用，「謠」為正體。

(4)《說文》:「訩，訟也。从言，匈聲。」

段注:「訟，各本譌說，今依《篇》《韻》及《六書故》所據唐本正。《爾雅·釋言》、《小雅》《魯頌》傳箋皆云:『訩，訟也。』」(頁100)

今按：段玉裁的校勘是可取的。《玉篇・言部》：「詾，訟也。」《廣韻・鍾韻》：「説，訟也。」《詩經・小雅・節南山》「降此鞠訩」，毛傳：「訩，訟也。」《詩經・魯頌・泮水》「不告於訩」，鄭玄箋：「訩，訟也。」敦煌本《爾雅》亦作「訩，訟也」。《說文》用「詾」，《爾雅》用「訩」，「詾」與「訩」為異體字。《說文》「詾」下云：「訩，或省。説，詾或从兇。」《集韻・鍾韻》：「詾，或作訩、説。」

（5）《說文》：「隸，及也。从隶，枲聲。」

段注：「《釋言》《毛傳》《方言》皆曰：『迨，及也。』」（頁117～118）

今按：關於被訓釋詞，《說文》用「隸」，《爾雅》用「迨」。《說文》「隸」字下段注：「〔《詩》曰：『隸天之未陰雨。』〕《豳風》文。今《詩》作迨，俗字也。」《玉篇・隶部》：「隸，及也。《說文》與迨同。」《爾雅》：「迨，及也。」郝懿行義疏：「迨，又通作隸。」《集韻・海韻》：「迨，或作隸、隸、逮。」總之，「隸」與「迨」為異體字，今「迨」為正體。

（6）《說文》：「雓，牟毋也。从隹，奴聲。」

段注：「《釋鳥》：『鴽，牟毋。』」（頁143）

今按：關於被訓釋詞，《說文》用「雓」，《爾雅》用「鴽」。《說文》「雓」下云：「鴑，雓或从鳥。」《爾雅》：「鴽，鴾母。」郝懿行義疏：「鴑从奴聲，經典作鴽，則變从如，古者如、奴同聲。」總之，「雓」「鴑」「鴽」為異體字，指一種鳥。

（7）《說文》：「鴋，澤虞也。从鳥，方聲。」

段注：「《釋鳥》：『鶭，澤虞。』」（頁150）

今按：關於被訓釋詞，《說文》用「鴋」，《爾雅》用「鶭」。《爾雅》：「鶭，澤虞。」陸德明釋文：「鶭，本或作旊，《說文》作鴋。」《玉篇・鳥部》「旊」同「鶭」。總之，「鴋」「旊」「鶭」為異體字，指一種鳥。

（8）《說文》：「卹，憂也。从血，卩聲。」

段注：「《釋詁》曰：『恤，憂也。』」（頁214）

今按：關於被訓釋詞，《說文》用「卹」，《爾雅》用「恤」。「卹」字下段注：「卹與《心部》恤音義皆同。古書多用卹字，後人多改為恤。」《爾雅》：「恤，憂也。」郝懿行義疏：「恤，與卹同。」《尚書・大誥》「不卬自卹」，江聲集注音疏：「卹，與恤同。」《詩經．唐風．羔裘序》「不卹其民也」，陸德明釋文：「卹，本亦作恤。」總之，「卹」與「恤」為異體字，今「恤」為正體。

（9）《說文》：「槾，杇也。从木，曼聲。」

段注：「《釋宮》曰：『鏝謂之杇。』」（頁256）

今按：《說文》與《爾雅》釋義相同，但《說文》用「槾」，《爾雅》用「鏝」。《爾雅》：「鏝謂之杇。」陸德明釋文：「鏝，本或作槾，又作墁，同。」郝懿行義疏：「鏝古蓋用木，後世以鐵，今謂之泥匙。」《說文》：「鏝，鐵杇也。从金，曼聲。槾，鏝或从木。」「鏝」為一種塗牆的工具，又寫作「槾」。《廣韻．桓韻》「槾」同「鏝」。總之，在表示塗牆工具時，「槾」與「鏝」為異體字。

（10）《說文》：「儥，見也。从人，賣聲。」

段注：「《釋詁》曰：『覿，見也。』」（頁374）

今按：關於被訓釋詞，《說文》用「儥」，《爾雅》用「覿」。「覿」今簡化作「觌」。大徐本《說文》：「儥，賣也。」徐鍇《說文解字繫傳》作「儥，見也」。段注：「儥訓見，即今之覿字也。……經傳今皆作覿，覿行而儥廢矣。」王筠《說文句讀》：「儥者，覿之古文也。」《周易．豐》「三歲不覿」，江藩述補：「覿，俗字，或曰當作儥。」總之，在表示「見」時，「儥」與「覿」為異體字，今「覿」為正體。

（11）《說文》：「嶅，山多小石也。从山，敖聲。」

段注：「《釋山》曰：『多小石，磝。』」（頁439）

今按：《說文》與《爾雅》釋義相同，但《說文》用「嶅」，《爾雅》用「磝」。《釋名．釋山》：「山多小石曰磝。磝，堯也，每石堯堯獨處而出見也。」《玉篇．山部》：「嶅，山多小石。亦作磝。」《集韻．爻韻》：「嶅，或作磝。」總之，「嶅」與「磝」為異體字。

（12）《說文》：「愙，敬也。从心，客聲。」

段注：「《釋詁》、《商頌》毛傳皆曰：『恪，敬也。』」（頁505）

今按：關於被訓釋詞，《說文》用「愙」，《爾雅》用「恪」。《說文》「愙」字下徐鉉曰：「今俗作恪。」段注亦云：「今字作恪。」《爾雅》：「恪，敬也。」郝懿行義疏：「恪者，愙之或體也。」《集韻．鐸韻》：「愙，或作恪。」《正字通．心部》：「愙，同恪。《說文》：『敬也。』」總之，在表示恭敬時，「愙」與「恪」為異體字，今「恪」為正體。

(13)《說文》:「谿，山隫無所通者。从谷，奚聲。」

段注:「隫，各本作瀆，今正。……《釋山》曰:『山豄無所通，谿。』」(頁 570)

今按:段玉裁校勘後的《說文》用「隫」,《爾雅》用「豄」。《說文》:「隫，通溝也。豄，古文隫，从谷。」《玉篇·谷部》:「豄，通溝也。與隫、瀆同。」可見「隫」與「豄」為異體字。

(14)《說文》:「弼，輔也。」

段注:「《釋詁》曰:『弼，俌也。』」(頁 642)

今按:關於訓釋詞,《說文》用「輔」,《爾雅》用「俌」。《說文》「弼」字下段注:「俌、輔音義皆同也。」段玉裁的觀點是正確的。《說文》:「輔，人頰車也。」又云:「俌，輔也。」典籍中「俌」字少見。「俌」字下段注:「蓋輔專行而俌廢矣。」朱駿聲《說文通訓定聲》:「俌，經傳皆以輔為之。」《集韻·噳韻》:「俌，助也。通作輔。」關於「輔」與「俌」,戴家祥說:「俌、酺、輔古本一字。俌之詞義為頤，頤為人之形體，故其字表義从人。又因其為人體之頭面，故又可以表義从面。《易·艮》之六五曰:『艮其輔。』虞翻曰:『輔，面頰骨上頰車者也。』頰車、牙車、輔車，詞根都為車字，故其表義又可更旁从車。」〔註 1〕這種說法是可取的。總之,「輔」與「俌」為異體字，今「輔」通行而「俌」被廢棄了。

二、雙音節異形詞

當一個字也就是一個詞時，異體字也就是異形詞。異形詞除了單音節的，還有雙音節和多音節的。在《爾雅》與《說文》相同、相近的釋義中，有的被訓釋詞或訓釋詞存在雙音節異形詞的差異。這種雙音節異形詞多為表示動物、植物的名物詞。例如:

(1)《說文》:「鶷，秸鶷，尸鳩也。」

段注:「《釋鳥》曰:『鳲鳩，鴶鵴。』」(頁 149)

今按:《爾雅》:「鳲鳩，鴶鵴。」郭璞注:「今之布穀也，江東呼為穫穀。」「鳲鳩」即「鴶鵴」，也就是布穀鳥。「鳲鳩」又寫作「尸鳩」,「鴶鵴」又寫作

〔註 1〕李圃主編:《古文字詁林》(第 7 冊)，上海教育出版社，2002 年版，第 332 頁。

「秸鞠」「秸鵴」「秸鞠」「結誥」等。《集韻・質韻》:「秸，秸鞠，鳴鳩也。或作鴶。」《玉篇・鳥部》:「鞠，同鵴。」《詩經・曹風・鳲鳩》「鳲鳩在桑」，毛傳:「鳲鳩，秸鞠也。」陸德明釋文:「鳲，本亦作尸。」《方言》卷八:「布穀，自關而東梁楚之間謂之結誥。」戴震疏證:「結誥、秸鞠、鴶鵴，字異音義同。」關於布穀鳥的名稱，《說文》「鞠」字下段注:「古名、今名皆像似其音為之。」段玉裁的觀點是正確的，布穀鳥是因其鳴叫聲而得名的。

總之，「秸鞠」與「鴶鵴」同音，為異形詞。「尸鳩」與「鳲鳩」同音，亦為異形詞。

(2)《說文》:「鷚，天龠也。」

段注:「鷚，今本作鷚。龠，今本作鸙。……《釋鳥》:『鷚，天鸙。』釋文曰:『鷚，字又作鷚。鸙，《說文》作龠。』今從之。」(頁 150)

今按:段玉裁校勘後的《說文》作「天龠」，《爾雅》作「天鸙」。《玉篇・鳥部》:「鸙，天鸙也。」「天鸙」又叫「鷚」，「鷚」與「鷚」為異體字。「龠」與「鸙」同音，上古音均為余母藥部。「天龠」與「天鸙」為異形詞，表示一種鳥，即云雀。

(3)《說文》:「鷐，鷐風也。」

段注:「《釋鳥》《毛傳》皆云:『晨風，鸇也。』」(頁 155)

今按:《說文》與《爾雅》釋義相同，但《說文》作「鷐風」，《爾雅》作「晨風」。《爾雅》:「晨風，鸇。」陸德明釋文:「晨，本或作鷐。」《說文》「鷐」字下段注:「(鷐)，《毛詩》作晨，古文假借。」《集韻・真韻》:「鷐，《說文》:『鷐風也。』通作晨。」「鷐」是在「晨」的基礎上構造的，與「晨」同音。「鷐風」與「晨風」為異形詞，表示一種鳥。

(4)《說文》:「蛣，蛣蚍，蝎也。」

段注:「《釋蟲》曰:『蝎，蛣蝠也。』」(頁 665)

今按:《說文》與《爾雅》釋義相同，但《說文》作「蛣蚍」，《爾雅》作「蛣蝠」。《爾雅》:「蝎，蛣蝠。」郭璞注:「木中蠹蟲。」「蛣蝠」為一種蛀蟲，又寫作「蛣蚍」。朱駿聲《說文通訓定聲》:「蛣蚍，疊韻連語。凡體耎屈曲之蟲皆得謂之蝎也，蝎即蛣蚍之合音。」「蛣」的上古音為溪母質部，「蚍」與「蝠」的上古音均為溪母物部。「蛣蚍」與「蛣蝠」同音，二者為異形詞。

（5）《說文》：「蝝，復陶也。」

段注：「《釋蟲》曰：『蝝，蝮蜪。』」（頁 666）

今按：關於訓釋詞，《說文》作「復陶」，《爾雅》作「蝮蜪」。「蝝」字下段注：「（復陶）俗字从蟲也。」《爾雅》：「蝝，蝮蜪。」郭璞注：「蝗子未有翅者。」「蝝」即蝗的幼蟲。「復」的上古音為並母覺部，「蝮」的上古音為滂母覺部，「陶」與「蜪」的上古音均為定母幽部。「復陶」與「蝮蜪」音近，二者為異形詞。

（6）《說文》：「蛅，蛅斯，墨也。」

段注：「《釋蟲》云：『螺，蛅蟴。』」（頁 667）

今按：《說文》與《爾雅》釋義相同，但《說文》作「蛅斯」，《爾雅》作「蛅蟴」。《爾雅》：「螺，蛅蟴。」郭璞注：「載屬也，今青州人呼載為蛅蟴。」陸德明釋文：「螺，字又作蠌。……蟴，音斯。」「蛅斯」與「蛅蟴」同音，二者為異形詞，指一種毛蟲，又叫楊瘌子。

（7）《說文》：「蟠，鼠婦也。」

段注：「《釋蟲》曰：『蟠，鼠負。』負又作婦。」（頁 667）

今按：關於訓釋詞，《說文》作「鼠婦」，《爾雅》作「鼠負」。《爾雅》：「蟠，鼠負。」郭璞注：「瓫器底蟲。」陸德明釋文：「鼠負，本亦作蝜，又作婦，亦作蝂，音同。」邵晉涵正義：「婦、負聲相近，古字通用。」「婦」與「負」的上古音皆為並母之部。「鼠婦」與「鼠負」為異形詞，指一種蟲。

三、古今字

《說文》與《爾雅》在用字上的差異有的表現為古今字。古字與今字在意義上有一定的聯繫，今字通常承擔了古字的一部分意義。例如：

（1）《說文》：「哲，知也。」

段注：「《釋言》曰：『哲，智也。』」（頁 57）

今按：關於訓釋詞，《說文》用「知」，《爾雅》用「智」。典籍中，「知」與「智」通用。「哲」字下段注：「古智、知通用。」《方言》卷一：「黨、曉、哲，知也。」錢繹箋疏：「知，通作智。智與知聲近義同。」《周易・臨》「六五，知臨」，陸德明釋文：「知音智。」《論語・里仁》：「子曰：『里仁為美。擇不處仁，焉得知？』」《孟子・公孫丑上》引作「焉得智」。《說文》：「知，詞也。」

徐灝《說文解字注箋》:「知,智慧即知識之引申,故古只作知。」在表示智慧這一意義上,「知」與「智」為古今字。「知」為本原字,「智」為後起的區別字,承擔了「知」的一部分意義。

(2)《說文》:「樴,弋也。」

段注:「《釋宮》曰:『樴謂之杙,在牆者謂之楎,在地者謂之臬,大者謂之栱,長者謂之閣。』弋、杙古今字。」(頁263)

今按:《說文》與《爾雅》釋義相同,但《說文》用「弋」,《爾雅》用「杙」。《說文》:「弋,橜也,象折木衺鋭著形。」「弋」的本義為木橛,後加「木」旁寫作「杙」。《玉篇・弋部》:「弋,橛也,所以挂物也。今作杙。」《詩經・王風・君子于役》「雞棲於弋」,陸德明釋文:「弋,本亦作杙。」《說文》:「杙,劉,劉杙。」「劉杙」為木名。李白《大獵賦》「琢大朴以為杙」,王琦輯注引《韻會》:「杙,《說文》橜也。本作弋,今作杙,所以格獸。」《玄應音義》卷十五「椓杙」注:「杙,又作弋,同。」總之,在表示木橛時,「弋」與「杙」為古今字。「弋」為本原字,「杙」為後起的區別字,承擔了「弋」的一部分意義。

(3)《說文》:「烘,尞也。」

段注:「《毛傳》及《釋言》皆曰:『烘,燎也。』」(頁482)

今按:關於訓釋詞,《說文》用「尞」,《爾雅》用「燎」。《說文》:「燎,放火也。」徐灝《說文解字注箋》:「尞、燎實一字,相承增火旁。」《漢書・禮樂志》「靁電尞」,顏師古注:「尞,古燎字。」《集韻・笑韻》:「尞,《說文》:『柴祭天也。』或从火。」總之,「尞」與「燎」為古今字,今「燎」行而「尞」廢。

(4)《說文》:「飆,扶搖風也。」

段注:「《釋天》曰:『扶搖謂之猋。』」(頁677)

今按:《說文》與《爾雅》釋義相同,但《說文》用「飆」,《爾雅》用「猋」。《說文》:「猋,犬走皃。」「猋」的本義為犬奔跑,引申為奔跑、急速前進,又引申為暴風、旋風。《禮記・月令》「猋風暴雨總至」,鄭玄注:「回風為猋。」《漢書・刑法志》「猋起雲合」,顏師古注:「猋,疾風也。」「猋」的暴風義後寫作「飆」或「飈」。典籍中,「猋」與「飆」常通用。《文選・鮑照〈放歌行〉》「素帶曳長飆」,李善注:「飆與猋同。」《廣雅・釋詁》:「飆,風也。」王念孫疏證:「吳子《論將篇》云:『風飆數至。』飆與猋通。」總之,「猋」與「飆」

為古今字，「猋」為本原字，「飆」為後起的區別字，承擔了「猋」的一部分意義。

四、通假字

《說文》與《爾雅》在用字上的差異有的表現為通假字。通假字的本字與借字在意義上沒有聯繫。有《說文》用本字，《爾雅》用借字的情況，也有《說文》用借字，《爾雅》用本字的情況。例如：

（1）《說文》：「萊，蔓華也。」

段注：「今《釋艸》作『釐，蔓華』。」（頁46）

今按：關於被訓釋詞，《說文》用「萊」，《爾雅》用「釐」。《說文》：「釐，家福也。」「釐」有多音多義，可與「萊」通假，表示草名。朱駿聲《說文通訓定聲》：「釐，叚借為萊。」《詩經・小雅・南山有臺》「北山有萊」，馬瑞辰傳箋通釋：「萊、釐、藜三字古同聲通用。」「釐」與「萊」上古音均為來母之部，讀音相同。「釐」與「萊」通假還可表示除草。《周禮・天官・獸人》「令禽注於虞中」，鄭玄注引鄭司農云：「虞中，謂虞人釐所田之野。」陸德明釋文：「釐作萊。」《集韻・咍韻》：「釐，除艸也。通作萊。」總之，「萊」與「釐」同音通假，「萊」為本字，「釐」為借字。

（2）《說文》：「遦，習也。」

段注：「亦假貫，或假串。……《釋詁》：『貫，習也。』」（頁71）

今按：關於被訓釋詞，《說文》用「遦」，《爾雅》用「貫」。《說文》：「貫，錢貝之貫。」本義為古時穿錢貝的繩子。「遦」與「貫」上古音均為見母元部，讀音相同。「貫」假借為「遦」，表示習慣，此義後寫作「慣」。《正字通・辵部》：「遦，本借貫，俗改从慣。」《孟子・滕文公下》：「我不貫與小人乘，請辭。」趙岐注：「貫，習也。」朱駿聲《說文通訓定聲》：「貫，叚借為遦。」段玉裁也持相同觀點。總之，「遦」與「貫」同音通假，「遦」為本字，「貫」為借字。

（3）《說文》：「楸，冬桃。」

段注：「《釋木》曰：『旄，冬桃。』」（頁239）

今按：關於被訓釋詞，《說文》用「楸」，《爾雅》用「旄」。「楸」字下段注：「《釋木》曰：『旄，冬桃。』郭云：『子冬孰。』按：作旄者，字之假借。」

《爾雅》「旄，冬桃」，郝懿行義疏：「旄，《說文》作楙，云：『冬桃，讀若髦。』……然則旄叚借也。」「旄」的上古音為明母宵部，「楙」的上古音為明母侯部，讀音相近。總之，「旄」與「楙」音近通假，「楙」為本字，「旄」為借字，表示冬桃。

（4）《說文》：「俶，善也。」

段注：「《釋詁》《毛傳》皆曰：『淑，善也。』」（頁 370）

今按：關於被訓釋詞，《說文》用「俶」，《爾雅》用「淑」。《說文》：「淑，清湛也。」「淑」的本義為清澈，假借為「俶」而可以表示善。《說文》「俶」字下段注：「（淑）蓋假借之字，其正字則俶也。」朱駿聲《說文通訓定聲》：「（俶）字亦作俶，經傳皆以淑為之。」《爾雅》：「淑，善也。」郝懿行義疏：「淑者，俶之叚音也。」「俶」的上古音為昌母覺部，「淑」的上古音為禪母覺部，二字聲母相近，均為舌上音，韻部相同，因而讀音相近。《儀禮・聘禮》「燕與羞俶獻無常數」，鄭玄注：「古文俶作淑。」《集韻・屋韻》：「俶，通作淑。」總之，「俶」與「淑」音近通假，「俶」為本字，「淑」為借字。

（5）《說文》：「勼，聚也。」

段注：「《釋詁》曰：『鳩，聚也。』」（頁 433）

今按：關於被訓釋詞，《說文》用「勼」，《爾雅》用「鳩」。《說文》：「鳩，鶻鵃也。」段注：「經傳多假鳩為逑，為勼。」「鳩」本為一種鳥類的總稱，假借為「勼」而有聚義。《爾雅》：「鳩，聚也。」郝懿行義疏：「鳩者，勼之叚音也。」「勼」與「鳩」上古音均為見母幽部，讀音相同。《說文》「勼」字下段注：「今字則鳩行而勼廢矣。」朱駿聲《說文通訓定聲》：「勼，經傳皆以鳩為之。」《玉篇・勹部》：「勼，聚也。今作鳩。」總之，「勼」與「鳩」同音通假，「勼」為本字，「鳩」為借字，今借字通行而本字被廢棄了。

（6）《說文》：「奅，大也。」

段注：「《釋詁》云：『廢，大也。』」（頁 493）

今按：關於被訓釋詞，《說文》用「奅」，《爾雅》用「廢」。《說文》：「廢，屋頓也。」「廢」的本義為房屋倒塌不能居住，假借為「奅」而可以表示大。「奅」字下段注：「此謂廢即奅之叚借字也。」《爾雅》：「廢，大也。」郝懿行義疏：「廢者，奅之叚音也。」「奅」又寫作「�」「䟺」。《廣雅・釋詁》：「奟，大也。」王念孫疏證：「廢與奟亦聲近義同。」《玉篇・大部》：「奟，大也。」

又云「㪅」同「奥」。「奞」與「廢」上古音相近，「奞」為幫母物部，「廢」為幫母月部，物、月旁轉。總之，「奞」與「廢」音近通假，「奞」為本字，「廢」為借字。

(7)《說文》:「忏，憂也。」

段注:「《釋詁》:『盱，憂也。』」(頁514)

今按:關於被訓釋詞，《說文》用「忏」，《爾雅》用「盱」。《說文》:「盱，張目也。」「盱」的本義為睜開眼睛看，假借為「忏」而有憂義。朱駿聲《說文通訓定聲》:「盱，叚借為忏。」《爾雅》:「盱，憂也。」陸德明釋文:「盱，本或作忏。」《詩經·小雅·都人士》:「我不見兮，云何盱矣。」清陳奐傳疏:「盱者，忏之假借字。」「忏」與「盱」上古音均為曉母魚部，讀音相同。總之，「忏」與「盱」同音通假，「忏」為本字，「盱」為借字。

(8)《說文》:「竺，㫗也。」

段注:「㫗，各本作厚，今正。……《爾雅》《毛傳》皆曰:『篤，厚也。』」(頁681)

今按:「㫗」即「厚」。《說文》:「㫗，厚也。」段注:「今字厚行而㫗廢矣。凡經典㫗薄字皆作厚。」《說文》與《爾雅》釋義相同，但《說文》用「竺」，《爾雅》用「篤」。《說文》:「篤，馬行頓遲。」本義為馬行走緩慢頓遲，假借為「竺」而可以表示厚。《說文》「竺」字下段注:「今經典絕少作竺者，惟《釋詁》尚存其舊，叚借之字行而真字廢矣。」段玉裁認為「篤」為假借字，「竺」為真字，即本字。段氏的觀點是正確的。《爾雅》:「竺，厚也。」陸德明釋文:「竺，字又作篤。」邵晉涵正義:「竺與篤通。」《說文》「篤」字下徐鍇繫傳:「《詩》曰『篤公劉』，《論語》曰『行篤敬』，皆當作竺，假借此篤字。」「竺」與「篤」上古音均為端母覺部，讀音相同，經典常通用。《尚書·微子之命》:「予嘉乃德，曰篤不忘。」陸德明釋文:「篤，本又作竺。」《論語·泰伯》「君子篤於親」，劉寶楠正義:「郭忠恕《汗簡》載此文，篤作竺。」總之，「竺」與「篤」同音通假，有深厚、敦厚的意思。

關於《爾雅》與《說文》的用字差異，筆者在《〈爾雅〉與〈說文〉義同字異研究》一文中作了概括:「(1)《爾雅》多用經典中常見的字形，而《說文》因形以索義，多用與字義有密切聯繫的較古的形體。……(2)因經典用字多假借，故《爾雅》用字亦多假借，而《說文》多用本字。……(3)《說文》對普通語詞，尤其是對名物詞的訓釋，很多時候是參考、襲用《爾雅》釋義，只是用字不同。從二書義同字異現象可以看出《說文》對《爾雅》釋義的沿襲。」〔註2〕

第二節　釋義、釋義句之比較

《說文》對一個字（詞）的解釋，通常包括釋義、析形兩部分，有的還包括音讀、書證或其他內容。《說文》與《爾雅》具有可比性的主要是釋義部分，釋義部分構成的語句即為釋義句。《說文》與《爾雅》在釋義與釋義句兩方面既有相同、相近之處，又有不同之處。本節重在揭示二書在釋義與釋義句上的差異。

一、釋義之比較

《說文》與《爾雅》二書的中心任務都是解釋詞義。《說文》作為字書（亦可稱為形書），主要是通過分析字形來探求詞的本義。不過，《說文》所釋詞義，有一小部分並非本義。《爾雅》作為義書，主要是匯釋典籍中的語詞。《爾雅》所釋字義和詞義，既有本義、引申義、比喻義，還有因文字假借而產生的假借義。《爾雅》先成，《說文》釋義受《爾雅》影響，因此二書有很多相同、相近的釋義。筆者曾「將《爾雅》分為3036條，然後與《說文》釋義逐一比較。經統計，《爾雅》與《說文》釋義完全相同或基本相同的有791條，占《爾雅》總條數的26.05%」〔註3〕。當然，《爾雅》與《說文》畢竟是兩部不同性質、不同體例的書，二書在釋義上的差異占主導地位。段注所引《爾雅》與《說文》在釋義上的差異主要表現在如下幾個方面：

（一）訓釋詞為近義詞

段注所引《爾雅》，有的與《說文》被訓釋詞相同，但訓釋詞不同。當訓釋詞為近義詞時，二者釋義相近。例如：

（1）《說文》：「適，之也。」

段注：「《釋詁》：『適、之，往也。』」（頁71）

〔註2〕江遠勝：《〈爾雅〉與〈說文〉義同字異研究》，《許昌學院學報》，2020年，第1期。

〔註3〕江遠勝：《〈爾雅〉與〈說文解字〉釋義比較研究》，鳳凰出版社，2019年版，第28頁。

今按：關於「適」，《說文》訓為「之」，《爾雅》訓為「往」，釋義相近。「之」與「往」義相近。《爾雅·釋詁》：「之，往也。」《說文》：「往，之也。」《說文》「適」字下段注：「此不曰『往』而曰『之』，許意蓋以『之』與『往』稍別。『逝』『徂』『往』自發動言之，『適』自所到言之。」段說是。「之」與「往」都可以表示到某地去，但用法有別。在上古，「之」後面帶賓語，如《論語·陽貨》：「子之武城，聞絃歌之聲。」《孟子·滕文公上》：「滕文公為世子，將之楚，過宋而見孟子。」《戰國策·齊策四》：「驅而之薛。」「往」後面不帶賓語，如《詩經·小雅·采薇》：「昔我往矣，楊柳依依。」《戰國策·齊策四》：「遣使者黃金千斤，車百乘，往聘孟嘗君。……梁使三反，孟嘗君固辭不往也。」中古以後，「往」才可以帶賓語。「適」後面可以帶賓語，《說文》訓為「之」是比較恰當的。《小爾雅·廣詁》「之，適也」，與《說文》釋義構成互訓。總之，「之」與「往」在表示到某地去時是近義詞。

（2）《說文》：「幼，少也。」

段注：「《釋言》曰：『幼、鞠，稚也。』」（頁158）

今按：關於「幼」，《說文》訓為「少」，《爾雅》訓為「稚」，釋義相近。「少」與「小」本為一字，後分化為二字。「少」有年幼的意思。《玉篇·小部》：「少，幼也。」《說文》：「稺，幼禾也。」段注：「今字作稚。」「稺」即「稚」，本義為幼禾，引申為年少、幼小。《廣雅·釋詁》：「稚，少也。」《禮記·曲禮上》「少者賤者不敢辭」，孔穎達疏：「少，謂幼稚。」《國語·晉語》「午之少也」，韋昭注：「少，稚也。」總之，在表示年幼時，「少」與「稚」為近義詞。

（3）《說文》：「偁，揚也。」

段注：「《釋言》曰：『偁，舉也。』」（頁373）

今按：關於「偁」，甲骨文作「[illegible]」「[illegible]」，金文作「[illegible]」，像人以手舉某物之形，本義為舉起。「偁」今寫作「稱」。《廣雅·釋詁》：「偁，舉也。」王念孫疏證：「偁，通作稱。」《說文》「偁」字下段注：「自稱行而偁廢矣。」

偁，《說文》訓為「揚」，《爾雅》訓為「舉」，二者釋義相近。《說文》：「舉，對舉也。」本義為雙手向上托物，即舉起的意思。《說文》：「揚，飛舉也。」「揚」也有舉起的意思。《小爾雅·廣言》：「揚，舉也。」《楚辭·九歌·東皇太一》「揚枹兮拊鼓」，王逸注：「揚，舉也。」《儀禮·鄉射禮》「南揚弓」，鄭玄注：「揚，猶舉也。」總之，在表示舉起時，「揚」與「舉」為近義詞。

(4)《說文》：「舫，船也。」

段注：「各本作船師也，今依《韻會》所據本。舫只訓船，舫人乃訓習水者。……《爾雅·釋言》曰：『舫，舟也。』……又曰：『舫，泭也。』」(頁 403～404)

今按：關於「舫」，段玉裁校勘後的《說文》訓為「船」，《爾雅》訓為「舟」和「泭」。段玉裁的校勘是可取的，「舫」的本義為船。馬敘倫說：「石鼓文：『舫舟西逮。』本訓舟也。」〔註 4〕《廣雅·釋水》：「舫，船也。」王念孫疏證：「舫之言方也。……併船以渡謂之舫，併木以渡亦謂之舫。」

「船」與「舟」為近義詞。《說文》：「舟，船也。」段注：「古人言舟，漢人言船。」《方言》卷九：「舟，自關而西謂之船，自關而東或謂之舟。」「船」與「泭」亦為近義詞。《說文》：「泭，編木以渡也。」「泭」是一種用竹木等並排編紮成的水上交通工具，即筏子，後寫作「桴」。《方言》卷九：「泭謂之簰，簰謂之筏。」《楚辭·九章·惜往日》：「乘氾泭以下流兮，無舟楫而自備。」王逸注：「編竹木曰泭。」可以說，「泭」是一種結構簡單的船。

總之，「船」「舟」「泭」為近義詞，均可表示水上交通工具。

(5)《說文》：「界，竟也。」

段注：「竟，俗本作境，今正。……《爾雅》曰：『疆、界，垂也。』」(頁 696)

今按：段玉裁將「境」改為「竟」，是正確的。《說文》本無「境」字，「境」為《說文》新附字。

關於「界」，《說文》訓為「竟」，《爾雅》訓為「垂」，釋義相近。《說文》：「竟，樂曲盡為竟。」段注：「引伸之凡事之所止、土地之所止皆曰竟。」「竟」引申為邊境，此義後為「境」字承擔，所以「竟」與「境」為古今字。《說文新附·土部》：「境，疆也。」《漢書·元帝紀》「加以邊竟不安」，顏師古注：「竟，讀曰境。」《周禮·夏官·掌固》「凡國都之竟有溝樹之固」，孫詒讓正義：「《說文》無境字，古境界字皆以竟為之。」《說文》：「垂，遠邊也。」朱駿聲《說文通訓定聲》：「垂，書傳皆以陲為之。」「垂」的本義為邊境，此義

〔註 4〕李圃主編：《古文字詁林》(第 7 冊)，上海教育出版社，2002 年版，第 710 頁。

後寫作「陲」。《荀子・臣道》「則疆垂不喪」，楊倞注：「垂，與陲同。」《字彙・土部》：「垂，疆也。」總之，在表示邊疆、邊界時，「竟」與「垂」為近義詞。

（6）《說文》：「降，下也。」

段注：「《釋詁》曰：『降，落也。』」（頁 732）

今按：關於「降」，《說文》訓為「下」，《爾雅》訓為「落」，釋義相近。《爾雅》：「下，落也。」邢昺疏：「下者，自上而落也。」《說文》：「落，凡艸曰零，木曰落。」「落」的本義為樹葉枯萎凋零而掉下來，引申為降下、掉下。《楚辭・離騷》「及榮華之未落兮」，王逸注：「落，墮也。」總之，在表示下降、降落時，「下」與「落」為近義詞。

（二）釋義的詳略程度、準確性不同

有的釋條，《爾雅》與《說文》所釋對象相同，釋義句意思大致相同，但釋義的詳略程度、準確性不同。由於《說文》後出轉精，所以《說文》釋義通常要比《爾雅》釋義詳細、準確。不過，有的《爾雅》釋義比《說文》更具體。

1.《說文》釋義更具體、準確

（1）《說文》：「禡，師行所止，恐有慢其神，下而祀之曰禡。」

段注：「《釋天》曰：『是禷是禡，師祭也。』」（頁 7）

（2）《說文》：「翕，起也。」

段注：「《釋詁》《毛傳》皆云：『翕，合也。』」（頁 139）

（3）《說文》：「羜，五月生羔也。」

段注：「《釋嘼》《毛傳》皆云：『羜，未成羊也。』」（頁 145）

（4）《說文》：「柚，條也。佀橙而酢。」

段注：「《釋木》：『柚，條。』」（頁 238）

（5）《說文》：「耋，年八十曰耋。」

段注：「《釋言》：『耋，老也。』」（頁 398）

（6）《說文》：「耇，老人面凍黎若垢。」

段注：「《釋詁》曰：『耇、老，壽也。』」（頁 398）

（7）《說文》：「豻，狼屬，狗聲。」

段注：「《釋獸》曰：『豺，狗足。』」（頁 457）

（8）《說文》：「尨，犬之多毛者。」

段注：「《釋嘼》《毛傳》皆曰：『尨，狗也。』此渾言之，許就字分別言之也。」（頁 473）

（9）《說文》：「泳，潛行水中也。」

段注：「《釋水》《毛傳》皆曰：『潛行為泳。』」（頁 556）

（10）《說文》：「霖，凡雨三日已往為霖。」

段注：「《釋天》：『久雨謂之淫。淫謂之霖。』」（頁 573）

（11）《說文》：「妣，歿母也。」

段注：「《釋親》曰：『父曰考，母曰妣。』渾言之也。」（頁 615）

今按：例（1）《說文》說明了祭祀的原因。例（2）中，《說文》「翕」字下段注：「許云『起也』者，但言合則不見起，言起而合在其中矣。翕从合者，鳥將起必斂翼也。」可見《說文》釋義更準確，更符合事理。例（3）、例（5）、例（10）《說文》用具體的數字來作解釋，更加明確。例（4）《說文》指出了柚的形狀與味道。例（6）《說文》形象地描繪了老人長壽的面部特徵。例（7）《說文》說明豺是狼而不是狗，只是其聲似狗。例（8）、例（11）《說文》析言之，《爾雅》渾言之。例（9）中，《說文》「潛」字下段注：「上文云潛行水中，對下文浮行水上言之。」總之，《說文》釋義句包含的信息量更大，所用訓釋詞更準確，因而釋義比《爾雅》更加詳細、準確、嚴謹。

2.《爾雅》釋義更具體

（1）《說文》：「玠，大圭也。」

段注：「《爾雅》：『圭大尺二寸為玠。』」（頁 12）

（2）《說文》：「獠，獵也。」

段注：「許渾言之，《釋天》析言之曰：『宵田為獠。』」（頁 476）

（3）《說文》：「奔，走也。」

段注：「《釋宮》曰：『室中謂之時，堂上謂之行，堂下謂之步，門外謂之趨，中庭謂之走，大路謂之奔。』」（頁 494）

（4）《說文》：「鼮，鼠也。一曰西方有獸，前足短，與蛩蛩巨虛比，其名曰蟨。」

段注：「《釋地》曰：『西方有比肩獸焉，與邛邛岠虛比，為邛邛岠虛齧甘草，即有難，邛邛岠虛負而走，其名謂之蟨。』」（頁673）

（5）《說文》：「鐐，白金也。」

段注：「《爾雅》別之曰其美者，許不別也。」（頁702）

今按：以上各例，《爾雅》釋義比《說文》更詳細。例（1）《爾雅》說明了玠的尺寸。例（2）、例（3）、例（5）《爾雅》析言之，而《說文》渾言不別。例（5）中，《說文》：「銀，白金也。」段注：「《爾雅》又曰：『白金謂之銀，其美者謂之鐐。』」故段注云「許不別也」。例（4）中，《說文》「一曰」顯然承襲《爾雅》，但《爾雅》對「蟨」的描述更詳細。

（三）意義類別不同

字有字義，詞有詞義。就詞義而言，有本義、引申義、比喻義等類別。假借義屬於字義。有些釋條，《爾雅》與《說文》所釋對象相同，但揭示的意義類別不同。這種釋義的不同是義位與義位的不同，差別較大。

1. 本義與引申義

本義與引申義雖然有很大的不同，但引申義是從本義發展而來的，二者之間存在一定的語義聯繫。《說文》主要是解釋詞的本義，而《爾雅》主要是解釋詞的引申義。就普通詞語（不包括名物詞）而言，《說文》與《爾雅》在釋義上最大的不同就表現為本義與引申義的不同。段玉裁在注解《說文》的過程中，尤其注重闡明詞義的引申。例如：

（1）《說文》：「路，道也。」

段注：「《爾雅》《毛傳》：『路，大也。』此引伸之義也。」（頁84）

今按：路，金文作「[金文字形]」，從足，從各，會人的腳所走途徑之意，「各」也兼表聲。「路」的本義為道路，此義典籍常見。《詩經．鄭風．遵大路》「遵大路兮」，毛傳：「路，道也。」《楚辭．離騷》「路幽昧以險隘」，王逸注：「路，道也。」由於道路漫長、通暢，故「路」又引申為「大」。《爾雅》「路，大也」，郝懿行義疏：「路本道路，可以通達，故謂之大。」段玉裁也認為「大」是「路」的引申義。典籍中「路」訓為「大」較常見。《詩經．大雅．生民》「厥聲載路」，毛傳：「路，大也。」《史記・孝武本紀》「路弓乘矢」，裴駰集解引韋昭曰：「路，大也。四矢為乘。」總之，關於「路」，《說文》所釋為本義，《爾雅》所釋為引申義。

（2）《說文》：「胎，婦孕三月也。」

段注：「《釋詁》曰：『胎，始也。』此引伸之義。」（頁 167）

今按：胎，從肉，台聲，為會意兼形聲字。「台」的本義為懷胎，是「胎」的初文。《爾雅》「胎，始也」，陸德明釋文：「胎，本或作台。」「胎」的本義為婦女懷胎，也指其他動物的胚胎。《禮記・月令》：「毋殺孩蟲、胎、夭、飛鳥。」孔穎達疏：「胎，謂在腹中未出。」《爾雅》「胎，始也」，邢昺疏：「胎者，人成形之始也。」由於「胎」為生命之始，故引申為一般事物的開始。《文選・枚乘〈上書諫吳王〉》：「福生有基，禍生有胎。」李善注引服虔曰：「基、胎，皆始也。」總之，關於「胎」，《說文》所釋為本義，《爾雅》所釋為引申義。

（3）《說文》：「膺，匈也。」

段注：「《釋詁》《毛傳》曰：『膺，當也。』此引伸之義。」（頁 169）

今按：《爾雅》「應，當也」，陸德明釋文：「應，本或作膺。」可見段注所引用的《爾雅》為另一版本。「膺」從肉，本義為胸。《楚辭・九章・惜誦》：「背膺牉以交痛兮，心鬱結而紆軫。」王逸注：「膺，胷也。」由於胸脯有保護內臟，抵抗外力的作用，故「膺」可以引申為抵擋。《說文》「膺」字下段注：「凡當事以膺，任事以肩。」《詩經・魯頌・閟宮》：「戎狄是膺，荊舒是懲。」毛傳：「膺，當也。」「當」為抵擋的意思。總之，關於「膺」，《說文》所釋為本義，《爾雅》所釋為引申義。

（4）《說文》：「胤，子孫相承續也。」

段注：「《釋詁》：『胤、嗣，繼也。』」（頁 171）

今按：胤，《說文》析為「从肉，从八，象其長也；从幺，象重累也」。朱駿聲《說文通訓定聲》：「从八猶从分，分祖父之遺體也。从幺如絲之繼續也。會意。」《國語・周語下》：「胤也者，子孫蕃育之謂也。」「胤」的本義是子孫相承，引申為後代。《左傳・僖公二十四年》「周公之胤也」，杜預注：「胤，嗣也。」「嗣」即後代的意思。「胤」又引申為繼續。《尚書・高宗肜日》「罔非天胤」，《史記・殷本紀》作「罔非天繼」。《尚書・洛誥》「予乃胤保」，孔安國傳：「我乃繼文、武安天下之道。」總之，關於「胤」，《說文》所釋為本義，《爾雅》所釋為引申義。

（5）《說文》：「罄，器中空也。」

段注：「《釋詁》《毛傳》皆曰：『罄，盡也。』」（頁 225）

今按：《說文》：「缶，瓦器，所以盛酒漿。」「罄」從缶，本義為器皿中空無物。《說文》「罄」字下引《詩》曰：「缾之罄矣。」此處「罄」即器皿空盡之意。「罄」字下段注：「引伸為凡盡之偁。」「罄」由器皿空盡引申為一般事物的空盡。《詩經・小雅・天保》「罄無不宜」，毛傳：「罄，盡也。」《文選・張衡〈東京賦〉》「東京之懿未罄」，薛綜注：「罄，盡也。」總之，關於「罄」，《說文》所釋為本義，《爾雅》所釋為引申義。

（6）《說文》：「亶，多穀也。」

段注：「亶之本義為多穀，故其字从㐭，引伸之義為厚也、信也、誠也，見《釋詁》《毛傳》。」（頁 230）

今按：《爾雅・釋詁》：「亶，信也。」「亶，誠也。」「亶，厚也。」亶，從㐭，旦聲。《說文》：「㐭，穀所振入也。」「亶」的本義為倉廩穀物多。多則厚，故「亶」引申為厚，即敦厚、忠厚，又引申為誠信。《國語・周語下》「亶厥心肆其靖之」，韋昭注：「亶，厚也。」《尚書・盤庚中》「誕告用亶其有眾」，陸德明釋文：「亶，誠也。」《詩經・大雅・板》「不實於亶」，毛傳：「亶，誠也。」鄭玄箋：「不能用實於誠信之言，言行相違也。」總之，關於「亶」，《說文》所釋為本義，《爾雅》所釋三個意義均為引申義。

（7）《說文》：「景，日光也。」

段注：「日字各本無，依《文選・張孟陽〈七哀詩〉》注訂。……《爾雅》《毛詩》皆曰：『景，大也。』其引伸之義也。」（頁 304）

今按：景，從日，京聲，本義為日光。段玉裁的校勘是可取的。《後漢書・班固傳》「吐金景兮歊浮雲」，李賢注：「景，光也。」由於日光普照大地，故「景」可引申為「大」。《詩經・小雅・楚茨》「以介景福」，鄭玄箋：「景，大也。」《國語・晉語二》「景霍以為城」，韋昭注：「景，大也。」總之，關於「景」，《說文》所釋為本義，《爾雅》所釋為引申義。

（8）《說文》：「髦，髦髮也。」

段注：「《爾雅》《毛傳》皆曰：『髦，俊也。』」（頁 426）

今按：髦，從髟，從毛，本義為毛髮中的長毫，引申為出類拔萃的人物。《爾雅》「髦，俊也」，郭璞注：「士中之俊，如毛中之髦。」典籍中「髦」的本義少見，引申義常見。《詩經・小雅・甫田》「烝我髦士」，毛傳：「髦，俊也。」《後漢書・邊讓傳》「拔髦秀於蓬萊」，李賢注：「髦，俊也。」總之，關於「髦」，《說文》所釋為本義，《爾雅》所釋為引申義。

（9）《說文》：「豫，象之大者。賈侍中說：『不害於物。』」

段注：「《釋詁》曰：『豫，樂也。』」（頁 459）

今按：豫，從象，予聲，本義為形體高大的象。《玉篇・象部》：「豫，獸名，象屬。」由於大象行動遲緩，且「不害於物」，故「豫」引申為安逸。「豫」字下段注：「侍中說：『豫象雖大，而不害於物。』故寬大舒緩之義取此字。」舒緩、安逸則快樂，故「豫」又引申為喜樂。《孟子・離婁上》「舜盡事親之道而瞽叟厎豫」，趙岐注：「豫，樂也。」朱熹集注：「豫，悅樂也。」《荀子・禮論》「故說豫娩澤」，楊倞注：「豫，樂也。」總之，關於「豫」，《說文》所釋為本義，《爾雅》所釋為引申義。

（10）《說文》：「駿，馬之良材者。」

段注：「《釋詁》《毛傳》皆曰：『駿，大也。』」（頁 463）

今按：駿，從馬，夋聲，本義為良馬、好馬。《楚辭・七諫・謬諫》「駑駿雜而不分兮」，王逸注：「良馬為駿。」《穆天子傳》卷一「天子之駿」，郭璞注：「駿者，馬之美稱。」從「夋」之字往往有高大義，如「俊」「峻」等。駿馬通常高大，故「駿」可引申為「大」。「駿」字下段注：「引伸為凡大之偁。」《詩經・大雅・文王》「駿命不易」，毛傳：「駿，大也。」《荀子・榮辱》「為下國駿蒙」，楊倞注：「駿，大也。」總之，關於「駿」，《說文》所釋為本義，《爾雅》所釋為引申義。

（11）《說文》：「熙，燥也。」

段注：「《釋詁》又曰：『熙，興也。』《周語》：『叔向釋《昊天有成命》之詩曰：『緝，明。熙，廣也。』《毛傳》本之。箋據《釋詁》『熙，光也』，云廣當為光。」（頁 486～487）

今按：熙，從火，巸聲，本義為乾燥。火能使物乾燥，故「熙」字從火。

《文選・盧諶〈贈劉琨〉》:「仰熙丹崖,俯澡綠水。」李善注:「熙,謂暴燥也。」「熙」引申為光明。《禮記・緇衣》「於緝熙敬止」,鄭玄注:「緝、熙,皆明也。」《文選・班固〈東都賦〉》「重熙而累洽」,張銑注:「熙,光明也。」「熙」又由光明引申為興起、興盛。《尚書・堯典》「庶績咸熙」,陸德明釋文:「熙,興也。」《文選・張衡〈東京賦〉》「上下共其雍熙」,劉良注:「熙,盛也。」《說文》「熙」字下段注:「燥者,熙之本義,又訓興、訓光者,引申之義也。」總之,關於「熙」,《說文》所釋為本義,《爾雅》所釋皆為引申義。

(12)《說文》:「洪,洚水也。」

段注:「《釋詁》曰:『洪,大也。』引伸之義也。」(頁546)

今按:洪,從水,共聲,本義為大水。曹操《步出夏門行》:「秋風蕭瑟,洪波湧起。」此處「洪」即大水的意思。《爾雅》「洪,大也」,郝懿行義疏:「洪者,水之大也。」「洪」由水之大引申為一般事物的大。《尚書・洪範》「不畀洪範九疇」,孔安國傳:「不與大法九疇。」《尚書・康誥》「乃洪大誥治」,孔穎達疏:「洪,大也。」《漢書・武帝紀》「章先帝之洪業休德」,顏師古注:「洪,大也。」總之,關於「洪」,《說文》所釋為本義,《爾雅》所釋為引申義。

(13)《說文》:「職,記散也。」

段注:「《釋詁》曰:『職,主也。』」(頁592)

今按:「職」字下段注:「纖微必識是曰職。」朱駿聲《說文通訓定聲》:「五官耳與心最貫,聲入心通,故聞讀者能記。」「職」的本義為記住。《大戴禮記・哀公問五義》「莫之能職」,王聘珍解詁引《說文》云:「職,記微也。」《史記・屈原賈生列傳》:「章畫職墨兮,前度未改。」司馬貞索隱:「《楚詞》職作志。志,念也。」「職」引申為主宰、掌管,此義典籍常見。《詩經・小雅・十月之交》「職競由人」,毛傳:「職,主也。」《左傳・僖公二十六年》「大師職之」,杜預注:「職,主也。」總之,關於「職」,《說文》所釋為本義,《爾雅》所釋為引申義。

(14)《說文》:「純,絲也。」

段注:「故《釋詁》《毛傳》《鄭箋》皆曰:『純,大也。』」(頁643)

今按:純,從糸,屯聲,本義為蠶絲。《說文》引《論語》曰:「今也純儉。」何晏《論語集解》引孔安國曰:「純,絲也。」《儀禮・士昏禮》:「女次純衣纁袖。」鄭玄注：「純衣，絲衣。」蠶絲潔白無雜質，故「純」可引申為純粹，又引申為專一，再進一步引申為大。《說文》「純」字下段注：「美絲、美酒，其不襍同也。不襍則壹，壹則大。」段說可取。《詩經．周頌．維天之命》「文王之德之純」，毛傳：「純，大也。」《詩經．魯頌．閟宮》「天錫公純嘏」，鄭玄箋：「純，大也。」總之，關於「純」，《說文》所釋為本義，《爾雅》所釋為引申義。

（15）《說文》：「輯，車輿也。」

段注：「《爾雅》：『輯，和也。』」（頁721）

今按：大徐本《說文》：「輯，車和輯也。」段玉裁改為「車輿也」，是可取的。「輯」從車，本義為車輿。《列子．湯問》：「推於御也，齊輯乎轡銜之際。」此處「輯」為車輿的意思。《說文》「輯」字下段注：「輿之中無所不居，無所不載，因引申為斂義。……又為和義。……引申義行，本義遂廢。」段說是。《詩經．大雅．板》「辭之輯矣」，毛傳：「輯，和。」《國語．魯語上》「契為司徒而民輯」，韋昭注：「輯，和也。」總之，關於「輯」，段注本《說文》所釋為本義，《爾雅》所釋為引申義。

2. 本義與假借義

詞義無假借。假借是一種文字現象，假借義是因文字借用而產生的意義，是一種字義。有些釋條，《說文》解釋的是本義，而《爾雅》解釋的是假借義。例如：

（1）《說文》：「敏，疾也。」

段注：「《釋訓》：『敏，拇也。』」（頁122）

今按：「敏」的本義為「疾」，即動作快捷。《詩經．小雅．甫田》：「曾孫不怒，農夫克敏。」毛傳：「敏，疾也。」《論語．里仁》：「君子欲訥於言而敏於行。」皇侃疏：「敏，疾速也。」「敏」與「拇」上古音均為明母之部，音同，故「敏」可以假借為「拇」，表示足大指。《類篇．攴部》：「敏，足大指名。」《詩經．大雅．生民》「履帝武敏歆」，鄭玄箋：「敏，拇也。」《說文》「敏」字下段注：「謂敏為拇之假借。」朱駿聲《說文通訓定聲》：「敏，叚借為拇。」總之，關於「敏」，《說文》所釋為本義，《爾雅》所釋為假借義。

（2）《說文》：「卬，望也，欲有所庶及也。」

段注：「《釋詁》《毛傳》皆曰：『卬，我也。』語言之叚借也。」（頁385）

今按：「卬」的本義為翹首仰望，後寫作「仰」。《說文》引《詩》曰：「高山卬止。」今《詩經》作「高山仰止」。《楚辭．九辯》「卬明月而太息兮」，洪興祖補注：「卬，望也。」「卬」假借用作第一人稱代詞，表示我，這是本無其字的假借。《尚書．大誥》「不卬自恤」，陸德明釋文：「卬，我也。」《詩經．邶風．匏有苦葉》「人涉卬否」，毛傳：「卬，我也。」總之，關於「卬」，《說文》所釋為本義，《爾雅》所釋為假借義。

（3）《說文》：「厥，發石也。」

段注：「若《釋言》曰：『厥，其也。』此假借也。」（頁447）

今按：《說文》：「厂，山石之厓岩，人可居。」「厥」從「厂」，與山石有關，本義為發射石塊。桂馥《說文解字義證》：「《廣韻》作礹，云『發石』。漢律有蹶張士。蹶，發石；張，挽強。」「厥」假借用作代詞，相當於「其」，此義典籍常見。《尚書．堯典》「厥民析」，孔安國傳：「厥，其也。」《詩經．大雅．瞻卬》「懿厥哲婦」，鄭玄箋：「厥，其也。」《楚辭．天問》「危害厥兄」，王逸注：「厥，其也。」《說文》「厥」字下段注：「假借盛行而本義廢矣。」總之，關於「厥」，《說文》所釋為本義，《爾雅》所釋為假借義。

（4）《說文》：「篤，馬行頓遲也。」

段注：「《釋詁》曰：『篤，固也。』又曰：『篤，厚也。』」（頁465）

今按：「篤」從馬，本義為馬行走緩慢頓遲。《說文》：「竺，厚也。」本義為厚。「篤」與「竺」皆為竹聲，上古音皆為端母覺部，讀音相同，所以典籍中「篤」與「竺」常通用。《尚書．微子之命》「篤不忘」，陸德明釋文：「篤，本又作竺。」《說文》「篤」字下徐鍇繫傳：「《詩》曰『篤公劉』，《論語》曰『行篤敬』，皆當作竺，假借此篤字。」「篤」假借為「竺」而可以表示厚，即深厚、敦厚的意思。《詩經．唐風．椒聊》「碩大且篤」，毛傳：「篤，厚也。」「篤」又引申為固。《釋名．釋言語》：「篤，築也；築，堅實稱也。」《論語．子張》「信道不篤」，劉寶楠正義：「篤，固也。」總之，關於「篤」，《說文》所釋為本義，《爾雅》訓為「厚也」，所釋為假借義。

（5）《說文》:「纂，佀組而赤。」

段注:「《釋詁》曰:『纂，繼也。』此謂纂即纘之叚借也。」（頁654）

今按:纂，從糸，本義為赤色的絲帶。《楚辭・招魂》「纂組綺縞」，洪興祖補注:「纂，似組而赤。」《漢書・景帝紀》「錦繡纂組」，顏師古注引臣瓚曰:「許慎云:『纂，赤組也。』」「纂」與「纘」音同，上古音均為精母元部。《說文》:「纘，繼也。」「纂」假借為「纘」而可以表示繼承的意思。《左傳・襄公十四年》「纂乃祖考」，杜預注:「纂，繼也。」《國語・周語上》「纂修其緒」，韋昭注:「纂，繼也。」《爾雅》「纂，繼也」，郝懿行義疏:「纂者，纘之叚音也。」郝疏與段注觀點相同。總之，關於「纂」，《說文》所釋為本義，《爾雅》所釋為假借義。

（6）《說文》:「孟，長也。」

段注:「《爾雅》:『孟，勉也。』此借孟為猛。」（頁743）

今按:孟，從子，皿聲，本義為兄弟姐妹中排行最大的。《尚書・康誥》「王若曰孟侯」，孔安國傳:「孟，長也。」「孟」又有「勉」義。《文選・班固〈幽通賦〉》「盍孟晉以迨羣兮」，李善注引曹大家曰:「孟，勉也。」《爾雅》:「孟，勉也。」段玉裁認為「此借孟為猛」，段氏的觀點是錯誤的。「孟」表示勉力、努力的意思，當為「黽」之假借。郝懿行《爾雅義疏》:「孟者，黽之叚音也。」郝疏正確。「孟」的上古音為明母陽部，「黽」的上古音為明母蒸部，二字讀音相近。「黽」有勉力的意思。《詩經・邶風・谷風》「黽勉同心」，陸德明釋文:「黽勉，猶勉勉也。」總之，關於「孟」，《說文》所釋為本義，《爾雅》所釋為假借義。

3. 本義與比喻義

有少數釋條，《說文》與《爾雅》所釋對象相同，但《說文》所釋為詞的本義，《爾雅》所釋為該詞在典籍中的比喻義。例如：

（1）《說文》:「嚶，鳥鳴也。」

段注:「《釋訓》曰:『丁丁、嚶嚶，相切直也。』」（頁61）

今按:嚶，從口，嬰聲，本義為鳥鳴聲。《詩經・小雅・伐木》:「伐木丁丁，鳥鳴嚶嚶。」鄭玄箋:「嚶嚶，兩鳥聲也。」《文選・潘岳〈寡婦賦〉》「孤鳥嚶嚶兮悲鳴」，呂向注：「嚶，鳥聲。」《爾雅》「嚶嚶，相切直也」，郭璞注：「嚶嚶，兩鳥鳴。以喻朋友切磋相正。」「嚶嚶」比喻朋友之間彼此友愛，相互切磋督正。總之，《說文》所釋為本義，《爾雅》所釋為「嚶嚶」在《詩經》中的比喻義。

（2）《說文》：「籧，籧篨，粗竹席也。」

段注：「《晉語》《毛詩》皆云：『籧篨不可使俯。』此謂捲籧篨而豎之，其物不可俯。故《詩．風》以言醜惡，《爾雅》以名口柔也。」（頁 192）

今按：「籧篨」的本義為用竹篾、蘆葦等編成的粗席子。《方言》卷五：「簟，宋、魏之間謂之笙，或謂之籧苗。自關而西或謂之簟，或謂之𥲤，其粗者謂之籧篨。」《詩經．邶風．新臺》：「燕婉之求，籧篨不鮮。」鄭玄箋：「籧篨，口柔，常觀人顏色而為之辭，故不能俯也。」《爾雅》「籧篨，口柔也」，郭璞注：「籧篨之疾不能俯，口柔之人視人顏色，常亦不伏，因以名云。」陸德明釋文：「舍人云：『籧篨，巧言也。』李云：『籧篨，巧言辭以饒人，謂之口柔。』」「籧篨」比喻花言巧語、諂媚奉承之人。總之，《說文》所釋為本義，《爾雅》所釋為「籧篨」在《詩經》中的比喻義。

（四）釋義完全不同

有的釋條，《說文》與《爾雅》所釋對象相同，但釋義完全不同，即二書的釋義既不是相同或相近的，也不像本義與引申義、比喻義那樣有一定的聯繫。例如：

（1）《說文》：「鶇，知天將雨鳥也。」

段注：「《釋鳥》：『翠，鶇。』李巡、樊光、郭璞皆云一鳥。許於《羽部》曰：『翠，青羽雀也。』合此條知其讀不同，各為一鳥。」（頁 153）

（2）《說文》：「楣，秦名屋櫋聯也。齊謂之产，楚謂之梠。」

段注：「《禮經》：『正中曰棟，棟前曰楣。』又《爾雅》：『楣謂之梁。』皆非許所謂楣者。」（頁 255）

（3）《說文》：「褮，鬼衣也。」

段注：「《釋器》曰：『袕謂之褮。』郭云：『衣開孔。』非許義

也。」（頁 397）

（4）《說文》：「獒，犬知人心可使者。」

段注：「《釋嘼》曰：『犬高四尺曰獒。』」（頁 474）

（5）《說文》：「鱧，鱯也。」

段注：「《釋魚》《毛傳》鱧、鯇為一，許鱧、鱯為一，各有所受之也。」（頁 577）

今按：《說文》與《爾雅》釋義完全不同的例子並不多，主要表現在對某些名物詞的解釋上。這種釋義上的分歧，有的難分對錯，如例（1）、例（5）。有的都沒錯，如例（2）、例（3）、例（4）。這其中也存在異物同名的情況。

二、釋義句之比較

有的釋條，《爾雅》與《說文》所釋對象相同，釋義句也含有相同文字，但釋義句字數不同。《爾雅》多用「某，某也」的訓釋方式，釋義句多為二字句，而《說文》釋義句的字數則不確定。通常情況下，釋義句字數不同，則釋義不完全相同。

（一）二字句與三字句

從釋義句來看，《爾雅》多為二字句，《說文》往往在《爾雅》釋義句的基礎上增加一個字，構成三字句。除去末尾的「也」字，《說文》釋義句中剩下的兩個字可能是一個詞，也可能是一個短語。由於詞和短語具有相似的結構，因此可以將《說文》三字句中處於核心地位的二字從結構類型上分為偏正結構、主謂結構、並列結構等。

1. 偏正結構

《說文》三字釋義句中，偏正結構居多，包括偏正式複合詞和偏正短語。例如：

（1）《說文》：「祖，始廟也。」

段注：「《釋詁》曰：『祖，始也。』」（頁 4）

今按：祖，《爾雅》訓為「始」，《說文》訓為「始廟」，二者的釋義句均含有「始」字。「始廟」指奉祀先人的宗廟。「祖」字下段注：「始兼兩義，新廟為始，遠廟亦為始。」在甲骨文、金文中，「祖」的初文作「且」，後加示旁，其本義當與祭祀有關，故《說文》訓為「始廟」，所釋為本義。《周禮．考工記．匠人》「左祖右社」，鄭玄注：「祖，宗廟。」《爾雅》訓為「始」，所釋為引申義，此義典籍常見。《莊子．山木》：「浮遊乎萬物之祖。」王先謙集解引宣穎云：「未始有物之先。」《大戴禮記．曾子天圓》「而禮樂仁義之祖也」，王聘珍解詁引《爾雅》曰：「祖，始也。」從語法結構看，「始廟」為偏正結構的名詞性短語，其中「始」為定語，亦即修飾語，「廟」為中心語。「祖」由「始廟」引申為「始」，在詞義發展過程中，中心語「廟」消失，定語「始」保留下來了。

（2）《說文》：「延，正行也。从辵，正聲。征，延或从彳。」

段注：「《釋言》《毛傳》皆曰：『征，行也。』」（頁 70）

今按：「延」即「征」，二者為異體字。征，《爾雅》訓為「行」，《說文》訓為「正行」，二者的釋義句均含有「行」字。征，甲骨文作「  」，金文作「  」，為形聲兼會意字。「正行」意為有目標地行走。從語法結構看，「正行」為偏正結構的動詞性短語，其中「正」為狀語，亦即修飾語，「行」為中心語。《說文》與《爾雅》釋義相近，但《說文》釋義為兼顧字形而使用雙音節短語。

（3）《說文》：「諏，聚謀也。」

段注：「《釋詁》：『諏，謀也。』」（頁 91）

今按：諏，《爾雅》訓為「謀」，《說文》訓為「聚謀」，二者的釋義句均含有「謀」字。「諏」有諮詢、詢問的意思。《左傳．襄公四年》「諮事為諏」，杜預注：「問政事。」諏，從言，取聲，為形聲兼會意字，《說文》訓為「聚謀」，意為聚集起來商量。王筠《說文句讀》：「許君說訪以汎，說諏以聚者，於方聲、取聲得之。」王說是。從語法結構看，「聚謀」為偏正結構的動詞性短語，其中「聚」為狀語，亦即修飾語，「謀」為中心語。《說文》與《爾雅》釋義相近，但《說文》釋義為兼顧字形而使用雙音節短語。

（4）《說文》：「瞻，臨視也。」

段注：「《釋詁》《毛傳》皆曰：『瞻，視也。』」（頁 132）

今按：瞻，《爾雅》訓為「視」，《說文》訓為「臨視」，二者的釋義句均含有「視」字。在詞義上，「視」包含「臨視」。「臨視」即俯視，向下看的意思。典籍中，「瞻」多用於表示仰視，較少表示俯視。王筠《說文句讀》：「惟《論語》

『尊其瞻視』是臨下之意。」關於「瞻」的字義，張舜徽《說文解字約注》說：「字有正反二訓，不妨兩行。俯視為瞻，仰視亦為瞻，此相反相成之理也。瞻从詹聲，有下垂義，猶之耳部𦗜字訓垂耳也。」〔註5〕此說可取。從詞彙的角度看，「臨視」為偏正型動詞，其中「臨」為修飾性語素，「視」為中心語素。《說文》與《爾雅》釋義稍別，這是由於《說文》釋義要兼顧字形而使用雙音節詞。

（5）《說文》：「齂，臥息也。」

段注：「《釋詁》云：『齂，息也。』」（頁137）

今按：齂，《爾雅》訓為「息」，《說文》訓為「臥息」，二者的釋義句均含有「息」字。《爾雅》：「棲遲、憩、休、苦、𣪠、齂、呬，息也。」郭璞注：「𣪠、齂、呬，皆氣息貌。」《爾雅》此條存在「二義同條」現象，「息」兼「休息、停止、氣息」三義。「棲遲、憩、休」義為休息；「苦」通「盬」，義為停止；「𣪠、齂、呬」義為氣息。《玉篇．鼻部》：「齂，鼻息也。」《廣韻．黠韻》：「齂，氣息。」「臥息」指睡覺時的鼻息，即鼾聲。從詞彙的角度看，「臥息」為偏正型名詞，其中「臥」為修飾性語素，「息」為中心語素。《說文》與《爾雅》釋義相近，但《說文》用雙音節詞，既兼顧了「齂」的形旁「鼻」，又使得釋義更明確。《爾雅》「息也」條另一個被訓釋詞「休」，《說文》訓為「息止」，釋義也較《爾雅》明確。

（6）《說文》：「殲，微盡也。」

段注：「《釋詁》：『殲，盡也。』」（頁163）

今按：殲，《爾雅》訓為「盡」，《說文》訓為「微盡」，二者的釋義句均含有「盡」字。「微盡」指全部消滅，義同「盡」。桂馥《說文解字義證》：「微盡也者，言無散不盡也。」「殲」的古字當為「𢦏」。《說文》：「𢦏，絕也。」𢦏，甲骨文作「[illegible]」，像以戈擊殺二人之形，含有滅絕眾人之意。《玉篇．戈部》：「𢦏，盡也。」殲，從歺，韱聲。《說文》：「韱，山韭也。从韭，𢦏聲。」「韱」通「纖」，有細微、細小的意思。《集韻．鹽韻》：「纖，《說文》：『細也。』通作韱。」《玉篇．戈部》：「韱，細也。」《睡虎地秦墓竹簡．為吏之道》：「凡為吏之道，必精絜正直，慎謹堅固，審悉毋私，微密韱察。」「韱察」即仔細察看。《說文》之所以訓「殲」為「微盡」，是由於字形從韱，含有細微義。「殲」

〔註5〕張舜徽：《說文解字約注》（卷七），中州書畫社，1983年版，第14頁。

字下段注：「殲之言纖也，纖細而盡之也。」從語法結構看，「微盡」為偏正結構的動詞性短語，其中「微」為狀語，亦即修飾語，「盡」為中心語。《說文》與《爾雅》釋義相近，但《說文》以形索義，為兼顧字形而使用雙音節短語。

（7）《說文》：「餱，乾食也。」

段注：「《釋言》《毛傳》皆曰：『餱，食也。』」（頁 219）

今按：餱，《爾雅》訓為「食」，《說文》訓為「乾食」，二者的釋義句均含有「食」字。「乾食」就是乾糧。《釋名・釋飲食》：「餱，候也，候人飢者以食之也。」《左傳・宣公十一年》「具餱糧」，杜預注：「餱，乾食也。」《慧琳音義》卷十九「餱糧」注引《考聲》：「餱，乾飯也。」《說文》「餱」字下段注：「凡乾者曰餱，故許曰乾食。」從詞彙的角度看，「乾食」為偏正型名詞，其中「乾」為修飾性語素，「食」為中心語素。《說文》與《爾雅》釋義相近，但《說文》釋義更準確。

（8）《說文》：「暱，日近也。」

段注：「《釋詁》、《小雅》傳皆云：『暱，近也。』」（頁 307）

今按：暱，《爾雅》訓為「近」，《說文》訓為「日近」，二者的釋義句均含有「近」字。《說文》「暱」字下段注：「日謂日日也，皆日之引伸之義也。」段說是。「日近」指一天天親近，日益親近。《左傳・閔公元年》「諸夏親暱」，杜預注：「暱，近也。」《左傳・隱公元年》「不義不暱」，陸德明釋文：「暱，親也。」暱，從日，匿聲，異體作「昵」。《說文》為了突顯義符「日」，故訓「暱」為「日近」。從語法結構看，「日近」為偏正結構的動詞性短語，其中「日」為狀語，亦即修飾語，「近」為中心語。《說文》與《爾雅》釋義相近，但《說文》為兼顧字形而使用雙音節短語。

（9）《說文》：「痱，風病也。」

段注：「《釋詁》曰：『痱，病也。』」（頁 349）

今按：「痱」訓為「風病」，指中風病。《靈樞經・熱病》：「痱之為病也，身無痛者，四肢不收。智亂不甚，其言微知，可治；甚則不能言，不可治也。」《漢書・賈誼傳》「且病痱」，顏師古注：「痱，風。」顏師古所謂的「風」即指「風病」。「風病」為疾病類名詞，典籍中常見。《魏書・元脩義傳》：「脩義性好酒，每飲連日，遂遇風病，神明昏喪。」從詞彙學的角度看，「風病」為偏正型雙音節名詞。

關於「痱」，《爾雅》訓為「病」，《說文》訓為「風病」，二者釋義相近，只是《說文》釋義句使用雙音節詞，釋義更明確。產生此種差異，主要是由於二書訓釋體例不同。《爾雅》往往採用多詞共訓的方式，因而釋義籠統，如「病也」條被訓釋詞多達 27 個，訓釋詞「病」只是所有被訓釋詞共同的語義成分。《說文》逐字訓釋，釋義更具體、準確。

2. 並列結構

《說文》三字釋義句中，有一部分為並列結構。在並列結構中，既有前加式，即《說文》訓釋詞是在《爾雅》訓釋詞的前面增加一個字而構成的；又有後加式，即《說文》訓釋詞是在《爾雅》訓釋詞的後面增加一個字而構成的。並列式雙音詞的結構往往不固定，前後二字可以互換位置而整個詞的意思不變，這就是同素逆序詞。例如：

（1）《說文》:「運，迻徙也。」

段注 :「《釋詁》:『遷、運，徙也。』」（頁 72）

今按 :《說文》:「移，禾相倚移也。从禾，多聲。一曰禾名。」又云 :「迻，遷徙也。」段注 :「今人假禾相倚移之移為遷迻字。」在表示遷移、移動時，「迻」後來寫作「移」。《集韻・支韻》:「迻，通作移。」

運，《爾雅》訓為「徙」，《說文》訓為「迻徙」，二者的釋義句均含有「徙」字。「迻」（即「移」）與「徙」為同義詞，移動的意思。「移徙」是由兩個同義語素構成的並列式雙音節動詞，也是移動的意思。《史記・匈奴列傳》:「各有分地，逐水草移徙。」《說文》與《爾雅》釋義基本相同，但《爾雅》釋義用單音節詞「徙」，《說文》在《爾雅》的基礎上增加了一個音節，從而構成雙音節詞「移徙」。此亦可見，從單音節向雙音節發展是漢語詞彙發展的一個重要趨勢。從下面幾例也能看出這一趨勢。

（2）《說文》:「謨，議謀也。」

段注 :「《釋詁》曰 :『謨，謀也。』」（頁 91）

今按 : 謨，《爾雅》訓為「謀」，《說文》訓為「議謀」，二者的釋義句均含有「謀」字。《玉篇・言部》:「議，謀也。」《廣雅・釋詁》:「謀，議也。」「議」與「謀」為同義詞，商議、謀劃的意思。「議謀」也是一個詞，與「謀議」構成同素逆序詞，都是商議、謀劃的意思。東晉袁宏《後漢紀》卷十七 :「邴古等所議謀，太子不知。」《釋名・釋典藝》:「《國語》記諸國君臣相與言語謀議之得失也。」《說文》與《爾雅》釋義基本相同，但《爾雅》釋義用單音節詞「謀」，《說文》在《爾雅》的基礎上增加了一個音節，從而構成雙音節詞「議謀」。

(3)《說文》:「相，省視也。」

段注:「《釋詁》《毛傳》皆云:『相，視也。』」(頁133)

今按:相，《爾雅》訓為「視」，《說文》訓為「省視」，二者的釋義句均含有「視」字。「省」有察看的意思。《說文》:「省，視也。」《爾雅》:「省，察也。」「省視」也有察看的意思。《左傳・僖公二十四年》:「鄭伯與孔將鉏、石甲父、侯宣多省視官具於氾，而後聽其私政，禮也。」《周易・觀》:「先王以省方觀民設教。」孔穎達疏:「以省視萬方，觀看民之風俗以設於教。」可見，「省」「視」「省視」都有看的意思。「省視」是由兩個同義語素構成的並列式雙音節動詞。《說文》與《爾雅》釋義基本相同，但《爾雅》釋義用單音節詞「視」，《說文》在《爾雅》的基礎上增加了一個音節，從而構成雙音節詞「省視」。

(4)《說文》:「穧，穫刈也。」

段注:「《釋詁》曰:『馘、穧，穫也。』」(頁325)

今按:穧，段注所引《爾雅》訓為「穫」(《十三經注疏・爾雅注疏》作「獲」)，《說文》訓為「穫刈」，二者的釋義句均含有「穫」字。《說文》:「穫，刈穀也。」又云:「獲，獵所獲也。」「穫」與「獲」意義本不同，後同音通用，今均簡化作「获」。《說文》:「乂，芟艸也。刈，乂或从刀。」「乂」與「刈」為異體字。《玉篇・刀部》:「刈，穫也，取也。」《廣雅・釋言》:「穫，刈也。」《楚辭・離騷》:「冀枝葉之峻茂兮，願竢時乎吾將刈。」王逸注:「刈，穫也。草曰刈，穀曰穫。」可見「穫」與「刈」為同義詞，都有收割、割取的意思。「穫刈」是由兩個同義語素構成的並列式雙音節動詞，收割的意思。《後漢書・五行志》:「麥多委棄，但有婦女穫刈之也。」《三國志・魏志・司馬芝傳》:「穫刈築場，十月乃畢。」「穫」與「穫刈」都有收割的意思，都可以用來訓釋「穧」。《說文》與《爾雅》釋義基本相同，但《爾雅》用單音節詞「穫」，《說文》在《爾雅》的基礎上增加了一個音節，從而構成雙音節詞「穫刈」。

(5)《說文》:「奘，駔大也。」

段注:「《釋言》曰:『奘，駔也。』此許所本也。」(頁499)

今按：奘，《爾雅》訓為「駔」，《說文》訓為「駔大」，二者的釋義句均含有「駔」字。《說文》：「駔，牡馬也。」段玉裁將「牡馬」改為「壯馬」，並云：「駔本大馬之偁，引伸為凡大之偁。」段玉裁的校釋是可取的。《爾雅》「奘，駔也」，郭璞注：「今江東呼大為駔，駔猶麤也。」《方言》卷一「大也」條云：「秦晉之間，凡人之大謂之奘，或謂之壯。」《玉篇・大部》：「奘，大也。」可見，「奘」與「駔」均有大的意思。「駔大」是由兩個同義語素構成的並列式雙音節形容詞，粗大的意思。不過，「駔大」一詞典籍罕見。《說文》：「壯，大也。」「奘」從大，從壯，故《說文》釋義句含有「大」字。《說文》釋義本於《爾雅》，因而與《爾雅》釋義基本相同，只是《爾雅》用單音節詞「駔」，《說文》為兼顧字形，使用雙音節詞「駔大」。

（6）《說文》：「懷，念思也。」

段注：「《釋詁》《方言》皆曰：『懷，思也。』」（頁 505）

今按：懷，《爾雅》訓為「思」，《說文》訓為「念思」，二者的釋義句均含有「思」字。「念」有思的意思。《爾雅》：「念，思也。」《說文》：「念，常思也。」《玉篇・心部》：「念，思也。」「念思」即「思念」，二者為同素逆序詞，與「念」「思」意義相同，都有懷念、想念的意思。《漢書・賈山傳》：「今陛下念思祖考，術追厥功。」從詞彙學的角度看，「念思」是由兩個同義語素構成的並列式雙音節動詞，是一個同義複詞。

《說文》與《爾雅》釋義基本相同，但《爾雅》釋義句為二字句，《說文》釋義句為三字句。產生這種差別的原因是二書訓釋體例及編纂旨趣不同。《爾雅》「思也」條多詞共訓，被訓釋詞有 6 個，釋義籠統。《說文》逐字訓釋，析形以釋義。懷，從心，褱聲。張舜徽《說文解字約注》：「懷从褱聲，聲中兼義，謂心中抱此不舍也。」〔註 6〕張說可取。《說文》「懷」字下段注：「念思者，不忘之思也。」與《爾雅》相比，《說文》釋義更明確、具體。另外，《說文》訓「懷」為「念思」，亦可與「惟，凡思也」「想，冀思也」區別開來。

3. 主謂結構

《說文》三字釋義句中，有一部分為主謂結構。例如：

（1）《說文》：「瘉，病瘳也。」

〔註 6〕張舜徽：《說文解字約注》（卷二十），中州書畫社，1983 年版，第 36 頁。

段注：「《釋詁》及《小雅・角弓》毛傳皆曰：『瘉，病也。』」（頁352）

今按：瘉，《爾雅》訓為「病」，《說文》訓為「病瘳」，二者的釋義句均含有「病」字。《說文》：「瘳，疾瘉也。」「病瘳」指病愈，病情好轉。《漢書・高帝紀上》：「漢王疾瘉，西入關，至櫟陽。」顏師古注：「瘉與愈同。愈，差也。」《集韻・噳韻》：「瘉，通作愈。」在表示病情好轉時，「瘉」與「愈」通用。「瘉」也可以表示病，但並非指生理疾病，而是指疾苦、禍害、危害。《詩經・小雅・正月》：「父母生我，胡俾我瘉？」毛傳：「瘉，病也。」高亨注：「瘉，病也，指受災難。」《詩經・小雅・角弓》：「不令兄弟，交相為瘉。」毛傳：「瘉，病也。」高亨注：「瘉，病也。此句言兄弟相害。」唐代柳宗元《敵戒》：「敵存而懼，敵去而舞，廢備自盈，秖益為瘉。」此處「瘉」指危害。《說文》「瘉」字下段注：「渾言之謂瘳而尚病也，許則析言之謂雖病而瘳也。」段氏將「瘉」的「病」義與「病瘳」義視為同義，不妥，故徐灝《說文解字注箋》認為「段說殊牽混」[註7]。從語法結構看，「病瘳」為主謂短語，其中「病」為主語，「瘳」為謂語。總之，《爾雅》與《說文》釋義不同。

另外，《爾雅》「病也」條採用多詞共訓的方式，釋義籠統。《說文》釋義句用主謂短語，釋義更明確。

（2）《說文》：「碩，頭大也。」

段注：「《釋詁》《毛傳》皆曰：『碩，大也。』」（頁417）

今按：碩，《爾雅》訓為「大」，《說文》訓為「頭大」，二者的釋義句均含有「大」字。碩，從頁，石聲。頁，甲骨文作「[illegible]」，像人的頭部和身子。《說文》：「頁，頭也。」《說文》以形索義，訓「碩」為「頭大」，所釋為本義。「碩」字下段注：「引伸為凡大之偁。」可見《爾雅》所釋為引申義。典籍中「碩」訓為「大」較常見。《詩經・魏風・碩鼠》「碩鼠碩鼠」，鄭玄箋：「碩，大也。」從語法結構看，「頭大」為主謂短語，其中「頭」為主語，「大」為謂語。「碩」由「頭大」引申為一般事物的大，在詞義發展過程中，主語「頭」消失，謂語「大」保留，遂使詞義擴大。《說文》與《爾雅》釋義雖不同，但存在一定的語義聯繫，《說文》是在《爾雅》釋義的基礎上依據「碩」的形旁「頁」追溯本義。

〔註7〕（清）徐灝：《說文解字注箋》，見丁福保編纂《說文解字詁林》，中華書局，1988年版，第7682頁。

(3)《說文》:「厖,石大也。」

段注:「《釋詁》曰:『厖,大也。』」(頁447)

今按:厖,《爾雅》訓為「大」,《說文》訓為「石大」,二者的釋義句均含有「大」字。厖,從厂,尨聲。《說文》:「厂,山石之厓岩,人可居。」《說文》以形索義,訓「厖」為「石大」,所釋為本義。「厖」字下段注:「石大其本義也,引伸之為凡大之偁。」可見《爾雅》所釋為引申義。典籍中「厖」訓為「大」較常見。《左傳·成公十六年》「民生敦厖」,杜預注:「厖,大也。」從語法結構看,「石大」為主謂短語,其中「石」為主語,「大」為謂語。「厖」由「石大」引申為一般事物的大,詞義擴大了。《說文》與《爾雅》釋義雖不同,但存在一定的語義聯繫,《說文》是在《爾雅》釋義的基礎上依據「厖」的字形追溯本義。

(4)《說文》:「羕,水長也。」

段注:「《釋詁》曰:『羕,長也。』」(頁570)

今按:羕,《爾雅》訓為「長」,《說文》訓為「水長」,二者的釋義句均含有「長」字。羕,從永,羊聲。《說文》:「永,長也,象水巠理之長。《詩》曰:『江之永矣。』」此為「永」的引申義。永,甲骨文作「 」,金文作「 」,像人在水中游泳之狀,本義當為在水中游泳,引申為水流悠長。《說文》依據字形訓「羕」為「水長」,並引《詩》「江之羕矣」,所釋為本義。「羕」字下段注:「引申之為凡長之偁。」可見《爾雅》所釋為引申義。《玉篇·永部》:「羕,長也。」「永」與「羕」都有水流悠長的意思,又都可以引申為長久,因此二字可以通用。明代楊慎《丹鉛雜錄·羕與永通》云:「《博古圖》『永寶用享』作『羕寶用享』。」《爾雅》「羕,長也」,邵晉涵正義:「羕為古永字。齊侯鎛鍾云『羕保其身』,又云『羕保用亯』是也。」從語法結構看,「水長」為主謂短語,其中「水」為主語,「長」為謂語。「羕」由「水長」引申為一般事物的長,詞義擴大了。《說文》與《爾雅》釋義雖不同,但存在一定的語義聯繫。

4. 其他結構

《說文》三字釋義句中,除了偏正結構、並列結構、主謂結構,還有其他結構。例如:

《說文》:「渝,變污也。」

段注:「《釋言》曰:『渝,變也。』」(頁566)

今按:渝,《爾雅》訓為「變」,《說文》訓為「變污」,二者的釋義句均含有

「變」字。大徐本《說文》作「渝，變汙也」。「污」與「汙」為異體字，不潔淨的意思。《說文》：「污，薉也。」《孟子·盡心下》「合乎污世」，朱熹集注：「污，濁也。」渝，從水，俞聲，《說文》為突顯水旁而訓為「變污」，即水變污濁。「渝」字下段注：「許謂瀞而變污。」《爾雅》所釋為「渝」在典籍中常見的引申義，改變、變更的意思。《詩經·鄭風·羔裘》：「彼其之子，舍命不渝。」毛傳：「渝，變也。」從語法結構看，「變污」為中補短語，其中「變」為中心語，「污」為補語。「渝」由「變污」引申為「變」，即一般事物的改變。在詞義發展過程中，中心語「變」保留下來了，補語「污」消失，詞義擴大。《說文》與《爾雅》釋義雖不同，但存在一定的語義聯繫。

（二）二字句與四字句

從釋義句來看，《爾雅》多為二字句，《說文》往往在《爾雅》的基礎上增加兩個字，構成四字句。《說文》運用四字句，主要是為了使釋義更準確。例如：

（1）《說文》：「祀，祭無巳也。」

段注：「《釋詁》曰：『祀，祭也。』」（頁 3～4）

今按：祀，《爾雅》訓為「祭」，《說文》訓為「祭無巳」，二者的釋義句均含有「祭」字。巳，停止的意思。祭無巳，指祭祀不停止，永遠祭祀。《玄應音義》卷二「祠祀」注：「祀，祭無巳也，謂年常祭祀潔敬無巳也。」這種解釋與《說文》一致。《說文》「祀」字下段注：「析言則祭無巳曰祀，从巳而釋為無巳，此如治曰亂，徂曰存，終則有始之義也。」段玉裁對「祀」的解釋不可取。祀，甲骨文作「[illegible]」，金文作「[illegible]」「[illegible]」。「祀」之「巳」旁本為「子」，「祀」的本義當為求子之祭祀。《古文字考叢》一書《釋祀》篇說：「『祀』的原始目的為祭祀時求子，而後來則逐漸泛化為一般意義上的祭祀義。」[註 8] 此說可取。《說文》依據已發生訛變的小篆形體進行分析，釋義不確，段玉裁亦為之曲解。從語法上看，「祭無巳」是一個主謂句，「祭」為主語，「無巳」為謂語。《爾雅》釋「祀」為「祭」，所釋為引申義。《說文》與《爾雅》釋義不同，但存在一定的語義聯繫。

（2）《說文》：「吾，我自偁也。」

段注：「偁，各本作稱，誤。《釋詁》曰：『吾，我也。』」（頁 56

[註 8] 徐山：《古文字考叢》，中國文史出版社，2003 年版，第 78 頁。

～57）

今按：吾，《爾雅》訓為「我」，《說文》訓為「我自稱」，二者的釋義句均含有「我」字。「吾」可以表示第一人稱我，典籍中「吾」也通作「我」。朱駿聲《說文通訓定聲》：「吾，經傳亦以余、以予、以我為之。」《韓非子・解老》「吾有三寶」，王先慎集解：「河上、王弼本吾作我。」《說文》釋義句在《爾雅》釋義句的基礎上增加了「自稱」二字，意思仍相同。《說文》訓為「我自稱」，可能是為了突出「吾」從口之意。從語法上看，「我自稱」是一個主謂句，「我」為主語，「自稱」為謂語。《說文》與《爾雅》釋義句不同，但釋義基本相同。

（3）《說文》：「哉，言之閒也。」

段注：「《釋詁》：『孔、䰟、哉、延、虛、無、之、言，閒也。』」（頁 57）

今按：哉，段注所引《爾雅》訓為「閒」，《說文》訓為「言之閒」，二者的釋義句均含有「閒」字。閒即間，「言之閒」意為言辭的間歇。「哉」字下段注：「言之閒歇多用哉字。」「哉」是一個常見的表示言辭停頓的語氣詞，可以表示疑問、反問、猜測、感歎、祈使等多種語氣。《玉篇・口部》：「哉，語助。」龍璋《小學蒐佚・考聲一》：「哉，語之助辭。」從語法上看，「言之閒」為偏正結構的名詞短語，其中「言」為定語，「閒」為中心語。

《爾雅》：「孔、魄、哉、延、虛、無、之、言，間也。」此條存在「二義同條」現象。「孔、延、虛、無」表示具體事物的間隙，「魄、哉、之、言」表示語句的間歇。《爾雅》用「間」解釋 8 個被訓釋詞，揭示的只是這一組被訓釋詞共同的語義成分。換句話說，《爾雅》所釋僅為被訓釋詞的義素。相比之下，《說文》釋義更具體、準確。

（4）《說文》：「邊，行垂崖也。」

段注：「《釋詁》曰：『邊，垂也。』」（頁 75）

今按：邊，《爾雅》訓為「垂」，《說文》訓為「行垂崖」，二者的釋義句均含有「垂」字。「行垂崖」指走到山崖邊上。「邊」字下段注：「行於垂崖曰邊，因而垂崖謂之邊。」王筠《說文句讀》：「《土部》：『垂，遠邊也。』《厂部》：『厓，山邊也。』然則邊者，垂厓耳。言行者，為其从辵也。」王筠的解釋是正確的。邊，從辵，與行走義有關。《說文》析形以釋義，所釋為本義。從語法上看，「行垂崖」相當於「行於垂崖」，可視為中補短語，「行」為中心語，

「（於）垂崖」為補語。垂，後寫作「陲」，邊疆、邊境的意思。《爾雅》釋「邊」為「垂」，解釋的是「邊」的引申義，也是「邊」在典籍中的常用義。《急就篇》卷四「邊境無事」，王應麟補注：「邊，陲也。」《國語・吳語》「頓顙於邊」，韋昭注：「邊，邊境也。」《說文》與《爾雅》釋義不同，但《說文》釋義句包含《爾雅》釋義句。

（5）《說文》：「疷，病不翅也。」

段注：「《爾雅・釋詁》、《詩・無將大車》《白華》傳皆云：『疷，病也。』」（頁 352）

今按：大徐本《說文》：「疷，病也。」徐鍇《說文解字繫傳》：「疷，病不翅。」段玉裁採用的是小徐本的釋義。「翅」通「啻」，止的意思，「不翅」即不止。《莊子・大宗師》：「陰陽於人，不翅於父母。」徐灝《說文解字注箋》：「病不翅，猶言病不止。」《爾雅》「疷，病也」，陸德明釋文引孫炎云：「滯之病也。」從語法上看，「病不翅」為主謂句，「病」為主語，「不翅」為謂語。《說文》與《爾雅》釋義相近，只是《爾雅》釋義句用二字句，釋義籠統，而《說文》釋義句用四字句，釋義具體一些。

（6）《說文》：「后，繼體君也。」

段注：「《釋詁》《毛傳》皆曰：『后，君也。』」（頁 429）

今按：后，《爾雅》訓為「君」，《說文》訓為「繼體君」（即繼承王位的君主），二者的釋義句均含有「君」字。后，甲骨文作「」「」，像婦女產子形，本義為生育。「后」與「後」本不同，今「後」簡化作「后」。《說文》訓「后」為「繼體君」，所釋為引申義。「后」字下段注：「后之言後也，開剏之君在先，繼體之君在後也。析言之如是，渾言之則不別矣。」「君」的外延包含「繼體君」。關於「后」，鄒曉麗說：「上古為帝王之稱，這是母系社會的沿留。因字形變化必然晚於社會發展，所以帝王雖已為男性，但稱謂上仍稱為『后』，如『夏后氏』、『后稷』等。」〔註 9〕從語法結構看，「繼體君」為偏正型名詞短語，「繼體」為定語，「君」為中心語。《說文》與《爾雅》釋義相近，只是《爾雅》釋義句用二字句，渾言之，而《說文》釋義句用四字句，析言之。

（7）《說文》：「喬，高而曲也。」

〔註 9〕鄒曉麗：《基礎漢字形義釋源——〈說文〉部首今讀本義》（修訂本），中華書局，2007 年版，第 18 頁。

段注：「《爾雅・釋詁》、《詩・伐木》《時邁》傳皆曰：『喬，高也。』」（頁 494）

今按：喬，《爾雅》訓為「高」，《說文》訓為「高而曲」，《說文》釋義包含《爾雅》釋義。喬，從夭，從高省。《說文》：「夭，屈也。」「夭」有彎曲的意思。《說文》析形以釋義，故訓「喬」為「高而曲」，包含「高」與「曲」兩個義素。正是由於「喬」包含彎曲這一義素，所以木枝上曲也叫「喬」。《爾雅・釋木》：「句如羽，喬。下句曰朻，上句曰喬。」「上句曰喬」意為樹枝向上彎曲的稱為喬。從語法上看，「高而曲」為聯合短語，「高」與「曲」兩個形容詞處於並列地位。《爾雅》所釋為「喬」在典籍中的常用義。《詩經・小雅・伐木》「遷于喬木」，毛傳：「喬，高也。」較之《爾雅》，《說文》釋義句用四字句，既兼顧了「喬」的字形，又使得釋義更具體、準確。

（三）二字句與其他字數的釋義句

從釋義句來看，《爾雅》多為二字句，而《說文》除了三字句、四字句，還有五字句、六字句等，不過五字及以上字數的釋義句要少一些。《爾雅》二字句與《說文》五字句、六字句等在語義上也有一定聯繫。例如：

（1）《說文》：「懿，嫥久而美也。」

段注：「《釋詁》、《詩・烝民》傳皆曰：『懿，美也。』」（頁 496）

今按：懿，《爾雅》訓為「美」，《說文》訓為「嫥久而美」，二者的釋義句均含有「美」字。「懿」從壹，《說文》：「壹，專壹也。」段注將「專壹」改為「嫥壹」。《說文》析形以釋義，故訓「懿」為「嫥久而美」，包含「嫥久」與「美」兩個義素。「懿」字下段注：「許益之以專久者，為其字从壹也。專壹而後可久，可久而後美。」從語法上看，「嫥久而美」為聯合短語，「而」所連接的「嫥久」與「美」當為因果關係。

需要說明的是，《說文》對「懿」的訓釋雖為五字句，釋義詳細，卻是不可信的。關於「壹」，張舜徽《說文解字約注》：「壹本為物在壺中閉塞之名，閉塞則不分散，故引申為專壹之稱。」〔註 10〕可見「壹」的引申義為專一。《說文》對「壹」的解釋非本義，對「懿」的解釋自然有誤。懿，金文作「」（班簋）、「」（牆盤）。于省吾說：「懿字初文从壺从欠，本為會意字。……象人

〔註 10〕張舜徽：《說文解字約注》（卷二十），中州書畫社，1983 年版，第 13 頁。

張口就飲於壺側，而歆美之義自見。」〔註11〕「懿」的本義當為讚美，引申為美好。「懿」的古文字形體大多加有心旁，則是表示心裏讚美。許慎和段玉裁的解釋都不可信，而《爾雅》所釋為「懿」在典籍中的常用義。《詩經．大雅．烝民》:「民之秉彝，好是懿德。」毛傳:「懿，美也。」《說文》是在《爾雅》釋義的基礎上來說解字義的，故《說文》釋義句包含《爾雅》釋義句。

(2)《說文》:「黹，箴縷所紩衣也。」

段注:「《釋言》曰:『黹，紩也。』」(頁364)

今按:黹，《爾雅》訓為「紩」,《說文》訓為「箴縷所紩衣」，二者的釋義句均含有「紩」字。《說文》:「紩，縫也。」《爾雅》「黹，紩也」，郭璞注:「今人呼縫紩衣為黹。」邢昺疏:「謂縫刺也。」可見「黹」有縫紉的意思。《說文》「黹」字下段注:「箴當作鍼。……以鍼貫縷紩衣曰黹。」雖然《說文》釋義句為六字句，《爾雅》釋義句為二字句，但二者意思基本相同，均指縫紉、刺繡。

需要說明的是，《說文》所釋非「黹」之本義。黹，金文作「[illegible]」(頌鼎)、「[illegible]」(曾伯簋)，象形字，像布匹上繡有花紋。徐鍇《說文解字繫傳》:「黹，象刺文也。」「黹」的本義當為用針線繡成的花紋，引申為縫紉、刺繡。可見，《說文》與《爾雅》所釋均為引申義。

小結:關於《爾雅》與《說文》的釋義句，《爾雅》多為二字句，《說文》多為三字句、四字句等，二書釋義句雖然字數不同，但往往含有共同文字。筆者在《解析〈說文〉釋義句擴充〈爾雅〉釋義句的原因》一文中指出:「從二書的釋義句來看，《說文》釋義句有很多是在《爾雅》釋義句的基礎上通過增加若干文字擴充而成的，其擴充的原因主要有四點:使名物訓釋更詳細，使普通詞語訓釋更準確，為了順應漢語詞彙雙音化的趨勢，為了以形索義。從《說文》釋義句擴充《爾雅》釋義句可以看出:《說文》釋義參考了《爾雅》釋義，《爾雅》對《說文》的成書有重要影響;《說文》旨在以形索義，解釋詞義力求詳細、準確，較之《爾雅》後出轉精;許慎作為東漢古文經學大師，治學嚴謹。他撰寫《說文》,『博采通人，至於小大，信而有證』，這種治學態度與當時今文經學者說字解經隨意穿鑿附會截然不同。正是許慎所具有的廣博知識、嚴謹態度與創

〔註11〕李圃主編:《古文字詁林》(第8冊)，上海教育出版社，2002年版，第849頁。

新精神，使得《說文》成為中國文字學史上的一座豐碑。」〔註12〕

第三節　訓詁體例之比較

《爾雅》與《說文》均為訓詁著作，二書在訓詁體例上有同也有異。有的釋條，《說文》與《爾雅》所釋對象相同，釋義相同或相近，但在訓詁體例上存在差異，這種差異主要表現在訓詁方法和訓詁術語兩方面。

一、訓詁方法之比較

傳統的訓詁方法分為義訓、形訓、聲訓，其中義訓只是陳述語義的方法，與形訓、聲訓在性質上迥然不同。《爾雅》主要是直陳詞義，其中包含少量聲訓。《說文》以形訓為主，其中也包含少量聲訓。有的釋條，《說文》與《爾雅》釋義相同或相近，但使用的訓詁方法不同。例如：

（1）《說文》:「室，實也。从宀，至聲。室、屋皆从至，所止也。」

段注:「《釋宮》曰:『宮謂之室，室謂之宮。』」（頁338）

今按：大徐本《說文》:「室，實也。从宀，从至。至，所止也。」段玉裁採用的是小徐本的釋義。《釋名・釋宮室》:「室，實也，人物實滿其中也。」《說文》與《釋名》均使用了聲訓，說明了「室」的得名之由。「室」的上古音為書母質部，「實」的上古音為船母質部，二字聲母均為舌上音，韻部相同，因而讀音相近。除了聲訓，《說文》還使用了形訓，以形索義，說明了「室」從至之意。《爾雅》僅僅直陳詞義，使用的是義訓，且是義訓中的互訓。

（2）《說文》:「宧，養也。室之東北隅，食所居。」

段注:「《釋詁》曰:『宧，養也。』……《釋宮》曰:『東北隅謂之宧。』」（頁338）

今按：關於「宧」，《說文》釋義包含《爾雅》中《釋詁》和《釋宮》兩篇的釋義。《釋名・釋宮室》:「東北隅曰宧。宧，養也，東北陽氣始出，布養物也。」《說文》與《釋名》均使用了聲訓，說明了「宧」的得名之由。「宧」的上古音為余母之部，「養」的上古音為余母陽部，二字聲母相同，韻部相近，因而讀音

〔註12〕江遠勝:《解析〈說文〉釋義句擴充〈爾雅〉釋義句的原因》,《三明學院學報》,2019年，第3期。

相近。除了聲訓，《說文》還使用了義訓，陳述了「宧」的詞義。《爾雅・釋詁》使用的是聲訓，《釋宮》使用的是義訓。

（3）《說文》：「罶，曲梁，寡婦之笱，魚所留也。从网、留，留亦聲。」

段注：「《釋訓》曰：『凡曲者為罶。』《釋器》曰：『嫠婦之笱謂之罶。』」（頁355）

今按：關於「罶」，《說文》釋義包含《爾雅》中《釋訓》和《釋器》兩篇的釋義。「罶」指一種捕魚的竹器。《說文》訓「罶」為「曲梁，寡婦之笱」，使用的是義訓。罶，從网，從留，留亦為聲符，表示「罶」的讀音。《說文》訓「罶」為「魚所留也」，則又運用了聲訓和形訓。可見，《說文》兼用聲訓、形訓和義訓，而《爾雅》僅用了義訓。

（4）《說文》：「彥，美士有彣，人所言也。从彣，厂聲。」

段注：「《釋訓》曰：『美士為彥。』」（頁425）

今按：「彥」指賢士、才德出眾的人。《詩經・鄭風・羔裘》「邦之彥兮」，毛傳：「彥，士之美稱。」《說文》認為「彥」從彣，故釋為「美士有彣」，兼用義訓和形訓。《說文》又云「人所言也」，則又運用了聲訓。「彥」與「言」上古音均為疑母元部，讀音相同。總之，《說文》兼用聲訓、形訓和義訓，而《爾雅》僅用了義訓。

二、訓詁術語之比較

《爾雅》與《說文》在訓詁術語的使用上有同也有異。有的釋條，《說文》與《爾雅》所釋對象相同，釋義相同或相近，但使用的訓詁術語不同。

有的釋條，《說文》用「也」「者」，《爾雅》用「謂之」。例如：

（1）《說文》：「襮，黼領也。」

段注：「《釋器》曰：『黼領謂之襮。』」（頁390）

（2）《說文》：「序，東西牆也。」

段注：「《釋宮》曰：『東西牆謂之序。』」（頁444）

（3）《說文》：「闈，宮中之門也。」

段注：「《釋宮》曰：『宮中之門謂之闈。』」（頁587）

（4）《說文》:「鼒，鼎之圜掩上者。」

段注:「《釋器》曰:『圜弇上謂之鼒。』」（頁319）

（5）《說文》:「鼐，鼎之絕大者。」

段注:「《釋器》曰:『鼎絕大謂之鼐。』」（頁319）

（6）《說文》:「閣，所㠯止扉者。」

段注:「《釋宮》曰:『所以止扉謂之閣。』」（頁589）

有的釋條，《說文》用「也」，《爾雅》用「為」「謂……為」。例如:

（1）《說文》:「狩，火田也。」

段注:「又《釋天》曰:『火田為狩。』」（頁476）

（2）《說文》:「飄，回風也。」

段注:「《釋天》云:『迴風為飄。』」（頁677）

（3）《說文》:「陶，再成丘也。在濟陰。」

段注:「《釋丘》曰:『一成為敦丘，再成為陶丘。』」（頁735）

（4）《說文》:「姊，女兄也。」

段注:「《釋親》曰:『男子謂先生為姊，後生為妹。』」（頁615）

（5）《說文》:「娣，同夫之女弟也。」

段注:「《釋親》曰:『女子同出，謂先生為姒，後生為娣。』」（頁615）

有的釋條，《說文》用「也」，《爾雅》用「曰」。例如:

（1）《說文》:「礿，夏祭也。」

段注:「《釋天》曰:『春祭曰祠，夏祭曰礿，秋祭曰嘗，冬祭曰蒸。』」（頁5）

（2）《說文》:「臺，觀，四方而高者也。」

段注:「《釋宮》《毛傳》曰:『四方而高曰臺。』」（頁585）

（3）《說文》:「𠂤，大陸也。」

段注:「《釋地》《毛傳》皆曰:『大陸曰阜。』」（頁731）

（4）《說文》:「陵，大𠂤也。」

段注:「《釋地》《毛傳》皆曰:『大阜曰陵。』」（頁731）

有的釋條，《說文》用「曰」，《爾雅》用其他術語，或省略術語。例如：

（1）《說文》：「禡，師行所止，恐有慢其神，下而祀之曰禡。」

段注：「《釋天》曰：『是禷是禡，師祭也。』」（頁7）

（2）《說文》：「鞎，車革前曰鞎。」

段注：「《釋器》曰：『輿革前謂之鞎。』」（頁108）

（3）《說文》：「羭，夏羊牝曰羭。」

段注：「《釋嘼》：『夏羊：牝，羭；牡，羖。』」（頁146）

（4）《說文》：「㴱，夏有水，冬無水曰㴱。」

段注：「《釋山》曰：『山上有水，埒。夏有水，冬無水，㴱。』」（頁555）

有的釋條，《說文》用「為」「謂……為」，《爾雅》用其他術語。例如：

（1）《說文》：「鬼，人所歸為鬼。」

段注：「《釋言》曰：『鬼之為言歸也。』」（頁434）

（2）《說文》：「呬，東夷謂息為呬。」

段注：「《爾雅》：『呬，息也。』」（頁56）

今按：一些常見的訓詁術語，如「也」「者」「為」「曰」「謂之」等，《爾雅》與《說文》都使用了。與《說文》相比，《爾雅》在術語的使用上有不夠嚴謹的一面。例如，某謂之某，前後兩「某」應該是同等的，具有一致性，但在《爾雅》中，「謂之」前後兩「某」往往不是同等的，而只是具有某種聯繫。例如：

（1）《說文》：「琢，治玉也。」

段注：「《釋器》：『玉謂之琢，石謂之摩。』」（頁15）

（2）《說文》：「轙，車衡載轡者。」

段注：「《釋器》曰：『載轡謂之轙。』」（頁726）

（3）《說文》：「馗，九達道也。」

段注：「《釋宮》曰：『九達謂之馗。』」（頁738）

例（1）中，「謂之」前後的「玉」與「琢」是對象與動作的關係，並不是同一事物。例（2）中，「載轡」與「轙」之間是功用與對象的關係。例（3）中，「九達」與「馗」之間是特點與對象的關係。當然，在上下文中，《爾雅》

的釋義並不會引起誤解。許慎說解字義詞義追求邏輯上的嚴密，因而《說文》釋義要嚴謹一些。

第四節　段玉裁對《爾雅》與《說文》源流關係的揭示

從《說文解字注》所引《爾雅》與《說文》的比較可以看出，《爾雅》與《說文》在用字、釋義、訓詁體例等方面有同也有異。而從二書的異同中，又可以看出《爾雅》對《說文》的影響。段玉裁在《說文》「冥」字下就提到：「許書多宗《爾雅》《毛傳》。」〔註 13〕正因為「許書多宗《爾雅》」，故黃侃《爾雅略說》認為《爾雅》與《說文》可互為研究之資糧。濮之珍在《中國語言學史》中說：「就是《方言》、《說文》、《釋名》也受《爾雅》的影響。」〔註 14〕竇秀豔在《中國雅學史》中也說：「《說文》的體例及釋義方式都與《爾雅》有很大的不同，但許慎在說解文字時，無疑受到了《爾雅》的影響。」〔註 15〕筆者曾將《爾雅》的全部釋條分為 3036 條，然後與《說文》釋義逐一比對。統計結果表明，「《爾雅》與《說文》二書釋義及用語高度一致的共有 203 條」〔註 16〕。如果不計用字、訓詁體例、語言表述等方面的差異，「《爾雅》與《說文》釋義完全相同或基本相同的有 791 條，占《爾雅》總條數的 26.05%」〔註 17〕。也就是說，《爾雅》約有四分之一的釋義與《說文》釋義是相同或相近的。

段玉裁在注解《說文》的過程中，也注重揭示《爾雅》與《說文》之間的源流關係。經歸納，段注主要通過以下四種方式來揭示《爾雅》與《說文》在釋義上的聯繫。

一、引用時省略《爾雅》原文

段玉裁注解《說文》，在 1442 個字頭下引用了《爾雅》。由於《爾雅》與《說文》有很多釋義是相同的，為避免行文重複，段氏往往用「見 XX」「XX 文」

〔註 13〕（清）段玉裁：《說文解字注》，上海古籍出版社，1988 年版，第 312 頁。

〔註 14〕濮之珍：《中國語言學史》，上海古籍出版社，2002 年版，第 83 頁。

〔註 15〕竇秀豔：《中國雅學史》，齊魯書社，2004 年版，第 59 頁。

〔註 16〕江遠勝：《〈爾雅〉與〈說文解字〉釋義比較研究》，鳳凰出版社，2019 年版，第 31 頁。

〔註 17〕江遠勝：《〈爾雅〉與〈說文解字〉釋義比較研究》，鳳凰出版社，2019 年版，第 28 頁。

「XX 同（同 XX）」（按：XX 指《爾雅》的書名、篇名或書名加篇名）等方式來揭示《爾雅》與《說文》在釋義上的聯繫。

（一）見 XX

即指《說文》釋義見於《爾雅》，例如：

（1）《說文》：「元，始也。」

段注：「見《爾雅·釋詁》。」（頁 1）

（2）《說文》：「丕，大也。」

段注：「見《釋詁》。」（頁 1）

（3）《說文》：「環，璧肉好若一謂之環。」

段注：「亦見《釋器》。」（頁 12）

（4）《說文》：「莍，山薊也。」

段注：「見《釋艸》《本艸經》。」（頁 35）

（5）《說文》：「荄，艸根也。」

段注：「見《釋艸》及《方言》。」（頁 38）

（6）《說文》：「茭，乾芻。一曰牛蘄艸。」

段注：「此別一義，見《釋艸》。」（頁 44）

（7）《說文》：「菉，王芻也。」

段注：「見《釋艸》《毛傳》。」（頁 46）

（8）《說文》：「籟，三孔龠也。大者謂之笙，其中謂之籟，小者謂之箹。」

段注：「三句見《釋樂》。」（頁 197）

（9）《說文》：「鼬，如鼠，赤黃色，尾大，食鼠者。」

段注：「見《小正》《爾雅》。」（頁 479）

經統計，段玉裁在《說文》115 個字頭下使用了「見 XX」，這 115 個字頭是：

元、丕、禠、祉、祗、祪、環、茻、芓、萇、葥、堇、莙、蒝、蒚、蕡、荓、蓆、葍、藟、葴、蒐、蘈、薜、蒠、艾、苿、蘻、芐、蘥、蘞、蘢、芍、藡、荒、萊、蒢、英、荄、芨、茭、菉、犢、犀、咸、嗃、呲、遵、速、迅、遭、遘、逢、迪、迷、逭、邇、迥、誥、諈、訖、業、燮、敁、斁、敉、雃、雞、羳、鴿、鴗、鶬、驩、初、笫、笙、籟、嘉、會、嫛、杙、榮、楡、樅、梶、檣、桄、華、貝、賑、僁、顛、饗、猲、獫、颵、羆、圉、慒、灉、溥、汋、貉、鯉、魾、鰼、鰝、谿、臻、縶、螝、蟦、蛾、鈏、鏐。

（二）XX 文

即指《說文》釋義是《爾雅》的內容，例如：

（1）《說文》：「蘇，桂荏也。」

段注：「『蘇，桂荏』，《釋艸》文。」（頁 23）

（2）《說文》：「道，所行道也。一達謂之道。」

段注：「《釋宮》文。」（頁 75）

（3）《說文》：「渻，少減也。一曰水門。又水出丘前謂之渻丘。」

段注：「《爾雅・釋丘》文也。」（頁 551）

（4）《說文》：「蛵，丁蛵，負勞也。」

段注：「《釋蟲》文。」（頁 665）

（5）《說文》：「蠽，蠽蠹，大螘也。」

段注：「《爾雅》文。」（頁 676）

經統計，段玉裁在《說文》33 個字頭下使用了「XX 文」，這 33 個字頭是：蘇、蕈、道、衢、饑、饉、囊、覞、貀、貀、藨、麒、昦、河、灟、渻、潛、瓴、孫、縓、纀、虫、蛭、蝚、蛵、蛒、螻、蝙、蜼、蝙、蠽、甥、鏞。

（三）XX 同（同 XX）

即指《說文》釋義與《爾雅》釋義相同，例如：

（1）《說文》：「逝，往也。」

段注：「《釋詁》《方言》同。」（頁 70）

（2）《說文》：「臧，善也。」

段注：「《釋詁》《毛傳》同。」（頁 118）

（3）《說文》：「鷗，鷗鳥也，其雌皇。从鳥，匽聲。一曰鳳皇也。」

段注：「《釋鳥》：『鷗，鳳，其雌皇。』說者便以鳳皇釋之。……

此別一義，與說《爾雅》者同。」（頁 151）

（4）《說文》：「紹，繼也。」

段注：「同《釋詁》。」（頁 646）

（5）《說文》：「蜆，縊女也。」

段注：「與《釋蟲》同。」（頁 667）

經統計，段玉裁在《說文》28 個字頭下使用了「XX 同（同 XX）」，這 28 個字頭是：

蕨、菲、蘇、蒿、逝、臧、敏、鷗、鶩、殄、瞀、樫、究、痛、伯、斻、駮、惙、泝、甓、紹、蛹、蜆、蠕、蠕、蚸、劭、勖。

從上述舉例與統計可以看出，段玉裁在省略《爾雅》原文時，使用「見 XX」的頻率最高，使用「XX 文」和「XX 同（同 XX）」的頻率差不多。使用「見 XX」時，有的僅見於《爾雅》，有的兼見於他書，如《毛傳》《方言》《本草經》等，其實這些書也是受《爾雅》的影響。使用「XX 文」時，僅指《說文》釋義為《爾雅》的文字與內容。使用「XX 同（同 XX）」時，有的僅與《爾雅》相同，有的兼與他書（如《毛傳》《方言》）相同。《說文》釋義往往不只一種，存在著別義。有人統計，「《說文》中有別義的字僅有百分之三左右」〔註 18〕，雖然占比不大，但絕對數量並不少。在《說文》所釋詞義中，有的是別義見於或同於《爾雅》。

除了「見 XX」「XX 文」「XX 同（同 XX）」，還有「XX 說」「XX 云」，均僅一見。這兩例分別是：

（1）《說文》：「貐，猰貐。食人，迅走。」

段注：「以上《釋獸》說如此。」（頁 457）

（2）《說文》：「澗，山夾水也。」

段注：「《釋山》《毛傳》皆云。《小雅》：『秩秩斯干。』毛云：『干，澗也。』」（頁 554）

當段注使用省略《爾雅》原文這種方式時，表明《說文》釋義與《爾雅》相同，但有的還存在用字的不同，這種用字的不同主要表現為異體字或異形詞。例如：

（1）《說文》：「芧，麻母也。」

〔註 18〕鍾如雄：《說文解字論綱》，中國社會科學出版社，2014 年版，第 344 頁。

段注：「見《釋艸》。今《爾雅》作荸。」（頁 23）

（2）《說文》：「蘵，夫離也。」

段注：「見《釋艸》。蘵，《釋艸》亦作莞，夫作苻。」（頁 28）

（3）《說文》：「鮥，當互也。」

段注：「見《釋魚》。今《爾雅》互作魱。」（頁 581）

（4）《說文》：「甓，令適也。」

段注：「《釋宮》同。……《爾雅》作『瓴甋』，俗字也。」（頁 639）

今按：例（1）中「芓」與「荸」為異體字。例（2）中「蘵」與「莞」為異體字，「夫離」與「苻離」為雙音節異形詞。例（3）中「當互」與「當魱」、例（4）中「令適」與「瓴甋」均為雙音節異形詞。

二、引用時標明《爾雅》原文

段玉裁在注解《說文》的過程中，有時直接標明《爾雅》原文。段氏所標《爾雅》原文，有的與《說文》訓釋完全相同，有的只是大致相同。下面分兩種情況予以說明。

（一）段注標明的《爾雅》原文與《說文》訓釋完全相同

這類例子較多，例如：

（1）《說文》：「祿，福也。」

段注：「《釋詁》《毛詩傳》皆曰：『祿，福也。』」（頁 3）

（2）《說文》：「祺，吉也。」

段注：「《釋言》曰：『祺，祥也。祺，吉也。』」（頁 3）

（3）《說文》：「詒，相欺詒也。一曰遺也。」

段注：「《釋言》《毛傳》皆曰：『詒，遺也。』」（頁 96）

（4）《說文》：「翜，捷也。」

段注：「《釋詁》曰：『際、接、翜，捷也。』」（頁 139）

（5）《說文》：「梪，木豆謂之梪。」

段注：「《釋器》曰：『木豆謂之梪，竹豆謂之籩，瓦豆謂之登。』」（頁 207）

（6）《說文》:「檜，柏葉松身。」

段注：「《釋木》、《衛風》毛傳皆曰：『檜，柏葉松身。』」（頁247）

（7）《說文》:「宵，夜也。」

段注：「《釋言》《毛傳》皆曰：『宵，夜也。』」（頁340）

（8）《說文》:「毖，慎也。」

段注：「《釋詁》曰：『毖，慎也。』」（頁386）

（二）段注標明的《爾雅》原文與《說文》訓釋大致相同

段注標明的《爾雅》原文很多與《說文》訓釋只是大致相同，即二書所釋詞義相同或相近，但在用字、訓詁術語、語言表達等方面存在一定差異。例如：

（1）《說文》:「菮，蔓華也。」

段注：「今《釋艸》作『蘩，蔓華』，許所見作菮。」（頁46）

（2）《說文》:「楙，冬桃。」

段注：「《釋木》曰：『旄，冬桃。』」（頁239）

（3）《說文》:「退，往也。」

段注：「《釋詁》《方言》皆曰：『徂，往也。』」（頁70）

（4）《說文》:「逖，遠也。」

段注：「《釋詁》:『逷，遠也。』」（頁75）

（5）《說文》:「哲，知也。」

段注：「《釋言》曰：『哲，智也。』」（頁57）

（6）《說文》:「烘，尞也。」

段注：「《毛傳》及《釋言》皆曰：『烘，燎也。』」（頁482）

（7）《說文》:「蟠，鼠婦也。」

段注：「《釋蟲》曰：『蟠，鼠負。』負又作婦。」（頁667）

（8）《說文》:「蜪，復陶也。」

段注：「《釋蟲》曰：『蜪，蝮蜪。』俗字從虫也。」（頁666）

（9）《說文》:「報，車革前曰報。」

段注：「《釋器》曰：『輿革前謂之鞎。』」（頁 108）

（10）《說文》：「宮，室也。」

段注：「《釋宮》曰：『宮謂之室，室謂之宮。』」（頁 342）

（11）《說文》：「鬼，人所歸為鬼。」

段注：「《釋言》曰：『鬼之為言歸也。』」（頁 434）

（12）《說文》：「𨸏，大陸也。」

段注：「《釋地》《毛傳》皆曰：『大陸曰阜。』」（頁 731）

（13）《說文》：「翬，大飛也。一曰伊雒而南，雉五采皆備曰翬。」

段注：「《釋鳥》：『伊洛而南，素質五彩皆備成章曰翬。』」（頁 139）

（14）《說文》：「信，誠也。」

段注：「《釋詁》：『誠，信也。』」（頁 92）

（15）《說文》：「鸇，鷐風也。」

段注：「《釋鳥》《毛傳》皆云：『晨風，鸇也。』」（頁 155）

（16）《說文》：「偽，詐也。」

段注：「《釋詁》曰：『詐，偽也。』」（頁 379）

今按：例（1）中「萊」與「釐」、例（2）中「椒」與「旄」均為本字與借字的關係。例（3）中「退」與「徂」、例（4）中「遯」與「逷」均為異體字。例（5）中「知」與「智」、例（6）中「尞」與「燎」均為古今字。例（7）中「鼠婦」與「鼠負」、例（8）中「復陶」與「蝮蜪」均為異形詞。例（9）（10）（11）（12）主要表現為二書所使用的訓詁術語不同。例（13）中二者的語言表述略有差異。例（14）（15）（16）中二書的釋義構成互訓。

三、明確指出《說文》釋義本於《爾雅》

段玉裁在注解《說文》的過程中，有時直接、明確地指出《說文》釋義本於《爾雅》。這種方式最能體現段玉裁對《爾雅》與《說文》源流關係的揭示。例如：

（1）《說文》：「蘥，爵麥也。」

段注：「見《釋艸》。爵，當依今《釋艸》作雀。許君從所據耳。」（頁 33）

（2）《說文》：「梧，梧桐木。从木，吾聲。一曰櫬。」

段注：「《釋木》曰：『櫬，梧。』……一曰猶一名也，本《爾雅》。」（頁 247）

（3）《說文》：「旟，錯革鳥其上，所㠯進士眾。」

段注：「《爾雅》曰：『錯革鳥曰旟。』……許仍《爾雅》原文。」（頁 309～310）

（4）《說文》：「冥，窈也。」

段注：「許書多宗《爾雅》《毛傳》。《釋言》曰：『冥，窈也。』」（頁 312）

（5）《說文》：「貙，貙獌，似貍。」

段注：「《釋獸》：『貙似貍。』又曰：『貙獌，似貍。』……然則此襲《爾雅》『貙似貍』，『獌』衍文耳。」（頁 457）

（6）《說文》：「麠，大麃也。牛尾，一角。」

段注：「麃，各本作鹿，誤，今正。《釋獸》云：『麠，大麃。牛尾，一角。』許所本也。」（頁 471）

（7）《說文》：「奘，駔大也。」

段注：「《釋言》曰：『奘，駔也。』此許所本也。」（頁 499）

（8）《說文》：「閣，所以止扉者。」

段注：「《釋宮》曰：『所㠯止扉謂之閣。』......許本諸《釋宮》，今本《釋宮》譌為閎。」（頁 589）

（9）《說文》：「摟，曳聚也。」

段注：「此當作『曳也，聚也』。……《釋詁》曰：『摟，聚也。』此聚訓所本也。」（頁 602）

（10）《說文》：「蜺，寒蜩也。」

段注：「《方言》：『小而黑者謂之蜺。』又曰：『蟪謂之寒蜩。寒蜩，瘖蜩也。』不言蜺與寒蜩為一。許本《爾雅》為說。《釋蟲》曰：『蜺，寒蜩。』」（頁 668）

（11）《說文》：「銀，白金也。」

段注：「《爾雅》又曰：『白金謂之銀，其美者謂之鐐。』此則許所本也。」（頁702）

（12）《說文》：「隃，北陵，西隃鴈門是也。」

段注：「此八字用《爾雅·釋地》。」（頁735）

（13）《說文》：「陼，如渚者陼丘，水中高者也。」

段注：「《釋水》曰：『水中可居者曰州，小州曰渚。』《釋丘》曰：『如渚者陼丘。』……許本之為說。」（頁735）

從上述例子可以看出，段玉裁在說明《爾雅》與《說文》釋義上的關係時，所使用的關鍵詞有「本、據、仍、宗、襲、用」等。從這些關鍵詞可以看出，《說文》釋義有的本於《爾雅》，但這只是就《說文》釋義的源頭與依據而言，並不等於說二書的訓釋完全相同。如例（7），依據《爾雅》，「奘」有「駔」義，即大的意思，而《說文》訓為「駔大」，在《爾雅》釋義的基礎上增一「大」字，是因為「奘」從「大」。

由於年代久遠，許慎所依據的《爾雅》，內容上有的與今本《爾雅》存在一定差異，這就涉及《爾雅》異文，段玉裁對此亦予以揭示。例如：

（1）《說文》：「翪，斂足也。鵲鵻醜，其飛也翪。」

段注：「二句見《釋鳥》。今《爾雅》作翪，許所據異也。」（頁233）

（2）《說文》：「柀，山樗也。」

段注：「樗舊作樗，今改。《釋木》、《唐風》傳皆曰：『栲，山樗。』柀、栲古今字，許所據作柀也。」（頁242）

（3）《說文》：「檥，榦也。」

段注：「《釋詁》曰：『楨、翰、儀，榦也。』許所據《爾雅》作檥也。」（頁253）

（4）《說文》：「闟，闟謂之樀。」

段注：「今《釋宮》：『檐謂之樀。』許所據《爾雅》有異本作闟。」（頁587）

（5）《說文》：「颺，北風謂之颺。」

段注：「《爾雅》：『南風謂之凱風，東風謂之谷風，北風謂之涼風，西風謂之泰風。』……陸氏《爾雅音義》曰：『涼，本或作飆。』許所據《爾雅》同或作本。」（頁 677）

今按：上述例子反映了不同《爾雅》版本用字的不同。例（1）中「㛮」與「蝬」為古今字，例（2）中「梡」與「栲」為異體字，例（3）中「檥」與「儀」為通假字，例（4）中「闍」與「檐」為異體字，例（5）中「飆」與「涼」為通假字。

經統計，段玉裁在《說文》49 個字頭下直接指明了許說本於《爾雅》，這 49 個字頭是：

珧、蓼、蘺、藋、蕛、葑、蓳、蘥、莎、逑、敃、觤、㛮、梡、楊、梧、檥、桄、旻、旟、旃、冥、鐵、俔、岸、鈇、貙、驒、駰、鼉、狻、焚、簃、河、汳、絡、鮦、闍、閣、摟、弭、蜺、蟲、飆、銀、隰、隃、陼、獸。

從段玉裁的注解可以看出，許慎大量參考、暗引了《爾雅》，《爾雅》對《說文》的影響顯而易見。當然，許慎撰寫《說文》，是本著科學的態度和實事求是的精神，而不是一味地盲從《爾雅》，這一點段氏也指出來了。例如：

（1）《說文》：「茖，艸也。」

段注：「《釋艸》：『茖，山蔥。』按，《爾雅》雖有此字，然許君果用《爾雅》，何以不云山蔥而云艸也？凡所不知，寧從蓋闕。」（頁 26）

（2）《說文》：「戩，滅也。」

段注：「《爾雅》：『履、戩、祓，福也。』……許於『戩』不襲《爾雅》《毛傳》，斯善讀《爾雅》《毛傳》者也。」（頁 631）

四、以《爾雅》校訂《說文》

段玉裁注解《說文》，首先對《說文》作了一番全面校訂。段玉裁在校訂《說文》的過程中，參考了包括《爾雅》在內的眾多典籍，使用了多種校勘方法。段注中明確提到以《爾雅》校訂《說文》的凡 5 處。

（1）《說文》：「葝，萑之初生。一曰薍，一曰騅。」

段注：「騅，各本作鵻，今依《爾雅》。……《釋言》云：『菼，騅也。菼，薍也。』」（頁 33）

（2）《說文》：「鷗，鷗鳩，鶻鵃也。」

段注：「『鶻鵃』二字依《爾雅》補。《釋鳥》曰：『鷗鳩，鶻鵃。』」（頁149）

（3）《說文》：「柀，黏也。」

段注：「黏，各本作檆，徐鉉因增一檆篆，非也。今刪檆篆，依《爾雅》正檆為黏。《釋木》曰：『柀，黏。』」（頁242）

（4）《說文》：「岸，水厓洒而高者。」

段注：「各本無洒字，今依《爾雅》補。《釋丘》曰：『望厓洒而高，岸。夷上洒下，不漘。』」（頁442）

（5）《說文》：「霾，風而雨土為霾。」

段注：「依《釋天》補三字。……《釋天》曰：『風而雨土為霾。』」（頁574）

還有一些例子，雖然段玉裁沒有明確交待是依據《爾雅》來校訂《說文》的，但可以推斷是依據《爾雅》的。這些都表明段氏認為《說文》釋義參考、承襲了《爾雅》，故可以《爾雅》校《說文》。

總之，段玉裁是第一個全面、系統地揭示《爾雅》與《說文》源流關係的訓詁大家。後人在考察《爾雅》與《說文》的關係或整理《爾雅》異文時，應當重視段注中的有關論述。

第六章　《說文解字注》所引《廣雅》與《說文》之比較

在眾多雅書中，《廣雅》也佔有重要地位，對於注釋經籍也十分有用。段玉裁注解《說文》，在 410 個字頭下引用了《廣雅》，引用數量較多。段氏在徵引《廣雅》的過程中，也注重揭示《說文》對《廣雅》的影響。本章以《說文解字注》為平臺，將《說文》與《廣雅》從用字、釋義、訓詁體例三方面進行比較，闡明二者的異同，並利用段注中已有的考證和結論，進一步論述《說文》對《廣雅》的影響。

第一節　用字之比較

《說文解字注》所引《廣雅》與《說文》在用字上有很多相同之處，此不贅述。本節重在揭示二書在用字上的差異，這種差異主要表現在異體字、雙音節異形詞、通假字幾個方面。段玉裁在徵引《廣雅》時，也注意指出《廣雅》與《說文》在用字上的差異。

一、異體字

在《廣雅》與《說文》相同、相近的釋義中，有的被訓釋詞或訓釋詞存在異體字的差異。例如：

（1）《說文》：「蔦，寄生艸也。从艸，鳥聲。」

段注：「《廣雅・釋木》作樢字。」（頁31）

今按：《爾雅・釋木》：「寓木，宛童。」郭璞注：「寄生樹，一名蔦。」《廣雅・釋木》：「宛童、寄生，樢也。」《廣雅》與《說文》釋義基本相同，但用字不同，《說文》用「蔦」，《廣雅》用「樢」。《說文》「蔦」字下云：「樢，蔦或从木。」《玉篇・木部》：「樢，亦蔦字。」可見「蔦」與「樢」為異體字。

（2）《說文》：「膹，脽也。」

段注：「《廣雅》曰：『膈、膹、腜，臛也。』臛，俗脽字。」（頁176）

今按：《說文》：「脽，肉羹也。」《廣雅》與《說文》釋義相同，但《說文》用「脽」，《廣雅》用「臛」。《楚辭・招魂》「露雞臛蠵」，朱熹集注：「臛，一作脽。」《廣雅・釋器》「膹，臛也」，王念孫疏證：「臛，字本作脽，亦作膗。」段玉裁也認為「臛」為俗字。可見「脽」與「臛」為異體字。

（3）《說文》：「稾，稈也。」

段注：「《廣雅》、《左傳》注皆云：『秆，稾也。』」（頁326）

今按：《廣雅》與《說文》釋義相同，但用字不同，《說文》用「稈」，《廣雅》用「秆」。《說文》「稈」字下云：「秆，稈或从干。」《玉篇・禾部》：「稈，稾也。」又云：「秆，同上。」《廣韻・旱韻》：「稈，禾莖。秆，上同。」總之，「稈」與「秆」為異體字，指禾莖，也泛指草木植物的莖。

（4）《說文》：「棃，黍穰也。」

段注：「《廣雅》：『黍穰謂之稛。』」（頁326）

今按：「黍穰」指「黍稈」。《廣雅》與《說文》釋義相同，但用字不同，《說文》用「棃」，《廣雅》用「稛」。《廣雅・釋草》「黍穰謂之稛」，王念孫疏證：「棃即稛字。」《正字通・禾部》：「稛，本作棃。」可見「棃」與「稛」為異體字。

（5）《說文》：「罽，魚网也。」

段注：「《廣雅》：『罽，罔也。』」（頁355）

今按：《廣雅・釋器》：「罽，魚罔也。」王念孫疏證：「罔上又脫魚字。」王念孫補一「魚」字，可取。《廣雅》與《說文》釋義相同，但用字不同，《說文》用「网」，《廣雅》用「罔」。《說文》「网」字下云：「罔，网或从亡。」《玉篇・网部》「罔、冈」並同「网」。《廣韻・養韻》：「网，《五經文字》作罔。」《集韻・養韻》：「网，或作罔、網、冈。」可見「网」與「罔」為異體字。

（6）《說文》：「揜，自關以東取曰揜。从手，弇聲。一曰覆也。」

段注：「今《廣雅》：『掩，取也。』字作掩。」（頁 600）

今按：在表示取時，《廣雅》與《說文》釋義相同，但《說文》用「揜」，《廣雅》用「掩」。《說文》：「掩，斂也。」本義為遮蓋。《廣雅・釋詁》「掩，取也」，王念孫疏證：「掩者，《說文》作揜，同。」《集韻・感韻》：「揜，覆取也。或从奄。」典籍中「揜」與「掩」常通用。《穀梁傳・昭公八年》「揜禽旅」，陸德明釋文：「揜，本亦作掩。」《墨子・非儒下》「揜函弗射」，孫詒讓閒詁：「揜，吳鈔本作掩。」總之，在表示捕取時，「揜」與「掩」為異體字。

（7）《說文》：「埄，穜也。」

段注：「《廣雅》曰：『稯，種也。』即埄、穜字之異體也。」（頁 684）

今按：《廣雅・釋地》：「稯，種也。」王念孫疏證：「稯，本作埄。……種，各本譌作種，……今訂正。」王念孫校勘後的《廣雅》與《說文》釋義相同，但被訓釋詞用字不同，《說文》用「埄」，《廣雅》用「稯」。《廣韻・江韻》：「埄，同稯。」《集韻・江韻》：「埄，或作稯。」段玉裁也認為「稯」為「埄」之異體。總之，「埄」與「稯」為異體字。

（8）《說文》：「鉈，短矛也。」

段注：「鍦即鉈字，《廣雅》作矠。」（頁 711）

今按：《玉篇・矛部》：「矠，短矛也。」《廣雅・釋器》：「矠，矛也。」《廣雅》與《說文》釋義基本相同，但《說文》用「鉈」，《廣雅》用「矠」。王念孫《廣雅疏證》：「鉈、鉇、鍦，字竝與矠同。」《集韻・支韻》：「鍦，《方言》：『矛，吳楚之間謂之鍦。』或作矠。」朱駿聲《說文通訓定聲》：「鉈，字亦作鍦、矠。」可見「鉈」與「矠」為異體字。

二、雙音節異形詞

除了異體字，《廣雅》與《說文》在用字上的差異還表現在雙音節異形詞上。這種雙音節異形詞多為表示器物、動物、植物的名物詞。例如：

（1）《說文》：「玪，玪塾，石之次玉者。」

段注：「《廣雅》：『瑊玏，石次玉也。』」（頁 16）

今按：《廣雅》與《說文》釋義相同，但《說文》用「玪塾」，《廣雅》用「瑊玏」。《說文》「玪」字下段注：「玪、瑊同字，塾、玏同字，玪塾合二字為石名。」段說是。《集韻·咸韻》：「玪或从咸。」《集韻·德韻》：「塾，亦書作瑚。」《玉篇·玉部》：「瑚，玉名。玏，同上。」《文選·司馬相如〈子虛賦〉》「瑊玏玄厲」，李善注引張揖曰：「瑊玏，石之次玉者。」總之，「玪塾」與「瑊玏」為異形詞，表示一種次於玉的美石。

（2）《說文》：「篰，萳爰也。」

段注：「《廣雅》曰：『籣篓，篰也。』」（頁 190）

今按：《廣雅·釋器》：「箹篓，篰也。」王念孫疏證：「『萳爰』與『箹篓』通。」「箹篓」指簡牘。朱駿聲《說文通訓定聲》：「秦漢謂簡冊曰萳爰也。」《廣雅》與《說文》釋義相同，但《說文》用「萳爰」，《廣雅》用「箹篓」，段注所引《廣雅》作「籣篓」。《集韻·緩韻》：「箹，或从满。」《說文》「篰」字下段注：「萳爰，漢人語，俗字加竹。」總之，「萳爰」「箹篓」「籣篓」三者為異形詞。

（3）《說文》：「箸，杯笿也。」

段注：「《廣雅》曰：『箸，杯落也。』」（頁 193）

今按：《廣雅》與《說文》釋義相同，但《說文》用「杯笿」，《廣雅》用「杯落」。《說文》：「笿，杯笿也。」桂馥義證：「笿，又作落。」《廣雅·釋器》「箸，杯落也」，王念孫疏證：「落、笿竝與落通。」「箸」與「笿」都可以表示「杯落」，即古代盛杯類器皿的竹器。《方言》卷五：「杯落，陳、楚、宋、魏之間謂之杯落，又謂之豆筥，自關東西謂之杯落。」總之，「杯笿」「杯落」「杯落」三者為異形詞。

（4）《說文》：「笨，棒雙也。」

段注：「《廣雅》：『箸籆謂之笨。』」（頁 196）

今按：「棒雙」指用篾席做的船帆。《廣雅》與《說文》釋義相同，但《說文》用「棒雙」，《廣雅》用「箸籆」。《廣雅·釋器》「箸籆謂之笨」，王念孫疏證：「箸籆，與棒雙同。」《集韻·江韻》：「棒，通作箸。」可見「棒雙」與「箸籆」為異形詞。

三、通假字

有少數釋條，《說文》用本字，《廣雅》用借字。例如：

《說文》：「意，滿也。」

段注：「《方言》曰：『臆，滿也。』《廣雅》曰：『臆，滿也。』漢蔣君碑『餘悲馮億』，皆意之叚借字也。」（頁 505）

今按：《廣雅》與《說文》釋義相同，但被訓釋詞用字不同，《說文》用「意」，《廣雅》用「臆」。臆，今寫作「臆」。《說文》：「肊，胷骨也。从肉，乙聲。臆，肊或从意。」「臆」的本義為胸骨，假借為「意」而可以表示滿。《廣雅．釋詁》「臆，滿也」，王念孫疏證：「臆、臆、憶、億、意，五字竝通。」桂馥《說文解字義證》：「意，或借臆字。」總之，「意」與「臆」為通假字，「意」為本字，「臆」為借字。今借字通行，本字遂廢。

第二節　釋義、釋義句之比較

《廣雅》與《說文》具有可比性的主要是釋義部分，二書在釋義與釋義句兩方面既有相同、相近之處，又有不同之處。本節重在揭示二書在釋義與釋義句上的差異。

一、釋義之比較

《說文》與《廣雅》二書的中心任務都是解釋詞義。《說文》作為字書，主要是通過分析字形來探求詞的本義。《廣雅》作為義書，性質如同《爾雅》，主要是匯釋典籍中的語詞。《廣雅》所釋字義和詞義，有本義、引申義、假借義等。《說文》先成，《廣雅》後出，《廣雅》釋義受《說文》影響，因此二書有很多相同、相近的釋義。當然，二書畢竟是兩部不同性質、不同體例的書，不同的釋義仍占多數。從段注所引《廣雅》來看，其與《說文》在釋義上的差異主要表現在如下幾個方面：

（一）釋義表述不同

有的釋條，《廣雅》與《說文》被訓釋字（詞）相同，但釋義句在語言表述特別是用詞上不同。當釋義句意思相同或相近時，二書釋義也就相同或相近。例如：

（1）《說文》:「葯，茅秀也。」

段注:「《廣雅》曰:『蕛、葯，茅穗也。』」（頁33）

今按：關於「葯」,《說文》訓為「茅秀」,《廣雅》訓為「茅穗」。《廣雅·釋草》「蕛、葯，茅穗也」，王念孫疏證:「茅穗，茅秀也。」徐鍇《說文解字繫傳》:「秀，禾實也。」《說文》:「采，禾成秀也，人所以收。从禾、爪。穗，采或从禾，惠聲。」《詩經·王風·黍離》「彼稷之穗」，毛傳:「穗，秀也。」可見,「秀」與「穗」為近義詞,「茅秀」與「茅穗」義相同。

（2）《說文》:「記，疋也。」

段注:「《廣雅》曰:『注、紀、疏、記、學、栞、志，識也。』」（頁95）

今按：關於「記」,《說文》訓為「疋」,《廣雅》訓為「識」。《說文》「記」字下段注:「疋，今字作疏，謂分疏而識之也。」《廣韻·御韻》:「疏，記也。」《玉篇·言部》:「識，記也。」《論語·述而》「默而識之」，朱熹集注:「識，記也。」可見,「疏」與「識」為近義詞，都有記的意思。《說文》與《廣雅》釋義相近。

（3）《說文》:「翱，翅也。」

段注:「《廣雅》:『翱、翐，翼也。』」（頁139）

今按：關於「翱」,《說文》訓為「翅」,《廣雅》訓為「翼」，二書釋義相近。《說文》:「翄，翼也。从羽，支聲。䏶，翄或从氏。」「翄」即「翅」字。《廣韻·寘韻》「翄」「䏶」並同「翅」。《玉篇·羽部》:「翅，翼也。」《希麟音義》卷八:「翅，鳥翼也。」可見,「翅」與「翼」為近義詞，指鳥的翅膀。

（4）《說文》:「胠，亦下也。」

段注:「《廣雅》:『胠，脅也。』未若許說之明析。」（頁169）

今按:《廣雅·釋親》:「膀、胠、胉，脅也。」胠,《說文》訓為「亦下」,《廣雅》訓為「脅」。《說文》:「亦，人之臂亦也。」「胠」為「亦下」，即腋下。《玉篇·肉部》:「胠，腋下也。」「脅」指從腋下至肋骨盡處。《說文》:「脅，兩膀也。」《玉篇·肉部》:「脅，身左右兩膀也。」《釋名·釋形體》:「脅，挾也，在兩旁，臂所挾也。」《左傳·僖公二十三年》「曹共公聞其駢脅」，孔穎達疏：「脅是腋下之名，其骨謂之肋。」雖然「亦下」與「脅」意義相近，但《說文》釋義更準確，而《廣雅》釋義有些籠統，故段玉裁說「未若許說之明析」。

（5）《說文》：「伹，拙也。」

段注：「《廣雅》曰：『伹，鈍也。』」（頁 377）

今按：伹，《說文》訓為「拙」，《廣雅》訓為「鈍」。《說文》：「拙，不巧也。」《廣雅．釋詁》：「拙，鈍也。」《楚辭．離騷》「理弱而媒拙兮」，王逸注：「拙，鈍也。」可見，「拙」與「鈍」為近義詞，都含有笨拙、遲鈍的意思。《說文》與《廣雅》釋義相近。

（6）《說文》：「僐，作姿也。」

段注：「《廣雅》曰：『僐，態也。』」（頁 380）

今按：僐，《說文》訓為「作姿」，《廣雅》訓為「態」。《說文》：「姿，態也。」「作姿」指作姿態。徐鍇《說文解字繫傳》：「僐，作姿態也。」《廣韻．線韻》：「僐，姿態。」「態」也有姿態的意思。《楚辭．招魂》「容態好比」，王逸注：「態，姿也。」《文選．傅毅〈舞賦〉》「姁媮致態」，李善注：「態，謂姿態也。」《說文》與《廣雅》釋義句意思相近，故二者釋義相近。

（7）《說文》：「俄，頃也。」

段注：「各本作『行頃』，乃妄加『行』耳，今正。……《廣雅》：『俄，衺也。』」（頁 380）

今按：依據段注，《說文》訓「俄」為「頃」，意為傾斜。《說文》：「頃，頭不正也。」段注：「引伸為凡傾仄不正之偁。今則傾行而頃廢，專為俄頃、頃畝之用矣。」《廣雅．釋詁》「傾、俄，衺也」，王念孫疏證：「邪、斜竝與衺同。……頃與傾同。」《集韻．麻韻》：「衺，或作邪，通作斜，亦書作衺。」在表示傾斜時，「頃」與「衺」為近義詞，今分別寫作「傾」與「斜」。《說文》與《廣雅》釋義相近。

（8）《說文》：「庨，廣也。」

段注：「《廣雅》曰：『庨，大也。』」（頁 444）

今按：關於「庨」，《說文》訓為「廣」，《廣雅》訓為「大」，二者釋義相近。《玉篇．广部》：「庨，廣大也。」《說文》：「廣，殿之大屋也。」段注：「引伸之為凡大之偁。」《玉篇．广部》：「廣，大也。」可見「廣」與「大」為近義詞。

（9）《說文》：「灼，炙也。」

段注：「炙，各本作灸，誤，今正。……《廣雅》曰：『爇也。』」（頁 483）

今按：《廣雅・釋詁》：「灼、炙、灸，爇也。」關於「灼」，《說文》訓為「灸」，《廣雅》訓為「爇」，二者釋義相近。《說文》：「爇，燒也。」《左傳・昭公二十七年》：「將師退，遂令攻郤氏，且爇之。」杜預注：「爇，燒也。」《說文》：「灸，灼也。」《玉篇・火部》：「灸，爇也。」《字彙・火部》：「灼，燒也。」可見「灼」「灸」「爇」為近義詞，都含有燒的意思。

（10）《說文》：「慓，疾也。」

段注：「《廣雅》：『急也。』」（頁 508）

今按：《廣雅・釋詁》：「慓、疾，急也。」關於「慓」，《說文》訓為「疾」，《廣雅》訓為「急」，二者釋義相近。《廣韻・笑韻》：「慓，急疾。」《左傳・襄公五年》「而疾討陳」，杜預注：「疾，急也。」《廣韻・質韻》：「疾，急也。」《廣韻・緝韻》：「急，急疾。」可見，在表示急速時，「疾」與「急」為近義詞。

（11）《說文》：「媰，婦人妊娠也。」

段注：「《廣雅》曰：『媰，傳也。』」（頁 614）

今按：媰，《說文》訓為「婦人妊娠」，《廣雅》訓為「傳」。《玉篇・人部》：「傳，妊身也。」《廣雅・釋詁》：「孕，傳也。」《慧琳音義》卷三十二「懷妊」注引《考聲》：「傳，謂婦人有胎也。」可見，《說文》與《廣雅》釋義句的意思均指婦女懷孕，二者釋義相近。

（12）《說文》：「弙，滿弓有所鄉也。」

段注：「《廣雅》曰：『弙，張也。』」（頁 641）

今按：「弙」有開弓的意思。《玉篇・弓部》：「弙，弓滿也，引也，張也。」《集韻・模韻》：「弙，滿引弓也。」《說文》：「張，施弓弦也。」「張」的本義為把弦綳在弓上，引申為開弓。《詩經・小雅・吉日》：「既張我弓，既挾我矢。」此處「張」為開弓的意思。弙，《說文》訓為「滿弓有所鄉」，意為拉滿弓對準目標，《廣雅》訓為「張」，意為開弓。《說文》與《廣雅》釋義句意思相近，因而二者釋義相近。

（二）析言與渾言

析言指分開來詳細地說，渾言指不加區別籠統地說。有的釋條，《廣雅》與《說文》所釋對象相同，釋義相近，只是《說文》析言之，釋義更具體、準確，而《廣雅》渾言之，釋義籠統。例如：

（1）《說文》：「羜，六月生羔也。」

段注：「《廣雅》：『羍、羜、羜、羳，羔也。』」（頁 145）

今按：《說文》：「羍，小羊也。」段注：「羊當作羔，字之誤也。羜、羜皆曰羔，羍又小於羔，是初生羔也。」《玉篇・羊部》：「羜，六月生羊。」釋義與《說文》同。《說文》：「羜，五月生羔也。」《爾雅・釋畜》：「未成羊，羜。」郭璞注：「俗呼五月羔為羜。」《匡謬正俗》卷六引《字林》云：「羳，未晬羊也。」可見，「羍」為初生羔，「羜」為出生六個月的羔，「羜」為出生五個月的羔，「羳」為未滿周歲的羔。《廣雅》「羍、羜、羜、羳」皆訓為「羔」，渾言不別。較之《廣雅》，《說文》析言之，釋義更具體。

（2）《說文》：「膍，牛百葉也。从肉，囟聲。一曰鳥膍胵，鳥胃也。」

段注：「《廣雅》云：『百葉謂之膍胵。』渾言之也。」（頁 173）

今按：百葉指牛羊等反芻動物的胃。《說文》「膍」字有二義，分別指牛胃和鳥胃，而《廣雅》渾言不別。《說文》「膍」字下段注：「許以牛百葉系諸獸，系諸已成之豆實，故以鳥膍胵為別一義，實則皆謂胃也。」

（3）《說文》：「膜，肉閒胲膜也。」

段注：「《廣雅》：『膠、膸，膜也。』膸與膜為一，許意為二。膜在肉裏也，許為長。」（頁 176）

今按：《說文》無「膠」字。《玉篇・肉部》：「膠，喉膜也。」《說文》：「膸，肉表革裏也。」《急就篇》：「肌膸脯腊魚臭腥。」顏師古注：「肉表皮裏曰膸。」可見，「膠」為喉膜，「膸」為皮與肉之間的薄膜，「膜」為肉裏的薄膜。《說文》析言之，釋義更準確，故段玉裁評價「許為長」。《廣雅》渾言不別，釋義籠統。

（4）《說文》：「囷，廩之圜者。从禾，在囗中。圜謂之囷，方謂之京。」

段注：「《廣雅》曰：『京、庾、廩、廘，倉也。』」（頁 277）

今按：《廣雅・釋宮》：「京、庾、廩、廘、廥、䉛、廯、囷，倉也。」「囷」為圓形穀倉。《詩經・魏風・伐檀》「胡取禾三百囷兮」，鄭玄箋：「圓者為囷。」《國語・吳語》「而囷鹿空虛」，韋昭注：「員曰囷，方曰鹿。」《廣韻・真韻》：「倉圓曰囷。」「京」為方形穀倉。《急就篇》：「門戶井竈廡囷京。」顏師古

注：「京，方倉也。」《廣雅》「倉也」條被訓釋詞有 8 個，渾言不別，釋義籠統。《說文》析言之，釋義準確。

（三）意義類別不同

字有字義，詞有詞義。假借義屬於字義，本義、引申義屬於詞義。有的釋條，《廣雅》與《說文》所釋對象相同，但揭示的意義類別不同。這種釋義的不同是義位與義位的不同，差別較大。

1. 本義與引申義

本義與引申義雖然屬於不同的意義類別，但二者之間存在一定的語義聯繫。《說文》主要是解釋詞的本義，而《廣雅》主要是解釋詞的引申義。就普通詞語（不包括名物詞）而言，《說文》與《廣雅》在釋義上最大的不同就表現為本義與引申義的不同。段玉裁在徵引《廣雅》的過程中，也注重闡明詞義的引申。例如：

（1）《說文》：「時，四時也。」

段注：「《廣雅》曰：『時，伺也。』此引伸之義。」（頁 302）

今按：時，甲骨文作「旹」，金文作「[illegible]」，從日，從之，會日月運行以成四時之意，本義為季節、節令。《玉篇．日部》：「時，春夏秋冬四時也。」《左傳．昭公七年》「歲時日月星辰是謂也」，孔穎達疏：「時，謂四時也。」「時」由四時引申為「伺」，即伺候、等待。《周易．歸妹》：「歸妹愆期，遲歸有時。」王弼注：「愆期遲歸，以待時也。」《論語．陽貨》：「孔子時其亡也，而往拜之。」邢昺疏：「謂伺虎不在家時而往謝之也。」總之，《說文》所釋為本義，《廣雅》所釋為引申義。

（2）《說文》：「僮，未冠也。」

段注：「《廣雅》曰：『僮，癡也。』」（頁 365）

今按：僮，從人，童聲，本義指未冠者，即童子、未成年的男子。《左傳．哀公十一年》：「公為與其嬖僮汪錡乘，皆死，皆殯。孔子曰：『能執干戈以衛社稷，可無殤也。』」杜預注：「時人疑童子當殤。」「僮」引申為蒙昧、無知。《說文》：「癡，不慧也。」「不慧」即蒙昧、無知。《國語．晉語》「僮昏不可使謀」，韋昭注：「僮，無知；昏，暗亂也。」《正字通．人部》：「僮，無知貌。」總之，《說文》所釋為本義，《廣雅》所釋為引申義。

（3）《說文》：「頂，顛也。」

段注：「引伸為凡在冣上之偁，故《廣雅》云：『頂，上也。』」（頁 416）

今按：《說文》：「頁，頭也。」頂，從頁，丁聲，本義為頭頂。《說文》：「顛，頂也。」顛，從頁，真聲，本義也為頭頂。《周易・大過》：「過涉滅頂，凶，无咎。」此處「頂」為頭頂。「頂」由頭的最上部引申為一般事物的最上部。《方言》卷六：「頂，上也。」《淮南子・脩務》：「今不稱九天之頂，則言黃泉之底，是兩末之端議，何可以公論乎？」此處「頂」與「底」對言，「頂」為上的意思。總之，《說文》所釋為本義，《廣雅》所釋為引申義。

2. 本義與假借義

有少數釋條，《說文》與《廣雅》所釋對象相同，但《說文》所釋為本義，而《廣雅》所釋為字的假借義。例如：

《說文》：「欲，蹴鼻也。」

段注：「《廣雅》曰：『欲，吐也。』此謂欲即歐之假借字。」（頁 413）

今按：「欲」的本義為「蹴鼻」，即悲泣時鼻孔急促吸氣。《說文》：「歐，吐也。」《山海經・海外北經》：「歐絲之野在大踵東，一女子跪據樹歐絲。」郭璞注：「言噉桑而吐絲，蓋蠶類也。」表示「吐」義之「歐」今寫作「嘔」。「欲」假借為「歐」而可以表示嘔吐。《玉篇・欠部》：「欲，歐吐也。」總之，《說文》所釋為本義，《廣雅》所釋為假借義。

（四）釋義完全不同

有的釋條，《說文》與《廣雅》所釋對象相同，但釋義完全不同。這種情況主要表現在對某些名物詞的訓釋上。段玉裁在引用《廣雅》的過程中，也注意指出《廣雅》與《說文》釋義上的不同。例如：

（1）《說文》：「移，移程，穀名。」

段注：「《廣雅》曰：『移程，穄也。』按，許但云穀名，不與穄篆為伍，則與張說異。」（頁 326）

（2）《說文》：「鼩，胡地風鼠。」

段注：「《廣雅》云：『鼩鼠，鼫鼠。』與景純皆合鼩、鼫為一物。

以《說文》正之，鼫與鼩迥非一物也。蓋俗語有移易其名者耳。」（頁 479）

（3）《說文》:「蟅，螽也。」

段注 :「螽，各本譌作蟲，今正。……若《廣雅》《本艸》所云蟅者，皆非許意。」(頁 668)

（4）《說文》:「虯，龍無角者。」

段注 :「各本作『龍子有角者』，今依《韻會》所據正。……惟《廣雅》云『有角曰䗍』，即虯字 ;『無角曰䖪』，即螭字。其說乖異，恐轉寫之譌，不為典要。」(頁 670)

今按 : 以上各例，《說文》與《廣雅》釋義迥異。例（1）中，《說文》:「穄，穈也。」段注 :「此謂黍之不黏者也。」《廣雅》釋「稊稗」為黍之不黏者，與《說文》釋義不同。例（2）中，《說文》:「鼫，五技鼠也。」則「鼫」與「鼩」非一物。例（3）中，《說文》:「螽，蝗也。」則「蟅」為蝗蟲。《廣雅・釋蟲》:「負蠜，蟅也。」則「蟅」為負蠜，非蝗蟲。例（4）中，《廣雅・釋魚》:「有鱗曰蛟龍，有翼曰應龍，有角曰䗍龍，無角曰䖪龍。」與《說文》釋義不同。

二、釋義句之比較

有的釋條，《廣雅》與《說文》所釋對象相同，釋義句也含有相同文字，但釋義句字數不同。《廣雅》多用「某，某也」的訓釋方式，釋義句多為二字句，而《說文》釋義句的字數則不確定。通常情況下，釋義句字數不同，則釋義不完全相同。

（一）三字句與二字句

從釋義句來看，《說文》多為三字句，《廣雅》往往比《說文》少一個字，多為二字句。除去末尾的「也」字，《說文》釋義句中剩下的兩個字可能是一個詞，也可能是一個短語。

1. 釋義句的核心為一個詞

《說文》三字釋義句中，占核心地位的兩個字往往是一個詞，其中以名詞居多。例如：

（1）《說文》:「脘，胃脯也。」

段注：「《廣雅》曰：『脘，脯也。』」（頁 174）

今按：大徐本《說文》：「脘，胃府也。……舊云脯。」段玉裁採用的是小徐本的釋義。關於「脘」，段注本《說文》訓為「胃脯」，《廣雅》訓為「脯」，二者的釋義句均含有「脯」字。「胃府」指胃的內腔。「胃脯」指以胃作脯，是一種食物，具體製作方法就是將羊肚煮熟，和以五味，曬乾而成。《史記．貨殖列傳》：「胃脯，簡微耳，濁氏連騎。」從詞彙角度看，「胃脯」為偏正型名詞，其中「胃」為修飾性語素，「脯」為中心語素。《廣雅》與《說文》釋義相近，但《說文》釋義更具體。

（2）《說文》：「寏，周垣也。」

段注：「《廣雅．釋室》云：『院，垣也。』」（頁 338）

今按：《說文》「寏」字下云：「院，寏或从𨸏。」《玉篇．宀部》：「寏，周垣也。或作院。」可見「寏」與「院」為異體字。院，《說文》訓為「周垣」，《廣雅》訓為「垣」，二者的釋義句均含有「垣」字。《說文》：「垣，牆也。」「周垣」即圍牆。《墨子．備城門》：「五十步一井屏，周垣之，高八尺。」《漢書．佞倖傳．董賢》：「內為便房，剛柏題湊，外為徼道，周垣數里。」從詞彙角度看，「周垣」為偏正型名詞，其中「周」為修飾性語素，「垣」為中心語素。《廣雅》與《說文》釋義相近。

（3）《說文》：「㡊，枕巾也。」

段注：「《廣雅》亦曰：『㡊，巾也。』」（頁 357）

今按：㡊，《說文》訓為「枕巾」，《廣雅》訓為「巾」，二者的釋義句均含有「巾」字。《說文》「㡊」字下段注：「蓋加枕以藉首，為易污也。今俗所謂枕頭衣。」從詞彙角度看，「枕巾」為偏正型名詞，其中「枕」為修飾性語素，「巾」為中心語素。《廣雅．釋器》：「帤、㡊、帥、帨、幣、幫、幏、幩，巾也。」王念孫疏證：「巾者，所以覆物，亦所以拭物。」「巾」有覆物與拭物之分，還有大小之別。《廣雅》「巾也」條被訓釋詞有 8 個，釋義不免籠統。較之《廣雅》，《說文》釋義更具體、準確。

（4）《說文》：「搈，動搈也。」

段注：「動搈，漢時語。《廣雅》曰：『搈，動也。』」（頁 602）

今按：搈，《說文》訓為「動搈」，《廣雅》訓為「動」，二者的釋義句均含有「動」字。「搈」從手，當與動作有關。「動搈」即動搖。《廣雅．釋詁》「搈，動也」，王念孫疏證：「搈之言踊也。《說文》：『搈，動搈也。』《楚辭・九章》云：『悲秋風之動容兮。』《韓子・揚推篇》云：『動之溶之。』容、搈、溶竝通。」從詞彙角度看，「動搈」為兩個同義語素構成的並列式動詞。《廣雅》與《說文》釋義基本相同。

2. 釋義句的核心為一個短語

《說文》三字釋義句中，占核心地位的兩個字往往是一個短語，其類型有狀中短語、定中短語、主謂短語、動賓短語等。例如：

（1）《說文》：「祟，數祭也。」

段注：「《廣雅・釋詁》曰：『祟，謝也。』《釋天》曰：『祟，祭也。』」（頁 6）

今按：祟，《說文》訓為「數祭」，《廣雅・釋天》訓為「祭」，二者的釋義句均含有「祭」字。《說文》「祟」字下段注：「數讀數罟之數。」「數祭」意為屢次祭祀、頻繁地祭祀。《玉篇・示部》：「祟，數祭也，重祭也。」從語法結構看，「數祭」為狀中短語，其中「數」為狀語，「祭」為中心語。《廣雅》與《說文》釋義相近，但《說文》釋義更準確。

（2）《說文》：「昏，塞口也。」

段注：「《廣雅・釋詁》曰：『昏，塞也。』」（頁 61）

今按：昏，《說文》訓為「塞口」，《廣雅》訓為「塞」，二者的釋義句均含有「塞」字。「塞口」指填塞、封閉其口。「昏」從口，《說文》析形以釋義，故訓為「塞口」。《玉篇・口部》：「昏，塞也。」釋義與《廣雅》同。從語法結構看，「塞口」為動賓短語，其中「塞」為動詞，「口」為賓語。《廣雅》與《說文》釋義相近，但《說文》釋義為兼顧字形而使用雙音節短語。

（3）《說文》：「赾，行難也。」

段注：「《廣雅》：『赾，難也。』」（頁 65）

今按：赾，《說文》訓為「行難」，《廣雅》訓為「難」，二者的釋義句均含有「難」字。赾，從走，斤聲。《說文》析形以釋義，故訓為「行難」，意為行走困難。《廣韻・隱韻》：「赾，跛行皃。」因是跛行，故行走困難。從語法結構看，「行難」為主謂短語，其中「行」為主語，「難」為謂語。《廣雅》與《說文》釋義相近，但《廣雅》「難也」條被訓釋詞多達 13 個，釋義籠統，而《說文》逐字訓釋，釋義更準確。

（4）《說文》：「䬣，設飪也。」

段注：「《廣雅·釋言》曰：『䬣，設也。』」（頁 113）

今按：䬣，《說文》訓為「設飪」，《廣雅》訓為「設」，二者的釋義句均含有「設」字。䬣，甲骨文作「[illegible]」，金文作「[illegible]」，像兩手持食。《說文》：「丮，持也。」「䬣」從丮，從食，《說文》析形以釋義，故訓為「設飪」，意為擺設酒食。《玉篇·食部》：「䬣，設食也。」從語法結構看，「設飪」為動賓短語，其中「設」為動詞，「飪」為賓語。《廣雅》與《說文》釋義相近，但《說文》釋義更具體、準確。

需要指出的是，《廣雅》「䬣，設也」可作兩種解釋。王念孫疏證：「載與䬣通。載為陳設之設，又為假設之設。《法言·先知篇》：『或曰：『載使子草律。』曰：『吾不如宏恭。』李軌注云：『載，設也。』」可見，「䬣」還可以表示假設。

（5）《說文》：「瞰，目陷也。」

段注：「《廣雅》：『瞰，陷也。』引伸為凡陷之偁。」（頁 135）

今按：瞰，《說文》訓為「目陷」，《廣雅》訓為「陷」，二者的釋義句均含有「陷」字。瞰，從目，咸聲。《說文》析形以釋義，故訓為「目陷」，意為眼眸枯陷。戴侗《六書故·人三》：「瞰，眸子枯陷也。」從語法結構看，「目陷」為主謂短語，其中「目」為主語，「陷」為謂語。《說文》訓「瞰」為「目陷」，所釋為本義。依段玉裁所言，《廣雅》所釋為引申義。

（6）《說文》：「腩，腒肉也。」

段注：「《廣雅》曰：『腒、腩，肉也。』」（頁 174）

今按：腩，《說文》訓為「腒肉」，《廣雅》訓為「肉」，二者的釋義句均含有「肉」字。《說文》：「腒，脯也。」又云：「脯，乾肉也。」故「腒肉」為乾肉。「腩」「腒」也可以泛指肉食。唐代段成式《酉陽雜俎·酒食》：「膜、腒、腩、脤、膰，肉也。」從語法結構看，「腒肉」為偏正結構的名詞短語，其中「腒」為定語，「肉」為中心語。《廣雅·釋器》除「肉也」條，另有「脯也」條，兩個釋條的被訓釋詞不同，意義有別。《廣雅》訓「腒、腩」為肉食，非指乾肉，與《說文》釋義略有不同。

（7）《說文》：「楝，短椽也。」

段注：「《廣雅》：『楝，椽也。』」（頁 256）

今按：楝，《說文》訓為「短椽」，《廣雅》訓為「椽」，二者的釋義句均含有

「椽」字。關於「楝」，徐鍇《說文解字繫傳》：「今大屋重橑下四隅多為短椽即此也。」宋代李誡《營造法式・大木作制度二・椽》：「短椽，其名有二：一曰楝，二曰禁褊。」可見「楝」為短椽。從語法結構看，「短椽」為偏正結構的名詞短語，其中「短」為定語，「椽」為中心語。《廣雅》與《說文》釋義相近，但《說文》釋義更準確。

（8）《說文》：「穦，積禾也。」

段注：「《廣雅》曰：『穦，積也。』」（頁 325）

今按：穦，《說文》訓為「積禾」，《廣雅》訓為「積」，二者的釋義句均含有「積」字。穦，從禾，資聲。《說文》析形以釋義，故訓為「積禾」，意為堆積已割的禾。徐鍇《說文解字繫傳》：「穦，堆積已刈之禾也。」《說文》「穦」字下引《詩》曰：「穦之秩秩。」意思是堆積起來的禾很多很多。《玉篇・禾部》：「穦，積也。」與《廣雅》釋義相同。從語法結構看，「積禾」為動賓短語，其中「積」為動詞，「禾」為賓語。《廣雅》與《說文》釋義相近，但《說文》釋義句為兼顧字形而使用雙音節短語。

（二）四字句等與二字句

從釋義句來看，《說文》有的為四字句、五字句、六字句、七字句等，《廣雅》多為二字句。《說文》釋義句用四字句等，主要是為了更準確地解釋字義和詞義。《廣雅》用二字句，主要是為了適應多詞共訓這一訓詁體例。例如：

（1）《說文》：「鬵，三足鬴也。」

段注：「《廣雅》：『鬵，鬴也。』」（頁 111）

今按：大徐本《說文》：「鬵，三足釜也。」《廣雅・釋器》：「鬵，釜也。」《說文》「鬴」字下云：「釜，鬴或从金，父聲。」「釜」與「鬴」為異體字，指古代的炊具，類似鍋。《玉篇・鬲部》「鬵，三足釜」，與《說文》釋義相同。關於「鬵」，段注本《說文》訓為「三足鬴」，段注所引《廣雅》訓為「鬴」，二者的釋義句均含有「鬴」字。從語法結構看，「三足鬴」為定中短語，其中「三足」為定語，「鬴」為中心語。《廣雅》與《說文》釋義相近，但《說文》釋義更具體、準確。

（2）《說文》：「寱，瞑而厭也。」

段注：「《廣雅》曰：『寱、寎，厭也。』」（頁 347）

今按：寱，《說文》訓為「瞑而厭」，《廣雅》訓為「厭」，二者的釋義句均含有「厭」字。《說文》「寱」字下段注：「厭、魘正俗字。」《說文新附》：「魘，寱驚也。」《廣韻·葉韻》：「魘，惡夢。」「寐而厭」指睡著了做惡夢。寱，從㝱省，米聲。《說文》：「㝱，寐而有覺也。」《說文》析形以釋義，故訓「寱」為「寐而厭」。從語法結構看，「寱而厭」為聯合短語，其中「寐」和「厭」為兩個動詞。《廣雅》與《說文》釋義相近，但《說文》為兼顧字形而使用四字釋義句。

（3）《說文》：「黗，黃濁黑也。」

段注：「《廣雅》云：『黗，黑也。』」（頁488）

今按：黗，《說文》訓為「黃濁黑」，《廣雅》訓為「黑」，二者的釋義句均含有「黑」字。「黃濁黑」即黃黑色。《廣韻·魂韻》：「黗，黃黑色也。」從語法結構看，「黃濁黑」為定中短語，其中「黃」「濁」為定語，「黑」為中心語。《廣雅》與《說文》釋義相近，但《說文》釋義更具體、準確。

（4）《說文》：「黮，桑葚之黑也。」

段注：「《廣雅》：『黑也。』則引申為凡黑之偁。」（頁489）

今按：段注所引《廣雅》內容即《廣雅·釋器》：「黮，黑也。」關於「黮」，《說文》訓為「桑葚之黑」，《廣雅》訓為「黑」，二者的釋義句均含有「黑」字。「桑葚之黑」指桑葚成熟後的黑色，近似於深黑色。《文選·左思〈魏都賦〉》「榱題黮䨴」，李善注引《聲類》曰：「黮，深黑色也。」《集韻·寑韻》：「黮，深黑。」《廣雅》「黑也」條被訓釋詞有30個，「黑」只是這一組被訓釋詞共同的義素。段玉裁認為「黮」引申為一般的黑色，但沒有提供書證。從語法結構看，「桑葚之黑」為定中短語，其中「桑葚」為定語，「黑」為中心語。《廣雅》與《說文》釋義相近，但《說文》釋義更形象、準確。

（5）《說文》：「殰，殺羊出其胎也。」

段注：「《廣雅》云：『殰、腜，胎也。』辭不達意矣。」（頁163）

今按：殰，《說文》訓為「殺羊出其胎」，《廣雅》訓為「胎」，二者的釋義句均含有「胎」字。「殺羊出其胎」意為殺羊取胎。從語法結構看，「殺羊出其胎」為連謂短語，其中「殺」為動詞，「出」也為動詞。《說文》：「腜，婦始孕腜兆也。」段玉裁改為：「腜，婦孕始兆也。」「殰」的意思為殺羊取胎，「腜」的意思為婦女開始懷胎，而《廣雅》皆訓為「胎」，釋義不夠確切，故段玉裁評價為「辭不達意」。此亦可見《廣雅》在編纂時往往只是將具有共同義素的詞語羅列在一起，導致釋義含混。較之《廣雅》，《說文》釋義更具體、準確。

（6）《說文》：「改，笑不壞顏曰弞。」

段注：「各本篆作弞，今正。……《廣雅》：『改，笑也。』」（頁411）

今按：依據段注，弞，《說文》訓為「笑不壞顏」，《廣雅》訓為「笑」，二者的釋義句均含有「笑」字。《玉篇·欠部》：「改，笑不壞顏也。」「笑不壞顏」即微笑。從語法結構看，「笑不壞顏」為主謂短語，其中「笑」為主語，「不壞顏」為謂語。《廣雅》與《說文》釋義相近，但《說文》釋義更具體、準確。

（7）《說文》：「碏，舂已復擣之曰碏。」

段注：「《廣雅》：『碏，舂也。』」（頁452）

今按：碏，《說文》訓為「舂已復擣之」，《廣雅》訓為「舂」，二者的釋義句均含有「舂」字。碏，從石，沓聲。《說文》「碏」字下段注：「碏之言沓也，取重沓之意。」《說文》析形以釋義，故訓「碏」為「舂已復擣之」，意為初次舂完後又舂，使糙米更精良。《玉篇·石部》：「碏，再舂也。」從語法結構看，「舂已復擣之」為連謂短語，其中「舂」和「擣」為動詞。「碏」也指用腳踏碓舂米。《正字通·石部》：「今俗設臼以腳踏碓舂米曰碏。」《廣雅》與《說文》釋義不完全相同，但含有相同語義成分。

第三節　訓詁體例之比較

《說文》與《廣雅》均為訓詁著作，二書在訓詁體例上有同也有異。有的釋條，《說文》與《廣雅》所釋對象相同，釋義相同或相近，但在訓詁體例上存在差異，這種差異主要表現在訓詁方法和訓詁術語兩方面。

一、訓詁方法之比較

傳統的訓詁方法分為義訓、形訓、聲訓。《廣雅》主要是直陳詞義，其中包含少量聲訓。《說文》以形訓為主，其中也包含少量聲訓。有的釋條，《說文》與《廣雅》釋義相同或相近，但運用的訓詁方法有所不同。例如：

（1）《說文》：「旁，溥也。」

段注：「《廣雅》曰：『旁，大也。』」（頁2）

今按：旁，《說文》訓為「溥」，《廣雅》訓為「大」，二者釋義相近。《爾雅·

釋詁》:「溥，大也。」《說文》:「溥，大也。」《詩經・大雅・公劉》「瞻彼溥原」，毛傳:「溥，大。」可見「溥」有「大」義。王引之《經義述聞・易・旁行而不流》:「旁、溥、偏，一聲之轉。」「旁」的上古音為並母陽部，「溥」的上古音為滂母魚部，二字聲母均為唇音，韻部魚、陽對轉，因而讀音相近。《說文》訓「旁」為「溥」，使用的是聲訓兼義訓。《廣雅》直陳詞義，使用的是義訓。

(2)《說文》:「九，昜之變也，象其屈曲究盡之形。」

段注:「《列子》《春秋緐露》《白虎通》《廣雅》皆云:『九，究也。』」(頁 738)

今按：儘管「九」的本義尚有爭議，但《說文》用陰陽學說來解釋「九」，所釋非本義。「九」與「究」上古音均為見母幽部，讀音相同。在訓詁方法上，《說文》使用了形訓、義訓，而《廣雅》僅用了聲訓。

(3)《說文》:「丑，紐也。十二月，萬物動，用事。象手之形。日加丑，亦舉手時也。」

段注:「《淮南・天文訓》《廣雅・釋言》皆曰:『丑，紐也。』」(頁 744)

今按:《說文》用當時的社會思想來解釋「丑」，所釋非本義。「丑」的上古音為透母幽部，「紐」的上古音為泥母幽部，二字聲母均為舌頭音，韻部相同，因而讀音相近。在訓詁方法上，《說文》兼用聲訓、形訓、義訓，而《廣雅》僅用了聲訓。

(4)《說文》:「未，味也。六月滋味也。五行木老於未，象木重枝葉也。」

段注:「《廣雅・釋言》曰:『未，味也。』」(頁 746)

今按:《說文》用「五行」學說來解釋「未」，所釋非本義。「未」與「味」上古音均為明母物部，讀音相同。在訓詁方法上，《說文》兼用聲訓、形訓、義訓，而《廣雅》僅用了聲訓。

二、訓詁術語之比較

《說文》與《廣雅》在訓詁術語的使用上有同也有異。有的釋條，《說文》與《廣雅》所釋對象相同，釋義相同或相近，但使用的訓詁術語不同。《說文》多用「某，某也」的訓釋方式，而《廣雅》多用「某謂之某」「某曰某」等訓釋方式。例如：

（1）《說文》：「菁，韭華也。」

段注：「《廣雅》曰：『韭，其華謂之菁。』」（頁24～25）

（2）《說文》：「㕞，㕞也。」

段注：「㕞當作刷，字之誤也。……《廣雅・釋器》：『㕞謂之刷。』」（頁43）

（3）《說文》：「盆，盎也。」

段注：「《廣雅》：『盎謂之盆。』」（頁212）

（4）《說文》：「滓，澱也。」

段注：「《廣雅》曰：『澱謂之滓。』」（頁562）

（5）《說文》：「羯，羊羖犗也。」

段注：「羊羖當作羖羊。《廣雅》曰：『羖羊犗曰羯。』」（頁146）

第四節　《說文》對《廣雅》的影響

《說文》先成，《廣雅》後出，二書雖然編纂旨趣不同，體例有別，但在內容上有很多相同、相近之處。《廣雅》在編纂時，參考、吸收了《說文》釋義。從二書的異同中可以看出《說文》對《廣雅》成書的影響。

段玉裁在注解《說文》的過程中，運用多種方式大量徵引《廣雅》。凡是段注標明「《廣雅》同」「見《廣雅》」，即表明所引用的《廣雅》在釋義上與《說文》完全相同或基本相同。具體例子見第二章第二節。在明標《廣雅》原文的例子中，有的也與《說文》釋義相同。當《廣雅》與《說文》的釋義構成互訓時，也可以說二者釋義基本相同。例如：

（1）《說文》：「蘩，鳧葵也。」

段注：「《廣雅》曰：『蘩、茆，鳧葵也。』」（頁26～27）

（2）《說文》：「栟，栟櫚，椶也。」

段注：「各本奪椶字，今依《韻會》本補。《廣雅》、劉逵引《異物志》皆曰：『栟櫚，椶也。』」（頁241）

（3）《說文》：「稴，穈也。」

段注：「《廣雅》：『䵒、穈，稴也。』」（頁322）

（4）《說文》：「倞，彊也。」

段注：「《廣雅》：『倞，強也。』」（頁 369）

（5）《說文》：「靚，召也。」

段注：「《廣雅・釋言》曰：『令、召，靚也。』」（頁 409）

（6）《說文》：「擿，當也。」

段注：「《廣雅》曰：『擿，當也。』」（頁 602）

今按：上述幾例，《廣雅》與《說文》釋義完全相同或基本相同，《廣雅》很可能參考了《說文》釋義。

段玉裁在徵引《廣雅》的過程中，往往用「本此」之類的話明確指出《廣雅》釋義源於《說文》。例如：

（1）《說文》：「齺，齒搚也。一曰馬口中糜也。从齒，芻聲。一曰齰也。」

段注：「《廣雅》：『齺，齧也。』本此。」（頁 79）

（2）《說文》：「觰，觰拏，獸也。从角，者聲。一曰下大者。」

段注：「《廣雅・釋詁》曰：『觰，大也。』本此。」（頁 186）

（3）《說文》：「寱，塞也。」

段注：「《廣雅》：『寱，塞也。』本此。」（頁 342）

（4）《說文》：「憏，怨恨也。」

段注：「《廣雅》：『憏，恨也。』本此。」（頁 511）

（5）《說文》：「戛，戟也。」

段注：「《廣雅》曰：『戛，戟也。』本此。」（頁 630）

（6）《說文》：「𠂤，小𨸏也。」

段注：「《廣雅》本之曰：『𠂤，細阜也。』」（頁 730）

今按：《廣雅》問世前，《說文》是最重要的字書，有的字義、詞義僅存於《說文》而不見於他書，因此《廣雅》釋義有的源自《說文》。關於例（1），《說文》：「齰，齧也。」「齺」可以訓為「齰」，則可以訓為「齧」，故段玉裁說《廣雅》釋義本於《說文》。其餘各例，《廣雅》顯然承襲《說文》釋義。

不僅從《廣雅》與《說文》之同可以看出《說文》對《廣雅》的影響，從《廣雅》與《說文》之異亦可窺見《說文》對《廣雅》的影響。

從用字來看，《廣雅》與《說文》之異主要表現在異體字與異形詞上。《說文》往往用較古的、少見的形體，《廣雅》往往用經典中常見的形體。例如，《說文》用「膗」「稈」「揜」「玲塾」「杯答」，而《廣雅》用「臛」「秆」「掩」「瑊玏」「杯落」。《說文》作為形書，旨在以形索義，而古老的形體有助於分析字形，解釋詞義。《廣雅》性質如同《爾雅》，旨在匯釋典籍中的語詞。經長期輾轉傳抄的典籍，用字往往發生了變化，因此經典中多俗字、今字。字形雖異，但意義相同。

從釋義、釋義句來看，《廣雅》與《說文》有很多相近之處。有的釋條，《說文》與《廣雅》釋義句語言表述不同，但釋義相同或相近。從含有共同文字的釋義句來看，《說文》多為三字句，還有四字句、五字句、六字句、七字句等，《廣雅》的釋義句往往比《說文》少一個或幾個字，多為二字句。《說文》逐字訓釋，其釋義句運用三字句、四字句等，主要是為了更準確地解釋字義和詞義。《廣雅》運用二字句，往往是為了適應多個詞同條共訓這一訓詁體例。雖然二書釋義句字數不同，釋義也有一定差別，但可以判斷，《廣雅》很可能是在《說文》釋義的基礎上作了一些改易，因此二書在釋義上存在語義聯繫，在內容上存在傳承關係。

從訓詁體例來看，有的釋條，《說文》與《廣雅》的訓釋只是在訓詁方式與訓詁術語上存在一些差異，釋義卻是相同或相近的。

從《廣雅》與《說文》之異來看，二書異中有同，差異中有聯繫，這就表明《廣雅》受《說文》影響。

雖然《說文》對《廣雅》的成書有一定影響，但這種影響是很有限的。張揖在編纂《廣雅》時，參考了多種訓詁著作。王念孫《廣雅疏證・序》云：「魏太和中，博士張君稚讓，繼兩漢諸儒後，參攷往籍，徧記所聞，分別部居，依乎《爾雅》，凡所不載，悉箸於篇。其自《易》、《書》、《詩》、三《禮》、三《傳》經師之訓，《論語》、《孟子》、《鴻烈》、《法言》之注，《楚辭》、漢賦之解，讖緯之記，《倉頡》、《訓纂》、《滂喜》、《方言》、《說文》之說，靡不兼載。」可見，《廣雅》為搜羅故訓而博採群書，《說文》只是其中較重要的一種而已。只有當《廣雅》釋義僅見於《說文》而不見於他書時，我們才能肯定《廣雅》釋義沿襲《說文》。因此，我們不能誇大《說文》對《廣雅》的影響。相比較而言，《說文》對《廣雅》的影響遠不如《爾雅》對《說文》的影響。正因為如此，儘管《廣雅》的內容比《爾雅》多，但《說文解字注》引用《爾雅》的條數遠比《廣雅》多。

結　語

段玉裁《說文解字注》是中國訓詁學史上的名著，體大思精，具有很高的學術價值，值得後人深入研究。段氏在注解《說文》的過程中，大量引用雅學文獻，具體包括《爾雅》及其注本、《小爾雅》、《廣雅》及其注本、《埤雅》、《爾雅翼》。據書後附錄統計，段注在《說文》1442個字頭下引用了《爾雅》，在355個字頭下引用了郭璞《爾雅注》，在156個字頭下引用了陸德明《爾雅音義》，在410個字頭下引用了《廣雅》。引用數量不可謂不多，而引用方式也是多種多樣的。本書主要是從不同角度來闡述段注中所引用的雅學文獻。

本書首先從整體上來闡述段注徵引雅學文獻的概況。本書在對段注所引雅學文獻作窮盡性統計的基礎上，舉例說明段注徵引雅學文獻的內容、方式、目的、作用等，並指出其失誤與不足。書後附有「《說文解字注》引雅學文獻統計表」。

自清代至今，段注研究已取得了豐碩的成果，但學界對段注的研究多集中於校訂其訛誤，概括其條例，評論其是非。本書通過梳理段玉裁對《爾雅》及其注本的校訂、注釋、評論，揭示段玉裁治《爾雅》之成就與不足。將段玉裁對《廣雅》的校釋與王念孫《廣雅疏證》進行比較，揭示段玉裁治《廣雅》之成就與不足。從段注分析、歸納出段氏治雅學之成就，是本書的研究目的之一。

敦煌文獻中包含白文《爾雅》和《爾雅注》，而段玉裁沒有見到敦煌文獻。

雖然敦煌本《爾雅》研究已取得了一些成果，但研究還不夠充分。本書從俗字、通假字、通用字、異體字、異形詞、古今字、同形字、誤字等方面，將段注所引《爾雅》及郭璞注與敦煌本進行比較，闡明二者在用字上的差異與特點。

段玉裁在大量徵引《爾雅》的同時，又在一定程度上揭示了《爾雅》對《說文》的影響。本書即以《說文解字注》為平臺，從用字、釋義、訓詁體例三方面比較《爾雅》與《說文》之異同，並利用段注中已有的考證和結論，進一步揭示《爾雅》對《說文》的影響，深入闡述《爾雅》與《說文》之間的源流關係。

段玉裁在大量徵引《廣雅》的同時，也在一定程度上揭示了《說文》對《廣雅》的影響。本書亦以《說文解字注》為平臺，從用字、釋義、訓詁體例三方面比較《說文》與《廣雅》之異同，並利用段注中已有的考證和結論，進一步揭示《說文》對《廣雅》的影響。從總體上看，《說文》對《廣雅》的影響很有限，遠不如《爾雅》對《說文》的影響。

總之，本書從不同角度來闡述段注所引雅學文獻，以期能為「《說文》學」研究、雅學研究、敦煌學研究等提供參考。段注博大精深，還有許多問題值得探討。在傳統文化、冷門絕學受到重視的今天，相信段注研究會結出更多的碩果。

參考文獻

一、「《說文》學」類

1.《本艸》(漢) 許慎撰,(宋) 徐鉉校定:《說文解字》,中華書局,2013 年版。
2.《本艸》(南唐) 徐鍇:《說文解字繫傳》,中華書局,1987 年版。
3.《本艸》(清) 段玉裁:《說文解字注》,上海古籍出版社,1988 年版。
4.《本艸》(清) 段玉裁:《汲古閣說文訂》,《續修四庫全書》(第 204 冊),上海古籍出版社,2002 年版。
5.《本艸》(清) 王筠:《說文句讀》,中國書店,1983 年版。
6.《本艸》(清) 朱駿聲:《說文通訓定聲》,中華書局,1984 年版。
7.《本艸》(清) 桂馥:《說文解字義證》,上海古籍出版社,1987 年版。
8.《本艸》(清) 馬壽齡:《說文段注撰要》,《叢書集成初編》,上海商務印書館,1936 年版。
9.《本艸》(清) 鈕樹玉:《段氏說文注訂》,《續修四庫全書》(第 213 冊),上海古籍出版社,2002 年版。
10.《本艸》(清) 王紹蘭:《說文段注訂補》,《續修四庫全書》(第 213 冊),上海古籍出版社,2002 年版。
11.《本艸》(清) 徐承慶:《說文解字注匡謬》,《續修四庫全書》(第 214 冊),上海古籍出版社,2002 年版。
12.《本艸》(清) 馮桂芬:《說文解字段注考正》,《續修四庫全書》(第 223～225 冊),上海古籍出版社,2002 年版。
13.《本艸》(清) 徐灝:《說文解字注箋》,《續修四庫全書》(第 225～227 冊),上海古籍出版社，2002 年版。
14.《本艸》呂景先：《說文段注指例》，臺灣正中書局，1946 年版。
15.《本艸》蔣冀騁：《說文段注改篆評議》，湖南教育出版社，1993 年版。
16.《本艸》李傳書：《說文解字注研究》，湖南人民出版社，1997 年版。
17.《本艸》馬景侖：《段注訓詁研究》，江蘇教育出版社，1997 年版。
18.《本艸》余行達：《說文段注研究》，巴蜀書社，1998 年版。
19.《本艸》許惟賢整理：《說文解字注》，鳳凰出版社，2007 年版。
20.《本艸》陸宗達：《說文解字通論》，北京出版社，1981 年版。
21.《本艸》張舜徽：《說文解字約注》，中州書畫社，1983 年版。
22.《本艸》馬敘倫：《說文解字六書疏證》，上海書店，1985 年版。
23.《本艸》丁福保編纂：《說文解字詁林》，中華書局，1988 年版。
24.《本艸》湯可敬：《說文解字今釋》，嶽麓書社，1997 年版。
25.《本艸》張其昀：《「說文學」源流考略》，貴州人民出版社，1998 年版。
26.《本艸》張標：《20 世紀〈說文〉學流別考論》，中華書局，2003 年版。
27.《本艸》呂浩：《說文演義》，上海大學出版社，2009 年版。
28.《本艸》黎千駒：《說文學專題研究》，中國社會科學出版社，2010 年版。
29.《本艸》馬宗霍：《說文解字引經考》，中華書局，2013 年版。
30.《本艸》鍾如雄：《說文解字論綱》（修訂本），中國社會科學出版社，2014 年版。
31.《本艸》黄天樹：《說文解字通論》，北京大學出版社，2014 年版。
32.《本艸》殷寄明：《說文解字精讀》，復旦大學出版社，2016 年版。

二、雅學類

1.《本艸》（清）郝懿行：《爾雅義疏》，上海古籍出版社，1983 年版。
2.《本艸》（清）胡世琦：《小爾雅義證》，《清代稿本百種彙刊》，臺灣文海出版社，1974 年版。
3.《本艸》（清）王念孫：《廣雅疏證》，中華書局，2004 年版。
4.《本艸》周祖謨：《爾雅校箋》，江蘇教育出版社，1984 年版。
5.《本艸》徐朝華：《爾雅今注》，南開大學出版社，1994 年版。
6.《本艸》朱祖延主編：《爾雅詁林》，湖北教育出版社，1996 年版。
7.《本艸》管錫華：《爾雅研究》，安徽大學出版社，1996 年版。
8.《本艸》徐莉莉，詹鄞鑫：《爾雅：文詞的淵海》，上海古籍出版社，1997 年版。
9.《本艸》胡奇光，方環海：《爾雅譯注》，上海古籍出版社，2004 年版。
10.《本艸》黄侃著，黄焯輯，黄延祖重輯：《爾雅音訓》，中華書局，2007 年版。
11.《本艸》顧廷龍，王世偉：《爾雅導讀》，中國國際廣播出版社，2008 年版。
12.《本艸》石雲孫：《朱雅》，華東師範大學出版社，2009 年版。
13.《本艸》王世偉整理：《爾雅注疏》，上海古籍出版社，2010 年版。

14.《本艸》賴雁蓉：《〈爾雅〉與〈說文〉名物詞比較研究——以器用類、植物類、動物類為例》，臺灣新北市花木蘭文化出版社，2011 年版。
15.《本艸》郭鵬飛：《爾雅義訓研究》，上海古籍出版社，2012 年版。
16.《本艸》王建莉：《〈爾雅〉同義詞考論》，中華書局，2012 年版。
17.《本艸》李冬英：《〈爾雅〉普通語詞注釋》，中國社會科學出版社，2015 年版。
18.《本艸》王世偉：《〈爾雅〉史話》，國家圖書館出版社，2016 年版。
19.《本艸》黃懷信：《小爾雅校注》，三秦出版社，1992 年版。
20.《本艸》楊琳：《小爾雅今注》，漢語大詞典出版社，2002 年版。
21.《本艸》黃懷信：《小爾雅匯校集釋》，三秦出版社，2003 年版。
22.《本艸》遲鐸：《小爾雅集釋》，中華書局，2008 年版。
23.《本艸》徐宗元：《小爾雅義疏》，北京時代弄潮文化發展公司，2012 年版。
24.《本艸》徐復主編：《廣雅詁林》，江蘇古籍出版社，1992 年版。
25.《本艸》徐興海：《〈廣雅疏證〉研究》，江蘇古籍出版社，2001 年版。
26.《本艸》胡繼明：《〈廣雅疏證〉同源詞研究》，巴蜀書社，2003 年版。
27.《本艸》胡繼明：《〈廣雅〉研究》，四川辭書出版社，2008 年版。
28.《本艸》盛林：《〈廣雅疏證〉中的語義學研究》，上海人民出版社，2008 年版。
29.《本艸》張其昀：《〈廣雅疏證〉導讀》，社會科學文獻出版社，2009 年版。
30.《本艸》胡繼明，周勤，向學春：《〈廣雅疏證〉詞彙研究》，商務印書館，2015 年版。
31.《本艸》李福言：《〈廣雅疏證〉因聲求義研究》，中國社會科學出版社，2017 年版。
32.《本艸》竇秀豔：《中國雅學史》，齊魯書社，2004 年版。
33.《本艸》竇秀豔：《雅學文獻學研究》，中國社會科學出版社，2015 年版。
34.《本艸》王其和：《清代雅學史》，中華書局，2016 年版。

三、敦煌學類

1.《本艸》王重民原編，黃永武新編：《敦煌古籍敘錄新編》，臺灣新文豐出版公司，1986 年版。
2.《本艸》蔣禮鴻：《敦煌變文字義通釋》，上海古籍出版社，1988 年版。
3.《本艸》張湧泉：《敦煌俗字研究》，上海教育出版社，1996 年版。
4.《本艸》季羨林主編：《敦煌學大辭典》，上海辭書出版社，1998 年版。
5.《本艸》褚良才：《敦煌學簡明教程》，中華書局，2001 年版。
6.《本艸》榮新江：《敦煌學十八講》，北京大學出版社，2001 年版。
7.《本艸》黃徵：《敦煌語言文字學研究》，甘肅教育出版社，2002 年版。
8.《本艸》姜亮夫：《敦煌學概論》，北京出版社，2004 年版。
9.《本艸》黃徵：《敦煌俗字典》，上海教育出版社，2005 年版。
10.《本艸》許建平：《敦煌經籍敘錄》，中華書局，2006 年版。

11.《本艸》王重民：《敦煌古籍敘錄》，中華書局，2010 年版。
12.《本艸》方廣錩：《方廣錩敦煌遺書散論》，上海古籍出版社，2010 年版。

四、工具書類

1.《本艸》（梁）顧野王：《大廣益會玉篇》，中華書局，1987 年版。
2.《本艸》（清）永瑢：《四庫全書總目》，中華書局，1965 年版。
3.《本艸》（清）阮元校刻：《十三經注疏》，中華書局，1980 年版。
4.《本艸》王力：《同源字典》，商務印書館，1982 年版。
5.《本艸》羅竹風主編：《漢語大詞典》，上海辭書出版社，漢語大詞典出版社，1994 年版。
6.《本艸》李學勤主編：《十三經注疏》，北京大學出版社，1999 年版。
7.《本艸》曹先擢，蘇培成主編：《漢字形義分析字典》，北京大學出版社，1999 年版。
8.《本艸》顧廷龍主編：《續修四庫全書》，上海古籍出版社，2002 年版。
9.《本艸》李圃主編：《古文字詁林》，上海教育出版社，2002 年版。
10.《本艸》宗福邦，陳世鐃，蕭海波主編：《故訓匯纂》，商務印書館，2003 年版。
11.《本艸》楊劍橋：《實用古漢語知識寶典》，復旦大學出版社，2003 年版。
12.《本艸》馬文熙，張歸璧：《古漢語知識辭典》，中華書局，2004 年版。
13.《本艸》陳復華主編：《古代漢語詞典》，商務印書館，2005 年版。
14.《本艸》馮其庸，鄧安生：《通假字彙釋》，北京大學出版社，2006 年版。
15.《本艸》漢語大字典編輯委員會：《漢語大字典》（第二版），湖北長江出版集團．崇文書局，四川出版集團．四川辭書出版社，2010 年版。
16.《本艸》郭錫良：《漢字古音手冊》（增訂本），商務印書館，2010 年版。

五、其他著作

1.《本艸》（漢）班固：《漢書》，中華書局，2007 年版。
2.《本艸》（唐）陸德明撰，黃焯彙校，黃延祖重輯：《經典釋文彙校》，中華書局，2006 年版。
3.《本艸》（唐）魏徵：《隋書》，中華書局，2000 年版。
4.《本艸》（宋）王應麟：《玉海》，廣陵書社，2003 年版。
5.《本艸》（元）脫脫：《宋史》，中華書局，2000 年版。
6.《本艸》（清）段玉裁撰，鍾敬華校點：《經韻樓集》，上海古籍出版社，2008 年版。
7.《本艸》周祖謨：《問學集》，中華書局，1966 年版。
8.《本艸》趙爾巽等：《清史稿》，中華書局，1977 年版。
9.《本艸》胡樸安：《中國訓詁學史》，中國書店，1983 年版。

10.《本艸》陸宗達，王寧：《訓詁方法論》，中國社會科學出版社，1983 年版。
11.《本艸》容庚：《金文編》，中華書局，1985 年版。
12.《本艸》裘錫圭：《文字學概要》，商務印書館，1988 年版。
13.《本艸》姜聿華：《中國傳統語言學要籍述論》，書目文獻出版社，1992 年版。
14.《本艸》陸宗達，王寧：《訓詁與訓詁學》，山西教育出版社，1994 年版。
15.《本艸》趙克勤：《古代漢語詞彙學》，商務印書館，1994 年版。
16.《本艸》張岱年主編：《戴震全書》，黃山書社，1995 年版。
17.《本艸》王寧：《訓詁學原理》，中國國際廣播出版社，1996 年版。
18.《本艸》鄭遠漢主編：《黃侃學術研究》，武漢大學出版社，1997 年版。
19.《本艸》支偉成：《清代樸學大師列傳》，嶽麓書社，1998 年版。
20.《本艸》周祖謨：《文字音韻訓詁論集》，北京大學出版社，2000 年版。
21.《本艸》洪誠：《洪誠文集》，江蘇古籍出版社，2000 年版。
22.《本艸》梁啟超：《中國近三百年學術史》，山西古籍出版社，2001 年版。
23.《本艸》朱承平：《故訓材料的鑒別與應用》，暨南大學出版社，2001 年版。
24.《本艸》濮之珍：《中國語言學史》，上海古籍出版社，2002 年版。
25.《本艸》胡安順：《音韻學通論》，中華書局，2003 年版。
26.《本艸》徐山：《古文字考叢》，中國文史出版社，2003 年版。
27.《本艸》陳垣：《校勘學釋例》，中華書局，2004 年版。
28.《本艸》王力：《漢語史稿》，中華書局，2004 年版。
29.《本艸》齊佩瑢：《訓詁學概論》，中華書局，2004 年版。
30.《本艸》劉葉秋：《中國字典史略》，中華書局，2004 年版。
31.《本艸》倪其心：《校勘學大綱》，北京大學出版社，2004 年版。
32.《本艸》張書岩主編：《異體字研究》，商務印書館，2004 年版。
33.《本艸》郭在貽：《訓詁學》（修訂本），中華書局，2005 年版。
34.《本艸》胡奇光：《中國小學史》，上海人民出版社，2005 年版。
35.《本艸》白兆麟：《新著訓詁學引論》，上海辭書出版社，2005 年版。
36.《本艸》高小方：《中國語言文字學史料學》，南京大學出版社，2005 年版。
37.《本艸》蔣紹愚：《古漢語詞彙綱要》，商務印書館，2005 年版。
38.《本艸》張志毅，張慶雲：《詞彙語義學》（修訂本），商務印書館，2005 年版。
39.《本艸》黃侃著，黃延祖重輯：《黃侃國學文集》，中華書局，2006 年版。
40.《本艸》王力：《中國語言學史》，復旦大學出版社，2006 年版。
41.《本艸》何九盈：《中國古代語言學史》（新增訂本），北京大學出版社，2006 年版。
42.《本艸》黃德寬，陳秉新：《漢語文字學史》（增訂本），安徽教育出版社，2006 年版。
43.《本艸》莊輝明，章義和：《顏氏家訓譯注》，上海古籍出版社，2006 年版。
44.《本艸》王遠新：《古代語言學簡史》，中央民族大學出版社，2006 年版。

45.《本艸》鄒曉麗：《基礎漢字形義釋源——〈說文〉部首今讀本義》（修訂本），中華書局，2007 年版。
46.《本艸》華學誠：《周秦漢晉方言研究史》（修訂本），復旦大學出版社，2007 年版。
47.《本艸》蘇寶榮：《詞彙學與辭書學研究》，商務印書館，2008 年版。
48.《本艸》杜澤遜：《文獻學概要》（修訂本），中華書局，2008 年版。
49.《本艸》沙宗元：《文字學術語規範研究》，安徽大學出版社，2008 年版。
50.《本艸》于省吾：《雙劍誃諸子新證》，中華書局，2009 年版。
51.《本艸》單殿元：《王念孫王引之著作析論》，社會科學文獻出版社，2009 年版。
52.《本艸》向熹：《簡明漢語史》，商務印書館，2010 年版。
53.《本艸》張湧泉：《漢語俗字研究》（增訂本），商務印書館，2010 年版。
54.《本艸》（瑞士）索緒爾著，高名凱譯：《普通語言學教程》，商務印書館，2011 年版。
55.《本艸》楊琳：《訓詁方法新探》，商務印書館，2011 年版。
56.《本艸》陳東輝：《漢語史史料學》，中華書局，2013 年版。
57.《本艸》徐山：《探義尋根——徐山文字訓詁萃編》，齊魯書社，2016 年版。
58.《本艸》劉婧：《中國傳統文化視野下的漢語研究》，北京理工大學出版社，2017 年版。
59.《本艸》楊琳：《語文學論集》，人民出版社，2019 年版。

六、論文類

1.《本艸》濮之珍：《方言與爾雅的關係》，《學術月刊》，1957 年，第 12 期。
2.《本艸》郭在貽：《〈說文段注〉與漢語詞彙研究》，《社會科學戰線》，1978 年，第 3 期。
3.《本艸》趙振鐸：《揚雄〈方言〉是對〈爾雅〉的發展》，《社會科學研究》，1979 年，第 4 期。
4.《本艸》趙振鐸：《讀〈廣雅疏證〉》，《中國語文》，1979 年，第 4 期。
5.《本艸》殷孟倫：《王念孫父子〈廣雅疏證〉在漢語研究史上的地位》，《東嶽論叢》，1980 年，第 2 期。
6.《本艸》傅鑒明：《〈爾雅〉和雅書》，《成都大學學報》（社會科學版），1986 年，第 4 期。
7.《本艸》閻玉山：《〈方言〉宗〈爾雅〉說辨疑》，《古籍整理研究學刊》，1990 年，第 3 期。
8.《本艸》劉國恩：《黃侃與雅學》，《遼寧大學學報》，1990 年，第 4 期。
9.《本艸》趙世舉：《歷代雅書述略》（上、下），《辭書研究》，1991 年，第 3 期、第 4 期。
10.《本艸》趙伯義：《〈小爾雅〉概說》，《古籍整理研究學刊》，1993 年，第 1 期。

11.《本艸》吳禮權：《〈爾雅〉古今研究述評》，《古籍整理研究學刊》，1993 年，第 5 期。
12.《本艸》夏廣興：《陸佃的〈埤雅〉及其學術價值》，《上海師範大學學報》，1994 年，第 1 期。
13.《本艸》戴建華：《讀〈小爾雅〉》，《古漢語研究》，1995 年，第 2 期。
14.《本艸》夏廣興：《羅願和他的〈爾雅翼〉》，《辭書研究》，1997 年，第 5 期。
15.《本艸》毛遠明：《〈說文段注〉校釋群書述評》，《文獻》，1999 年，第 1 期。
16.《本艸》張其昀：《段玉裁〈說文解字注〉述評》，《揚州大學學報》(人文社會科學版)，1999 年，第 6 期。
17.《本艸》管錫華：《20 世紀的〈爾雅〉研究》，《辭書研究》，2002 年，第 2 期。
18.《本艸》楊琳：《胡世琦及其〈小爾雅義證〉考述》，《文獻》，2003 年，第 2 期。
19.《本艸》王飛華：《〈爾雅〉〈釋名〉比較略述》，《西南民族學院學報》(哲學社會科學版)，2003 年，第 3 期。
20.《本艸》劉志剛：《〈說文〉段注古今字考》，《江西社會科學》，2008 年，第 5 期。
21.《本艸》彭喜雙：《〈爾雅〉文獻研究》，復旦大學博士學位論文，2009 年。
22.《本艸》李倩：《敦煌本〈爾雅〉P.3719 白文寫卷校錄疏證》，《燕山大學學報》(哲學社會科學版)，2009 年，第 1 期。
23.《本艸》楊際平：《對敦煌學研究的回顧與展望》，《社會科學戰線》，2009 年，第 9 期。
24.《本艸》張湧泉：《敦煌文獻的寫本特徵》，《敦煌學輯刊》，2010 年，第 1 期。
25.《本艸》李開：《學術寶山裏的點金術——讀許惟賢教授〈說文解字注〉整理本》，《辭書研究》，2010 年，第 4 期。
26.《本艸》王世偉：《〈說文〉與〈爾雅〉的分類旨趣與學術異同論略》，《圖書與情報》，2011 年，第 2 期。
27.《本艸》王健：《段玉裁語言學觀念研究——以〈說文解字注〉、〈經韻樓集〉為中心》，浙江大學博士學位論文，2016 年。

七、筆者相關研究成果

1.《本艸》江遠勝：《〈爾雅〉與〈說文解字〉釋義比較研究》，鳳凰出版社，2019 年版。
2.《本艸》江遠勝，王強：《論胡承珙對〈小爾雅〉的校勘》，(韓國)《東亞文獻研究》，2009 年，第 5 輯。
3.《本艸》江遠勝：《論段玉裁治〈小爾雅〉之成就》，(韓國)《東亞文獻研究》，2012 年，第 9 輯。
4.《本艸》江遠勝：《〈說文解字注〉所引〈爾雅〉與敦煌本之比較》，(韓國)《東亞文獻研究》，2012 年，第 10 輯。

5.《本艸》江遠勝：《〈說文解字〉引〈爾雅〉統計與分析》，《安慶師範學院學報》（社會科學版），2016 年，第 2 期。
6.《本艸》江遠勝：《論許慎文化在高校的傳播途徑及重要意義》，《河南教育》（高教），2017 年，第 12 期。
7.《本艸》江遠勝：《論〈小爾雅〉的兩個訓釋條例》，《安慶師範大學學報》（社會科學版），2018 年，第 5 期。
8.《本艸》江遠勝：《〈爾雅〉與〈說文〉名物訓釋之同統計與分析》，（韓國）《東亞文獻研究》，2018 年，第 22 輯。
9.《本艸》江遠勝：《解析〈說文〉釋義句擴充〈爾雅〉釋義句的原因》，《三明學院學報》，2019 年，第 3 期。
10.《本艸》江遠勝：《〈爾雅〉與〈說文〉義同字異研究》，《許昌學院學報》，2020 年，第 1 期。
11.《本艸》江遠勝：《從〈說文解字〉窺探上古印染》，《漯河職業技術學院學報》，2021 年，第 5 期。
12.《本艸》江遠勝：《論段玉裁對〈爾雅〉與〈說文〉源流關係的揭示》，《許昌學院學報》，2021 年，第 6 期。
13.《本艸》江遠勝：《論段玉裁對〈爾雅〉異文的揭示》，《河西學院學報》，2022 年，第 6 期。
14.《本艸》江遠勝：《從〈廣雅疏證〉看王念孫對〈爾雅〉異文的揭示》，《俄羅斯人文瞭望》，2023 年，第 2 期。
15.《本艸》江遠勝：《包含相同文字的〈爾雅〉二字釋義句與〈說文解字〉三字釋義句比較分析》，《漯河職業技術學院學報》，2023 年，第 4 期。

附錄　《說文解字注》引雅學文獻統計表

一、《說文解字注》引《爾雅》統計表

篇目	字頭	統計
一篇上	元、丕、禧、祿、褫、祉、祺、祗、禋、祀、祡、祪、祖、礿、禡、禂、珣、球、璧、瑗、環、琬、玠、璹、瑮、琢、琱、珧、璗、璿、璯、於	32
一篇下	屮、芝、虋、茁、蓈、葩、芓、蘇、薇、菦、莧、蘧、蔽、苹、蕢、芄、蘺、萹、藒、茖、藎、萇、薊、藋、莿、菽、苦、菅、蘄、蒢、蓷、堇、莙、藮、蔏、苢、蕒、荓、蕕、蓁、莃、蕶、蕧、苓、蔓、蔨、蓨、葴、薔、蔽、蔞、蔨、菟、蘋、蒐、薜、莣、艾、蘸、蔦、莿、苫、葑、薺、藿、蘩、蔆、芐、蕉、薦、蔆、蘜、蘥、薇、蒹、葝、艿、蘭、荷、蓿、藹、蘢、菣、莪、蔚、芍、蕭、蘠、菌、荒、蒖、蔵、荎、莕、芫、藉、芋、蘢、茛、薖、蕣、茱、茉、莍、芛、蕈、英、薾、荄、菂、茇、蔭、芼、苗、蔽、藪、菑、蓟、蓆、薦、蘋、茭、蔥、萑、蕈、蕨、莎、蓳、菲、萊、蒙、蒜、蕢、茶、蘇、蒿、蘬	137
二篇上	尚、余、犢、犻、犉、犙、犀、噣、嚨、嗛、嗇、哺、呬、吾、哲、哉、台、启、咸、噊、吚、吪、嘆、嚶、單、趄、趙、走、歲、此、呰	31
二篇下	赸、迹、達、邁、延、逝、退、述、遵、適、過、遺、造、遄、速、迅、遭、遘、逢、遻、迪、運、遜、還、逮、遹、迷、逑、逭、迺、迫、遷、邇、遏、逊、迥、邊、道、遽、迒、迲、邊、循、微、徥、徥、徛、律、行、衢、齯、齨、齝、齛、齸、跛、躓、跰、路	59

三篇上	諔、言、諸、謨、訪、諏、訊、諶、信、誥、譪、訔、諈、謐、諓、謝、訖、譖、謷、詒、譸、誃、訾、誕、訌、訏、詾、誶、誓、訧、諜、業、弇、共、戴	35
三篇下	鞎、勒、鬲、鬻、融、鬻、鬻、鬻、鬩、燮、聿、隸、臧、殿、毄、將、敏、敃、攺、敶、斀、攸、敉、啟、敔、敘	26
四篇上	瞦、矈、睒、盱、眕、眽、瞻、臨、相、瞑、瞯、眺、省、睶、鶨、奭、羽、翰、翟、翠、翦、翑、翕、翬、翜、翊、翔、翽、雅、雒、巂、雉、雝、雞、離、雁、雄、雁、雞、翟、雇、雉、萑、舊、羜、羒、牂、羭、羠、羳、羌、雔、鳥、鶌、雗、鷚、鷚、鳶、鴡、鶭、鴃、鶤、鴂、鷦、鷗、鷞、鷯、鷗、鴿、鶴、鷺、鷖、鶩、鴈、鶩、鷖、鷸、鷊、鸕、鴳、鷞、鳩、鶬、鴃、鴰、鷹、鴡、鸛、鷤、鷙、鷸、鷽、鵔、鷩、烏	95
四篇下	幼、幽、疐、玄、予、爰、叡、舜、歺、殛、殄、殲、骹、肉、胎、膺、臍、腹、胤、膻、臞、脙、臆、腴、胥、腥、腈、膩、脽、胆、刖、剡、初、剬、刻、劐、割、劑、釗、栔、耕、耤、觤、觛、觳	45
五篇上	竹、筱、簜、篙、筡、篙、簡、笐、筰、笫、籧、籭、篚、筀、籟、笷、篸、差、猒、曰、曷、朁、卣、粤、號、于、粵、嘉、愷、凱、梪、豑、虔、琥、鱸、虓、虒、贙、盎、盡、衄、盉、主	43
五篇下	餴、飪、餱、饔、餐、饁、饟、餬、餩、餕、饑、饉、餒、合、僉、舍、會、缶、罄、罊、冂、市、京、畐、亩、亶、牆、粇、畟、夋、舛、韎、韏、羃、夅、桀、磔	37
六篇上	柚、棃、楟、梅、楸、梫、杜、梛、棆、柍、橶、棪、椋、藁、栜、椅、櫝、橲、柀、梡、桵、椐、杙、桔、椽、椵、樍、樲、樸、梢、槺、橃、楊、檉、移、楓、權、槐、杞、梂、檿、欙、梧、榮、楡、梗、檜、樅、柏、桋、栀、棐、枵、朻、格、槸、榦、檥、桴、楮、楛、栭、桷、楣、樀、植、樞、宋、槾、棍、楣、梱、楄、楔、桓、槙、茱、槅、楮、榹、欞、檕、栫、棖、樴、臬、柷、榷、梁、采、梳、休、棐、林、霖、楙、才	97
六篇下	之、索、花、華、稽、束、圖、壺、貝、賑、贛、賚、賜、郡、邸、郵、邦、郁、虦	19
七篇上	旻、時、旭、景、晦、曀、曩、昪、暀、昄、昱、暱、昆、暨、旐、旆、旌、旟、旂、旃、游、旇、旄、冥、晨、朗、夢、夤、棗、鼒、鼐、克、禾、秀、穆、穧、稌、穟、秠、穮、穧、秩、季、穀、稂、秭、黎、糂、糪	49
七篇下	饖、鐵、㕲、𦑲、瓣、家、室、宧、宦、宓、察、宵、寑、宛、寠、宮、窒、竄、窐、窕、穹、究、痾、瘣、痡、瘇、瘵、瘼、疧、瘏、痒、痱、瘴、癉、痻、瘉、冣、罕、罩、罛、罶、罧、罠、羅、罬、罝、幬、飾、幠、幃、帣、黹	52

八篇上	俅、伉、伯、伊、佝、僩、俶、傭、僾、偲、供、偫、位、伒、俌、仍、侐、偁、作、儥、儀、任、俔、俾、倪、使、價、仔、伏、儳、儔、俯、俴、佻、偽、僭、侉、係、但、咎、僧、㐬、卬、從、毖、冀、丘、虛、屔、臮、褕、襮、褸、袶、袍、襜、裾、襩、褆、襄、裼、襭、袺、褮、耋、耇、屆、尼	68
八篇下	艐、朕、舫、般、方、斻、允、亮、兄、兟、覞、覢、覘、欽、款、欿、欥、旡、㾖	19
九篇上	顏、顛、頂、題、碩、顒、願、頲、顚、顗、頛、頼、㣎、彥、髦、后、令、卻、辟、匃、匒、冢、苟、鬼、醜、羗、嵬	27
九篇下	嶽、岱、岵、屺、嶨、嶅、岨、岡、岑、崒、巒、密、隓、崇、嵯、嵍、岸、庭、廇、序、底、庇、庶、廞、厜、㕒、厝、厥、厝、厖、碩、硞、礐、礦、䃌、肆、鈇、豰、豵、豝、豧、豦、㣇、彙、貅、豸、貙、貔、豺、貐、貘、貗、貀、貆、貒、貛、貁、兕、易、豫	60
十篇上	驚、馬、騆、駽、騢、騅、駱、駰、驄、驈、駹、騧、驃、駻、馰、駮、驏、驔、驠、駿、騋、篤、馺、駔、駬、駁、驒、駒、麔、麀、麢、麓、麒、麐、麖、麔、麠、麋、麢、麌、麙、麤、麗、娩、狗、尨、獿、猲、獫、臭、猩、獒、狧、狟、戾、獮、獠、狩、類、狄、狻、玃、猶、猴、狼、獌、猋、鼠、鼶、鼢、鼫、鼨、鼩、鼸、鼬、羆、焜、烝、烰、煁、烘、炕、熙、粦、黝、黔、儵、黶	89
十篇下	赤、赬、赫、奄、奆、夰、奔、喬、奔、懿、圉、鞞、亢、皋、昦、奘、靖、忯、惐、恂、懷、意、惷、懵、憮、忞、慔、愐、恤、懽、惄、愒、急、極、悒、悝、慇、憪、惴、怲、惙、悠、忓、忡、悄	45
十一篇上一	汃、河、泑、涷、沱、溼、汼、沴、濮、灉、渚、洵、海	13
十一篇上二	溥、洪、涓、滐、沄、泬、滃、潏、瀾、淪、汋、瀱、淑、淈、瀳、瀸、洔、消、涘、汻、氿、濇、沚、沸、汜、湀、滎、瀆、湄、澗、澳、滎、淜、泭、泝、泳、潛、砅、湮、潋、洿、洽、涸、漮、瀵、汏、淅、潎、漀、涒、洒、濯、渝、萍、汩	55
十一篇下	𣶒、川、州、泉、永、羕、𠂢、覛、谷、谿、冰、震、霄、霢、霖、霽、霚、霾、霿、霓、鰤、鮎、鱒、鮥、鰈、鯉、鮦、鯈、魴、鮀、鱧、鯢、鰼、鯇、鮺、鮀、鯰、鱖、魵、鮹、鮐、鯁、鰕、鰝、鮥、魧、鮅、鮡、燕	49
十二篇上	乙、到、臻、臸、臺、扉、扇、扆、闉、闟、閎、闔、閣、闠、闕、闔、闑、閾、閤、閒、閼、闢、聊、職、𦣞、摧、拒、摟、摩、摩、掩	31
十二篇下	婚、姻、妃、媲、姑、威、妣、姊、娣、姪、姨、始、婐、姡、媞、娑、婟、妯、妥、弋、戛、戓、戠、戔、我、䖑、甍、甗、瓬、甌、甓、甈、弭、彏、弘、弼、孫、繇	38

十三篇上	純、緷、續、紹、縮、緂、緀、纁、縓、繱、緅、綅、纂、綸、纀、縿、徽、繩、繴、績、虫、蝮、螼、蠁、螝、虺、蚖、蠸、螟、蟦、蟣、蛭、蝚、蛣、蚍、蟼、蛁、蛓、蝤、蠆、蠍、強、蠲、蠖、蝝、螻、蠪、蛾、螘、蚔、蝒、蛸、蛢、蜚、蛅、蜆、蝁、蜘、蠕、蠕、蟠、蛜、蜙、蜩、蜺、螇、蚼、蠓、蝬、蟰、蜉、蠛、螢、蝙、蠢、蠹、蚌、蝸、蝓、蜎、蚨、蝌、蠵、蝯、蠗、蜼、蟨、蝙、蠻、虹、蟒	91
十三篇下	蝨、蠿、蠽、蠭、蠹、蠹、蟁、蝨、蠡、蠶、蟊、颯、飆、飄、黽、鼃、鼊、亟、竺、堛、基、埒、埾、坫、垔、墀、墼、在、填、堤、壎、塒、坻、垑、埂、坏、畬、界、畯、舅、甥、勉、劭、勖	44
十四篇上	銀、鐐、鈏、鏤、銑、釘、銚、鏞、鏐、鏃、**鐒**、斤、斪、所、斛、矜、輯、轙、轙、輦、𠂤	21
十四篇下	阜、陵、陸、阿、阪、陖、陟、隰、隊、降、隕、阬、隫、陘、阢、陳、隩、隃、陼、陳、陶、陘、宁、馗、内、禽、嘼、獸、孺、孟、存、育、辰、牾、醧	35
		總共1442

二、《說文解字注》引《爾雅》注本統計表

1. 引犍為舍人《爾雅注》統計表

篇　目	字　頭	統　計
一篇上		0
一篇下	蒹	1
二篇上		0
二篇下	跰	1
三篇上		0
三篇下	鬻、鬯	2
四篇上	奭、雅、雝、巂、雇、舊、鵅、鵞、鴂	9
四篇下	剴	1
五篇上		0
五篇下	亩	1
六篇上	楓、榦	2
六篇下		0
七篇上	糂	1
七篇下	宧、罧	2
八篇上		0
八篇下		0

九篇上		0
九篇下	貔	1
十篇上	駟、䮧	2
十篇下	怒	1
十一篇上一		0
十一篇上二		0
十一篇下	鯉、鮦、鮀	3
十二篇上		0
十二篇下		0
十三篇上	蜙	1
十三篇下		0
十四篇上		0
十四篇下		0
		總共 28

2. 引劉歆《爾雅注》統計表

篇　目	字　頭	統　計
一篇上		0
一篇下	薙	1
二篇上		0
二篇下		0
三篇上		0
三篇下		0
四篇上		0
四篇下		0
五篇上		0
五篇下		0
六篇上		0
六篇下		0
七篇上		0
七篇下		0
八篇上		0
八篇下		0
九篇上		0
九篇下		0
十篇上		0

十篇下		0
十一篇上一		0
十一篇上二		0
十一篇下		0
十二篇上		0
十二篇下		0
十三篇上	蟓	1
十三篇下	蝨	1
十四篇上		0
十四篇下		0
		總共 3

3. 引樊光《爾雅注》統計表

篇　目	字　頭	統　計
一篇上		0
一篇下	蓼、蘻、蒹、茄、蕣	5
二篇上		0
二篇下		0
三篇上		0
三篇下		0
四篇上	翰、雇、雝、鶨、鴈、鶩、鷊、鷩	8
四篇下		0
五篇上		0
五篇下		0
六篇上	梅、樕	2
六篇下		0
七篇上		0
七篇下	瘣	1
八篇上		0
八篇下		0
九篇上		0
九篇下		0
十篇上	駱、鼫	2
十篇下	奘、慇	2
十一篇上一		0
十一篇上二	淈	1

十一篇下		0
十二篇上		0
十二篇下		0
十三篇上		0
十三篇下		0
十四篇上		0
十四篇下		0
		總共 21

4. 引李巡《爾雅注》統計表

篇　目	字　頭	統　計
一篇上	琳	1
一篇下	蓷、苦、蒹	3
二篇上		0
二篇下	趼	1
三篇上		0
三篇下	鞎、闃、臱、敶	4
四篇上	翟、鷂、鴈、鶩、鷚、鴂	6
四篇下	膻	1
五篇上	籗	1
五篇下	冂	1
六篇上	楄	1
六篇下		0
七篇上	旌、旗、旂、糂、檗	5
七篇下	罧	1
八篇上		0
八篇下	斻	1
九篇上		0
九篇下	岸	1
十篇上	狄	1
十篇下	昦、惄	2
十一篇上一		0
十一篇上二		0
十一篇下		0
十二篇上	臺	1
十二篇下		0
十三篇上	蟦、蛚	2

十三篇下		0
十四篇上		0
十四篇下	阜、陵	2
		總共 35

5. 引孫炎《爾雅注》統計表

篇　目	字　頭	統　計
一篇上	礿、琳	2
一篇下	蓼、苦、蘵、蔆	4
二篇上	余、嗛、歲	3
二篇下	述、逑、遽、踣、趼	5
三篇上	諈	1
三篇下	鬻、鬩	2
四篇上	雅、巂、鵴、鴋、鶨、䳫	6
四篇下	膻	1
五篇上	籗、笙、凱	3
五篇下	餴、餾、饁	3
六篇上	梅、樕、柞、楊、桄	5
六篇下		0
七篇上	旻、暱、旐、旌、旟、冥、穮	7
七篇下	幃	1
八篇上	褗、裣、耇、尼	4
八篇下	斻	1
九篇上	頍	1
九篇下	岸	1
十篇上	駱、駰、騋、騉、黝	5
十篇下	昦、奘	2
十一篇上一		0
十一篇上二		0
十一篇下	冰、鮆、鯰	3
十二篇上	扞	1
十二篇下	娣、姨、媞、瓵、弭	5
十三篇上	縿、蟦、蛓、蠓	4
十三篇下	梁、畬、畯	3
十四篇上	鍭	1
十四篇下		0
		總共 74

6. 引郭璞《爾雅注》統計表

篇　目	字　頭	統　計
一篇上	琳、琬、瑁、琅	4
一篇下	屮、蓼、莧、萉、芄、蓟、藋、苦、蒢、蓷、堇、莙、蓲、蘩、蕛、蒀、葴、舊、萋、蒠、蓳、菱、蘜、蕭、蒹、萮、蓛、菻、蔚、芍、蕍、萯、蔝、芫、蕛、芺、莍、萿、萆、蘽、荄、菂、茇、萑、蓱、薔	46
二篇上	犪、犀、犛、嚨、嗌、呬、唌	7
二篇下	遷、逖、徛、齝、齛、齸、跰、龠	8
三篇上	諈、誃、訌、諜、共	5
三篇下	鞎、鬲、叉、聿、殿、將	6
四篇上	眂、翰、翟、翠、翬、翜、翔、翻、巂、雉、雡、瘫、翟、萑、羜、羒、羭、鷗、雝、鵃、鷄、鷚、鴋、鴩、鶇、鷦、鷊、鶨、鴿、鵽、鵱、鷊、鸕、鴔、鴗、鵖、鴾、鶩、鳨、鸛、鸇、鸓、鶩	43
四篇下	肤、腥、膩、劇、栔、觤、觜	7
五篇上	箭、簥、笮、虒、盎、主	6
五篇下	餑、餾、罄、京、夆、罶、磔	7
六篇上	柚、樝、槫、梅、橄、梫、枊、棆、柍、棪、藁、梾、樌、柀、梳、椐、杙、柞、樣、椵、楟、檓、移、權、櫝、杞、榮、梗、樅、楰、橀、楠、植、楣、楄、槢、梲、榷	38
六篇下	花、稽、壺、賑、邾	5
七篇上	旻、旭、曬、旆、旌、旟、旂、旃、冥、曟、稌、穮、秫、糂	14
七篇下	宮、窳、窕、瘣、痱、罧、罬、幃	8
八篇上	位、傭、偁、倪、僉、兓、㞾、袷、裾、袋、屆、尼	12
八篇下	覭、覗、次	3
九篇上	顏、頼、彥、鬼	4
九篇下	密、岸、底、磒、硞、礸、跌、貗、貀、貁、易	11
十篇上	驚、駰、騧、馰、驠、駔、驒、麠、麢、娩、獽、獒、玃、猣、鼤、鼨、鼩、鼸、鼢、熚、煁、炕	22
十篇下	絰、昦、篙	3
十一篇上一		0
十一篇上二	涓、沄、汜、澳、瀵、汨	6
十一篇下	覛、鱒、鮥、鯉、鮦、鯈、鯾、鱺、鱯、鯢、鰼、鮆、鮀、鯰、鮷、鱖、魵、鰕、鰝、鮥	20
十二篇上	闠、閎、閣	3

十二篇下	娣、婟、𢦏	3
十三篇上	綅、綸、纀、縿、虫、蝮、螉、蟣、蝚、蛣、蛵、蛓、蠐、強、蠲、蠖、蝝、螻、蛾、蚳、蜋、蛢、蠪、蛅、蜆、蟠、蜺、蛚、[illegible]、蜉、蠘、蜃、蠯、蜎、蠵、蜼、蠠	37
十三篇下	蝨、蠽、蠿、蠹、蠭、飆、𪓮、鼅、堛、堀、梁、坫、堊、墼、畬	15
十四篇上	銚、鋈、鐵、輮、轙	5
十四篇下	陖、陘、隃、隉、宁、内、孑	7
		總共 355

7. 引郭璞《爾雅音義》統計表

篇　目	字　頭	統　計
一篇上		0
一篇下		0
二篇上	唸	1
二篇下		0
三篇上		0
三篇下		0
四篇上	鶬	1
四篇下	脊	1
五篇上	籗	1
五篇下		0
六篇上	椐、梢、椲	3
六篇下	壺	1
七篇上		0
七篇下		0
八篇上		0
八篇下		0
九篇上		0
九篇下		0
十篇上		0
十篇下		0
十一篇上一		0
十一篇上二	潛	1
十一篇下	霓	1
十二篇上	閾	1
十二篇下		0

十三篇上	蝥	1
十三篇下		0
十四篇上		0
十四篇下		0
		總共 12

8. 引郭璞《爾雅圖贊》統計表

篇　目	字　頭	統　計
一篇上		0
一篇下		0
二篇上		0
二篇下		0
三篇上		0
三篇下		0
四篇上		0
四篇下		0
五篇上		0
五篇下		0
六篇上		0
六篇下		0
七篇上		0
七篇下		0
八篇上		0
八篇下		0
九篇上		0
九篇下		0
十篇上		0
十篇下		0
十一篇上一		0
十一篇上二		0
十一篇下		0
十二篇上		0
十二篇下		0
十三篇上	蠓	1
十三篇下		0
十四篇上		0
十四篇下		0
		總共 1

9. 引陸德明《爾雅音義》統計表

篇目	字頭	統計
一篇上	祡、瑧、壿	3
一篇下	蓈、藋、莒、蘆、蓁、蔽、荷、菣、莕、莍、菭、落、葝、蒜、蘉	15
二篇上	犪、吚	2
二篇下	迹、造、齸、踣	4
三篇上	諎、譎、誓	3
三篇下	鬸、鬻	2
四篇上	眽、瞌、翻、雒、巂、雉、雞、離、鳥、鳳、鵻、鵃、鷚、鴋、鶾、鷊、䳄、鵁、鴰、鸛、鶓	21
四篇下	髀、膜、剽、栔	4
五篇上	笐、琥、鱸	3
五篇下	皀、饎、餐、饖、餟、罄、舜	7
六篇上	楸、樕、棪、椋、椟、柀、欇、榱、槾、楫、樢、楫、桃、穯	14
六篇下	贛	1
七篇上	暆、采	2
七篇下	宧、窫、瘇、疧、罧	5
八篇上	偕、僵、屔、衰、襡	5
八篇下	覭	1
九篇上	顊、髦、苟	3
九篇下	底、碏、跌、豵、貐、貓、兕	7
十篇上	馬、騆、驔、騋、麖、娩、猲、玃、狐、鼤、鼩	11
十篇下	慒、慔、愐、愜、篙	5
十一篇上一	汃、潁	2
十一篇上二	氿、潇	2
十一篇下	霓、鮦、鮷、鮈、鮥	5
十二篇上	閈、閣、瘁	3
十二篇下	娑、彉	2
十三篇上	虫、蝮、蛤、蛓、蜀、蜋、蝗、蛶、螢、蝱	10
十三篇下	蠽、蟲、蠹、飆、飊、凷、墼、劭	8
十四篇上	斛、輮	2
十四篇下	内、䮷、畱、獸	4
		總共 156

10. 引邢昺《爾雅疏》統計表

篇　目	字　頭	統　計
一篇上		0
一篇下		0
二篇上		0
二篇下		0
三篇上		0
三篇下	將	1
四篇上		0
四篇下		0
五篇上		0
五篇下		0
六篇上		0
六篇下		0
七篇上		0
七篇下		0
八篇上		0
八篇下		0
九篇上		0
九篇下	硞、兕	2
十篇上		0
十篇下		0
十一篇上一		0
十一篇上二		0
十一篇下		0
十二篇上	閈	1
十二篇下		0
十三篇上	縿	1
十三篇下		0
十四篇上		0
十四篇下		0
		總共 5

11. 引邵晉涵《爾雅正義》統計表

篇　目	字　頭	統　計
一篇上		0
一篇下	稊	1
二篇上		0
二篇下		0
三篇上		0
三篇下		0
四篇上		0
四篇下		0
五篇上		0
五篇下		0
六篇上	植	1
六篇下		0
七篇上		0
七篇下	宧	1
八篇上		0
八篇下		0
九篇上		0
九篇下		0
十篇上		0
十篇下		0
十一篇上一		0
十一篇上二		0
十一篇下		0
十二篇上		0
十二篇下		0
十三篇上		0
十三篇下		0
十四篇上		0
十四篇下		0
		總共 3

三、《說文解字注》引《小爾雅》統計表

篇　目	字　頭	統　計
一篇上		0
一篇下		0
二篇上	噣	1
二篇下		0
三篇上		0
三篇下		0
四篇上	雅、瞢、烏	3
四篇下	削	1
五篇上		0
五篇下		0
六篇上		0
六篇下		0
七篇上	曀、糂	2
七篇下	罧	1
八篇上	伆	1
八篇下	艫、㝃	2
九篇上		0
九篇下		0
十篇上		0
十篇下	赧、懿、憖	3
十一篇上一		0
十一篇上二		0
十一篇下		0
十二篇上		0
十二篇下		0
十三篇上		0
十三篇下		0
十四篇上	軥	1
十四篇下		0
		總共 15

四、《說文解字注》引《廣雅》統計表

篇　目	字　頭	統　計
一篇上	旁、璪、壂、瓊、璑、瑕、玪、玪、玟、珊	10
一篇下	荅、葅、藼、蘧、菁、蘬、藋、蘗、莞、荓、蔇、茈、葥、蔦、荃、莍、芍、䓘、苽、茱、薿、菽、蓲、藍、蕈、茜、䓴、茵、斮	29
二篇上	犖、犪、吻、噫、唏、唉、嗞、昏、單、趌、趍、趡、跱、柴	14
二篇下	辵、迹、造、遂、徥、徲、齵、跽、蹬、蹵、跻、趹、龠、龥	14
三篇上	囂、諫、諓、誧、記、謯、謷、譺、誒、詄、譎、誰、訄	13
三篇下	鞅、鞑、韇、韉、鬷、鬵、鬷、鬻、孚、鬨、臣、殳、殿、孜、敦、斀	16
四篇上	䁹、眊、䁝、翗、翊、翯、芇、䍁、羏、羯、鷗、鸑、鵝、鶼、䳄、鶖、鷻、鳶、鷳、鳩	20
四篇下	予、殪、殖、髑、骿、骳、骼、腜、肫、膐、胂、胠、膢、朓、胘、䐋、腼、脘、膜、䐣、筋、刹、觰、觜	24
五篇上	箁、籓、箟、篝、箻、籫、籯、箷、筴、笘、箯、竽、笙、簫、筒、管、籱、彭、號、盆	20
五篇下	䜊、餟、飥、罃、畗、來、麪、夒、韜	9
六篇上	栟、榛、梭、楊、梗、樸、檜、欂、枅、棟、梱、榍、柤、杝、柗、杚、椑、滕、桶、柷、杼、楬	22
六篇下	囷、困、囮、郛	4
七篇上	時、晛、曐、晐、旄、旛、穄、穅、積、稾、𥝢、稂、秏、糨、糜、舂、舀	17
七篇下	毊、枝、窿、窞、竅、躳、窋、突、寥、寱、寣、瘨、罽、幋、帤、帬、幩	17
八篇上	僮、伀、傀、儠、僬、仜、倞、伴、倜、偏、傭、倢、傺、儧、佀、伹、僐、佚、俄、㑵、倠、僔、㑴、卬、袂、襍、衺、袥、襞、裛、居、反	32
八篇下	覺、靚、攺、欿、欶	5
九篇上	顛、頂、領、顙、顀、鎮、頪、頞、髻、彰、髮、鬊、鬊、邵、匑、魖	16
九篇下	廣、屏、戊、㢊、庢、碬、磬、碏、狙、貚、豻、貐	12
十篇上	驌、騺、駘、驫、庮、狂、獿、狦、獷、鼶、鼢、煦、炎、灼、燂、黗、黭、黤	18
十篇下	竘、忼、憙、悷、慓、恁、悆、像、惆、傷、恔	11
十一篇上一		0

十一篇上二	湝、汎、沼、池、注、滑、濆、湒、涿、濛、瀌、涪、滓、汲、瀏、湏	16
十一篇下	瀕、硲、鱮、鰌、鮒、鯢、魠、鰅	8
十二篇上	聥、配、揗、撿、摮、搈、摵、掇、抨、摧、捈	11
十二篇下	姚、嫪、嬭、嫣、嫜、嫛、嬑、娗、嬖、戟、戛、琴、乍、甍、甄、弙、弢	17
十三篇上	纖、紾、繟、縞、纔、繰、絛、蠻、蜘、蟅、蚼、蜎、蜦	13
十三篇下	蠡、颸、墋、垷	4
十四篇上	鉊、鎗、鉈、尻、升、輴、𠂤	7
十四篇下	隅、九、孑、丑、寅、巳、午、未、酮、醨、醇	11
		總共 410

五、《說文解字注》引《廣雅》注本統計表

1. 引曹憲《博雅音》統計表

篇　目	字　頭	統　計
一篇上		0
一篇下	藆、菽、薄	3
二篇上	趡	1
二篇下	迹、齺	2
三篇上		0
三篇下		0
四篇上		0
四篇下	脘	1
五篇上	篰	1
五篇下	韜	1
六篇上	櫜	1
六篇下		0
七篇上		0
七篇下	幔	1
八篇上	居	1
八篇下	靚	1
九篇上	髤	1
九篇下		0
十篇上	美	1

十篇下		0
十一篇上一		0
十一篇上二	⿰氵昔、瀫	2
十一篇下		0
十二篇上		0
十二篇下	舋	1
十三篇上	繰	1
十三篇下		0
十四篇上		0
十四篇下		0
		總共 19

2. 引王念孫《廣雅疏證》統計表

篇　目	字　頭	統　計
一篇上		0
一篇下		0
二篇上		0
二篇下		0
三篇上		0
三篇下		0
四篇上		0
四篇下		0
五篇上		0
五篇下		0
六篇上		0
六篇下		0
七篇上	秝	1
七篇下		0
八篇上		0
八篇下		0
九篇上		0
九篇下		0
十篇上	⿰鼠番、鼲	2
十篇下		0
十一篇上一		0
十一篇上二		0

十一篇下		0
十二篇上		0
十二篇下		0
十三篇上		0
十三篇下		0
十四篇上		0
十四篇下		0
		總共 3

六、《說文解字注》引《埤雅》統計表

篇　目	字　頭	統　計
一篇上		0
一篇下	葑	1
二篇上		0
二篇下		0
三篇上		0
三篇下		0
四篇上	鸞、焉	2
四篇下		0
五篇上		0
五篇下		0
六篇上		0
六篇下		0
七篇上		0
七篇下	瓞	1
八篇上		0
八篇下		0
九篇上		0
九篇下		0
十篇上	猴	1
十篇下		0
十一篇上一		0
十一篇上二		0
十一篇下		0
十二篇上		0

十二篇下		0
十三篇上	蠓、蝓、蜮	3
十三篇下	疃	1
十四篇上		0
十四篇下		0
		總共 9

七、《說文解字注》引《爾雅翼》統計表

篇　目	字　頭	統　計
一篇上		0
一篇下	葑	1
二篇上		0
二篇下		0
三篇上		0
三篇下		0
四篇上	焉	1
四篇下		0
五篇上		0
五篇下		0
六篇上	柀、樫	2
六篇下		0
七篇上		0
七篇下		0
八篇上		0
八篇下		0
九篇上		0
九篇下		0
十篇上		0
十篇下		0
十一篇上一		0
十一篇上二		0
十一篇下		0
十二篇上		0
十二篇下		0
十三篇上	蜘、蜃、蜮	3

十三篇下		0
十四篇上		0
十四篇下		0
		總共 7

後　記

2013年7月，本人從蘇州大學博士畢業，博士論文題目是《〈說文解字注〉引雅學文獻研究》，導師是徐山教授。這本專著就是在博士論文的基礎上修改而成的。

時光荏苒，轉眼十餘年過去了。看到原博士論文後記中所寫的文字：「我常常從宿舍樓步行約20分鐘來到獨墅湖圖書館，這裡環境清幽，整潔乾淨。看看書，寫寫論文，累了，就欣賞一下湖邊的美景。碧波、綠葉、微風，將求學過程中的單調與辛苦消解了許多。」我又想起當年讀博的情景，又想起蘇州這座城市。自從離開蘇州後，就再也沒有回去過。如今，我呆在武漢。為了求學、工作，我曾到過很多城市——廣州、湛江、揚州、蘇州、紹興。比起外面那些城市，我還是更喜歡與老家接壤的武漢，這裡留下了我外出遠行的腳印，這裡有我熟悉的味道。

畢業後，我一直有將博士論文出版的想法。導師也很關心這事，曾向我推薦臺灣花木蘭文化事業有限公司。工作期間，我在博士論文其中一章的基礎上寫成了一本專著，即《〈爾雅〉與〈說文解字〉釋義比較研究》（鳳凰出版社，2019年），所以沒有急著出版博士論文。

清代龔自珍《詠史》詩云：「著書都為稻粱謀。」這句詩大約可以用來概括當今許多學者的心聲。雖然一般學者都希望全憑興趣做學問，不受或少受外部因素的影響，然而在現實中，不得不「各為稻粱謀」（杜甫語）。無論是個人發展還是學校發展，都需要各種成果作支撐。本人現在出版博士論文，也可說是「為稻粱謀」。

今天看來，當年寫的博士論文在總體上沒有大問題，但在局部和細節上還是存在一些錯誤和不足之處。趁這次出版機會，我又對博士論文進行了逐字逐句的修改。較大的修改包括：文獻綜述裏增加了一些最新的研究成果，刪掉了原論文中的附錄二「《爾雅》與《說文》釋義之同」，增加了「段玉裁對《爾雅》與《說文》源流關係的揭示」一節。關於《爾雅》與《說文》的比較以及《廣雅》與《說文》的比較，在寫法上作了一些調整。由於本人參與了青島大學竇秀豔教授主持的教育部哲學社會科學研究重大課題攻關項目「《爾雅》異文整理與研究」，故書中還適當增加了《爾雅》異文研究的內容。格式方面也作了一些修改。

博士畢業後我就一直在高校從事教學與科研。現在回過頭來進一步充實、完善博士論文並正式出版，也算是對導師的一種報答，對學術的一種敬畏。

本書能夠順利出版，首先要感謝徐山老師，當年徐老師就對博士論文作過逐字逐句的修改。還要感謝臺灣花木蘭文化事業有限公司，該社為傳承中華文化，繁榮學術事業，免費出版書籍，難能可貴。感謝出版社為拙作出版付出辛勞的全體工作人員。還要感謝武漢生物工程學院文學院的領導和老師對本書出版的支持與幫助，尤其要感謝何新文教授，這次是他向出版社推薦的。

這本書出版後，本人將以更自信的心態、更堅實的步伐在學術的道路上繼續走下去。

江遠勝

2023 年底